是銀幕不是熒幕，是放映不是播映——當女明星還是大女明星

林奕華

著

◎ 前言

這是一個人人皆是「明星」的時代。自媒體，好比從前電影機構定時出版的官方刊物。有了面書、微博，誰都可以擁有個人的宣傳機器。靜態如一張照片，那也成了媲美明星玉照的曝光：角度講究，還要修圖。動態如生活起居，更是要「現場報道」、「與眾同樂」。「花絮」一詞，以前只有公眾人物才有與它扯上關係的需要，反觀今天，當 trivia 無可避免成為生活的主題，似乎人人都不介意——或藉以抓住存在感地——自動自覺的，把自己「消費」。

而不是如上世紀的電影明星們，接受公司安排，或亭亭玉立，或婀娜多姿的亮相在大眾之前，務求一絲不苟的形象，能在咔嚓一聲之後，成為「永恆」。

這，也許解答了常常被我們用來抒發感觸的問號：為什麼天空上再沒有令人眷戀的明星了——尤其，曾經照亮幾許我們的自我想像的……國語片的大女明星們？

什麼是國語片的大女明星？就是不能被壓縮在狹窄的空間，如手機，或手提電腦屏幕上那些「慾望投射物」。原因是，由她們所引起的反應，必須來自她們身上的密碼能被正確無誤的解讀。「正確」的意思，乃不能不先明白「閱讀」的意義。

曾幾何時，「慾望」不是一種符號性的語言，卻是被翻譯，被隱藏成和文學一樣，惟有在了解到修辭與語境，暗示與借喻，文字與形象，可以融會交織成一個人的「氣質」時，作為觀者（也是讀者），才能在充分掌握閱讀心得之後，對所見所感，同時產生官能與思緒上的迴響。即是，不會光被刺激起生吞活剝的食慾，而是藉著對食材的想像，萌生可以下廚，可以炮製出什麼菜式的躍躍欲試。

唯「速度」是從，時間這個載體，如是失去應有的容量。

由此，不難明白時代、社會、文化的各種條件，如何影響人們的欲望投射，再建構成自我想像的過程。上世紀電影片廠操控的「國語片大女明星」們，如是以細節取勝贏得了「後繼無人」的「歷史美名」——誰叫高科技（如數碼文化）支配一切的今天，量蓋過了質，「她們」的外表要被「回春」只是花上多少時間的問題，然而，她們的精神力量卻注定永久失傳——譬如（不像粵語片裡更多是含辛茹苦，賢妻良母的典型），優雅？

優雅不一定就是「女性的」。但國語片大女明星在銀幕上的風光，大部分建立在她們給予電影名叫「女性如何才能獨立」的題材——又名「文藝片」（哪怕有時以武俠片或戲曲片呈現）。文藝象徵人文的思維與情感，國語片大女明星時代的沒落，未嘗不是智慧作為性感漸漸式微的悲哀——以前是思想獨立的女性扮演著懦弱男人的支撐，故她們仍然被男人需要；但在多數人相信科技與肌肉比情感與思想重要時，文藝片和大女明星自然被淘汰。

今日的電影只能讓女明星飾演花瓶，正是因為在觀念狹小的「男人世界」裡，她們再不能像以前的大女明星般，做人處事，坐言起行。

◎目錄

前言

12 封面女神爭霸——凌波、林黛、樂蒂、李麗華

17 李麗華 1 青春可以循環再用

23 李麗華 2 美麗可以驚濤駭浪

29 李麗華 3 性感可以老而彌堅

34 李麗華 4 成熟可以引人入性

39 尤敏 1 當尤敏遇上夏夢

44 尤敏 2 當尤敏遇上張愛玲

50 尤敏 3 當尤敏遇上簡愛

55 尤敏 4 當尤敏遇上王天林

61 尤敏 5 當尤敏遇上阿郎的故事

67 尤敏 6 當尤敏遇上寶田明

73 林翠 1 兩種綠色——是翠不是黛

79 林翠 2 一個沉香——是嬌兒還是孤兒

84 林翠 3 兩盞寶蓮燈——是人文氣息抑或娛樂至上

89 林翠 4 一晌貪歡——是性格還是命運

95 林翠 5 兩生一朵花——是苗也是翠

100 葉楓 1 摩登就是 Who cares

106 葉楓 2 摩登就是 C'est la vie

111 葉楓 3 摩登就是 Be myself

117 王萊——王者就是智者

123 樂蒂 1 能文未必能武

128 樂蒂 2 俠骨不比柔腸

133 樂蒂 3 傷殘抑或傷心

139 凌波、陳思思——武俠雞仔片

145 張仲文——千錯萬錯身材的錯

150 李湄 1 煙視「湄」行的女人

155 李湄 2 柳「湄」花明的女人

161 李湄 3 湄精眼企的女人

166 李菁——小婦人

171 張慧嫻 1 慾潔冰清

178 張慧嫻 2 愛河沐慾

184 陳青——青心寡慾

190 國泰小花 1 人鬼狐代替星星月亮太陽

196 國泰小花 2 姊妹們自求多福

201 國泰小花 3 古裝芭比

206 國泰小花 4 正不能勝邪

211 國泰小花 5 譚伊俐、胡茵茵、李琳琳、夏雯

217 蕭芳芳——難為了女朋友

223 陳曼玲 1 除了小花，還有煙花

229 陳曼玲 2 除了煙花，還有曇花

235 甄珍 1「我都不知道鏡頭設在哪裡」

241 甄珍 2「好美好美，好美好美」

247 甄珍 3「你太大膽」

253 甄珍 4「我還沒嫁你已經這樣，要是跟你結了婚，還得了？」

259 甄珍 5「請你以大人的眼光來看我」

264 張艾嘉 1 與大導演有緣

269 張艾嘉 2 與新導演有份
274 張艾嘉 3《海上花》未完
279 林青霞 1 性別是繆斯
284 林青霞 2 性感是靈感
289 林青霞 3 性魅力是迷魂煙
295 林青霞 4 性意識是曼陀羅
301 林青霞 5 性向是破音字

同場加映

308 封面男神爭艷——陳厚、王羽、姜大衛、狄龍
313 關山 1 成就大女明星的 Larger than life
319 關山 2 成全大女明星的寧為玉碎
325 關山 3 成為大女明星的慈母敗兒
330 王羽——復出也有性別歧視
335 鄧光榮——女明星青黃不接時的一抹顏色
340 竹脇無我 1 經典男朋友
345 竹脇無我 2 絕世好老公

◎封面女神爭霸——凌波、林黛、樂蒂、李麗華

搜集雜誌，也可養成癖，尤其在網絡尚未普及化的年代裡，一個人擁有的珍藏，便是他的「家傳之寶」。我自小有這種癡病，至今難忘有關搜集「封面」的傷痛，是八十年代一次搬家，把好多好多藏存已久的《號外》如清理門戶處理得乾乾淨淨。到底當時少了的是那根筋，事隔多年已無從稽考，但記憶中類似的恨錯難翻也不是第一次。經典例子是《南國電影》——小時候，望穿秋水盼得新一期出版，又好不容易才集齊十二個月，等到滿滿一櫃時，竟因想騰出空間，便狠下心來一口氣棄之而後快。另有一次自好友家中搬回一大箱已成古

董的《南國電影》，卻在借給電視劇導演作懷舊劇集道具後一去不回頭。《號外》、《南國電影》與許些老字號雜誌一樣，封面不僅是潮流的風向標，還是時代見證——在俊男或美女的一顰一笑間，留下不知多少日後供人憑弔的滄海桑田。尤其在發黃的《南國電影》上定格的女明星大頭相上，有四個字的形容竟如此貼切：生榮死哀。

創刊號是林黛——四屆影后的謝幕式，選了吃安眠藥長眠不起。但從她去世的一九六六倒數至一九五七，也就是《南國電影》第一期面世的十二月，一身紅衣坐在綠色椅子上的她，仍是滿面春風，姿態嫵媚。憑《金蓮花》摘下第四屆亞洲影展最佳女主角，又演過張愛玲編劇的《情場如戰場》，與李翰祥一年合作了《窈窕淑女》、《春光無限好》、《黃花閨女》三片，還在日本拍了野村芳太郎導演的港、日合拍片《香港東京蜜月旅行》（嚴俊導演歌舞場面），她是還未正式成為邵氏公司的合約演員，但邵氏明顯待她不俗，一九五八年她在邵氏旗下出演的只有《貂蟬》，可是《南國電影》前十五期，她便獨佔四個封面。

林黛不是佔《南國電影》封面總數最多的女明星——雖然在她有生之年，每隔三數月輪到她雲破月出是等閒事——第45期十一月號才當過一次，第47期已經又是她。可是原因很充分：第47期是一九六二年新年特大號。林黛當一月特大號的封面女郎，本來就是「捨我其誰」——之前的一九六〇年，之後的一九六三、一九六四，都是這位看上去以豐腴象徵「萬象更新」的影后以笑靨迎來新年降臨。至於「登封」距離最遠的一次，則是一九六〇年的第 23 期一月號與一九六〇年第 34 期十二月號之間。中間相隔的十一個月，林黛只拍了電懋的《溫柔鄉》，但是自一九六一年始，她在邵氏的代表作正式紛紛出籠，如《千嬌百媚》、《不了情》。合共當了十四期《南國電影》的封面女郎，是直至有人刷下多出兩期（共十六期）的紀錄才取代林黛的席位——她是凌波。

林黛因早逝，輸了給自一九六三年到一九七四年有著十二年「登封」時間的凌波屈居亞軍。而紀錄創造者的第三名和第四名之間只是一期之差。一九五八年從長城跳槽邵氏的樂蒂，維持平均一年登上封面兩次，總數是「登封」十二期。最後一次是一九六三年聖誕號，極有可能是配合歌舞片《萬花迎春》在一九六四年二月公映。同年與翌年，她雖有《玉堂春》（一九六四年十月一日公映）和《大地兒女》（一九六五年三月二十日公映），然而，她的人已在一九六五年改投電懋國泰，故邵氏的官方刊物一九六四整整一年不復見伊人蹤影。（她效力電懋的第一部電影《金玉奴》甚至比《大地兒女》早兩個月上映。）

以一期之差落敗給樂蒂的，是長青樹李麗華。綽號「小咪」的她二〇一二年八十八歲，名副其實是中國影史上的「大女明星」。從一九四〇年處女作《三笑》到一九八〇年的《媽祖》，膾炙人口之作不計其數。然而正式加盟邵氏的一九五九年至一九六七年，可說是她的銀色事業上最華麗一頁——李翰祥打造「傾國傾城」系列，她是四大美人中的《楊貴妃》(1962)。翌年，她與李翰祥最後一次合作，是《武則天》(1963)。一九六四年下半年李麗華是《南國電影》封面的稀客，我猜除了因有兩部邵氏電影《一毛錢》與《故都春夢》(即《新啼笑姻緣》)的公映，她之前與尤敏攜手演出的電懋版《梁山伯與祝英台》也在十二月廿四日上映。基於官方刊物不能長他人志氣，李麗華自第74期亮相「南國」封面之後，便要粉絲們引頸以待至一年半後的第91期，這次等待，是為有史以來邵氏「阿姐」們「登封」相距時間最長最久一次。

相距多久所以值得計算，皆因數字反映女明星在宣傳部心目中份量的輕和重。也就是說，事過情遷的今日容或毋庸計較，但當年的「美人圖」，就是權力榜。同時折射出導演中誰受器重和吃香。《南國電影》的封面絕大多數以女明星大頭相吸引讀者，但偶有的破例，幾是由當時得令的古裝片大導演李翰祥包辦：第一次破格以古裝劇照

「登封」，是林黛的《江山美人》(第15期)；第二次是樂蒂的《倩女幽魂》(第27期)；第三次是李麗華的《武則天》(第35期)。唯一的時裝劇照，是第34期《千嬌百媚》的林黛，導演是陶秦。

及至一九六五年十月號(第92期)才有「例外」。人是「新人」，但由她主演的《江湖奇俠》，標誌著邵氏以刀劍武俠類型片開拓市場的決心，女主角秦萍凌空舞劍的英姿遂成就《南國電影》唯一一次以封面向女俠「致意」。(雖然早在第22期，封面右下角亦有樂蒂在《兒女英雄傳》中的十三妹扮相與正照中時裝的她互相輝映。)

◎李麗華1 青春可以循環再用

即，三十開外仍一鼓作氣堅信二十綿綿無絕期？又，自我要求不是被眾生欣賞仰望而是與眾同樂？誠然，連荷里活這大女明星生產地也變相成了「侏羅紀公園」的今天，名女人傳記片如《戴安娜》和《摩納哥的嘉麗絲（姬莉）》，擔綱主演者也不是阿美利堅子民如茱莉亞羅拔絲與安祖蓮娜祖莉，而是英國來的娜奧米沃茨與澳洲來的妮哥潔曼——雖說已故皇妃找來同文同種扮演合情合理，但荷里活的強項從來都在「無所不能」，佼佼者如梅麗史翠普，若當年拍《鐵娘子》時海倫米雲不是推辭演出戴卓爾夫人，史可能還真少了一座奧斯卡影后獎。可是演出者如用上英國演員而非美國人，大家又怎會在史翠普獲獎時格外感到得來不易，與有榮焉？

史翠普與米雲應都不會自命是「大女明星」——演技派靠的是實力，大抵不能認同個人氣場來自性感引發的慾望投射值。是以，《戴安娜》與《摩納哥的嘉麗絲》由沃茨與潔曼上陣便很恰如其分——一個曾是《金剛》的女友，另一個從不吝嗇風情萬種，由她們演繹真有其人的風流韻事，被扮演者的千嬌百媚理應雖不全中，亦不至落差太離譜。

雖説《戴安娜》首映後的即時評論叫人嘩然：「讓逝者再死一次！」果真難看成那樣，那麼《摩納哥的嘉麗絲》流傳坊間的試映效果——「比想像中的好一些」，可能也是強差人意居多。兩位不幸死於車禍又同是王妃的女性竟同時有「傳記電影」面世本來就太巧合，如果該兩部以她們的悲劇為題材的戲碼落得的下場也殊途同歸成了「笑柄」，那應是又給買少見少的「大女明星電影」和漸成歷史名詞的「大女明星」們給予重鎚一擊：未來誰對此類題材還抱幻想和寄望？

當然我們不會忘記，盛傳新版《埃及妖后》就要開拍，而從史畢堡手上接過燙手洋山芋的導演，是李安。

會是真的嗎？這是影迷們應該高興的天大喜訊嗎？因為，從《臥虎藏龍》到《色、戒》，李安已給廿一世紀的中國電影先後打造兩粒「大女明星」章子怡與湯唯。如果影史上曾有金頭髮的大女明星嘉芙蓮協賓在《大地》(1937)(賽珍珠原著改編)中「易容」中國農村婦女，或如神話般被傳頌一時的，還有妮歌潔曼曾穿上旗袍染了頭髮給王家衛導演的《上海來的女人》試鏡，那湯唯或章子怡為何不能於中國將成全球電影票房最大市場之際，也來一次風水輪流傳式的「seeing is believing」(眼見為憑)：埃及妖后也可以是華裔血統？

唯一的異議可能是，兩位中國大女明星號召力是夠大了，可比起妖后的原裝版本伊莉莎伯泰萊，她們仍然是「小妹妹」——即便拍攝《埃及妖后》時的泰萊不過是三十一歲，論年紀還小過今天的章與湯(兩人同年)，但礙於中國人是個被「長不大」所詛咒的民族，真要她們擺上傾國傾城的姿態，説服力還是難以匹敵已成經典的伊莉莎伯。

我們沒有「妖后」，然而我們有「女皇帝」，武則天是也。中國人最引以為傲也視之為「可一最好不可再」的一段歷史，成就影史上一次又一次大女明星們為事業殺出血路打下江山。

最年輕一人恰恰也是影齡最久一位(如果不把佳藝電視劇《武則天》女主角湘漪年輕版的李通明算在內)：三歲已經從影的馮寶寶。

她出演歷盡滄桑的武媚娘也是三十一歲。無獨有偶還是命中注定？與伊莉莎伯泰萊一樣是童星出身，踏入少女與少婦階段之年連氣質也相近，最終也是最接近的隔空結緣，便是相同年齡假「后」與「女帝」之名萬古流芳。

馮寶寶的《武則天》給出品該劇集的亞洲電視注射強心針，那是一九八四年。一年後，又有一位新武則天應運而生，她是《一代女皇》的潘迎紫。挾前邵氏女星的身份，在解嚴之前空降只有三家電視台的台灣電視界，效命於中視並榮封鎮台之寶，正是憑藉「日月凌空」。

那年代，台灣電視劇已名正言順以香港電視劇馬首是瞻，之前無綫有《書劍恩仇錄》，一九八四年台視也有《書劍江山》，卡士中除了男主角游天龍，不乏外來借將如森森（飾霍青桐）和茅瑛（飾駱冰）。《武則天》之所以化身《一代女皇》，據聞也是拜港劇錄影帶大行其道所賜，馮寶寶在被力邀過江重作馮婦時，卻因電視演員生涯是創造挑戰而非複製成功故婉拒了二度出任《一代女皇》，娃娃臉的潘迎紫遂「冷手執個熱煎堆」。

三十六歲的她，故事一樣由少女時代演起，比馮還要大上五年，豈非高齡「生產」？還未算。十年後，即一九九五年，在港台電視劇的《武則天》各領風騷後，等來了內地版的「遲來春天」——電影的成績單早已印證了這飾演者的傳奇性，但電視劇《武則天》才是掀開她的神話新一頁：以武才人身份登場的劉曉慶怎麼看都是個「少女」，其實那年她已經四十有四。

四十四歲在飾演少女時不用「扮」，倒是演到中年階段時要「裝老」，此乃大女明星的過人之處—— 叱咤風雲或是歷史人物的份內事，但觀眾要在慾望圖騰上看見的，從來並非伊如何擊敗對手，而是怎樣戰勝「時間」。

説到歷史，最早把武則天生平搬上銀幕是一九三九年。説到時間，我在銀幕上第一次看見的武則天扮演者是三十九歲的李麗華。那一年是一九六三。早一年的《楊貴妃》才以三十八歲之齡，演活了楊玉環三十八年的生榮死哀，而在一眾南下女影人中，唯她不受「美人遲暮」恫嚇，反而越戰越勇。翌年的《武則天》，更加奠定李麗華是大女明星中的大女明星：片中既有殺人立威的霸氣，亦有玉腿橫陳的色誘—— 當任何一位女明星都把「女人三十」看作一朵花與爛茶渣之分界線及人生最難過的心理關口，連「女人四十」也被她以獨步影史的姿態跨過。四十歲後，她還演了《啼笑姻緣》的小歌女沈鳳喜，《梁山伯與祝英台》的小宅男梁山伯，就是再過十年的一九七三，在胡金銓的《迎春閣風波》中演起武俠片仍熠熠生輝——「長青樹」這綽號於她豈止解作「不老」，更是最早把大女明星扯上環保的形容詞——青春不應是用完即棄，卻是成功 recycle。

◎李麗華2
美麗可以驚濤駭浪

小咪是她的暱稱，本名叫李麗華。弱不禁風的外號原來有著典故：「出身梨園世家，雙親皆是著名的京劇『角兒』，父親乃小生李桂芬，母親是專攻老旦的張小泉。懷胎期間她仍有不少演出，每逢上台都要將肚子圍上，正因如此，初生的李麗華只有四磅重，樣子很像瘦得可憐的小貓。」可見大家都被貓科中慣見的寵物給「騙」了，當小咪長成大女明星後，她才不是咪奴一隻，她是獅，是虎，是豹，咆哮一聲，驚動大地。

我從小便是「敬畏」著李麗華長大的。而且我說的「小」，是非常小—— 一九六二年拍成的《黑狐狸》，忘了是否後來也有重映，只記得那是記憶中第一部在戲院裡看的黑白闊銀幕電影。還沒到對銀幕上演什麼感興趣的年齡，但覺得黑是很黑，連白也很「黑」：可能是夜景比光天化日來得多，也或者是小朋友更能感受氣氛的沉重，因為「有人死了」。然後戲便落在一個經常圓瞪著大眼，表情大起大落的女人身上。

你別說，從當年在戲院裡對《黑狐狸》留下依稀印象到舊事重提的今日，中間全無涉獵有關這部電影的任何資料，可是當我「百度一下」劇情介紹，光是頭三句已印證兒童的神經線有多麼靠譜：「富商史文瑋（嚴俊）結婚前夕酒醉糊塗，被妓女胡瑪麗（吳麗萍）乘機勒索，糾纏間瑪麗心臟病發暴斃」，而女主角李麗華正是在此刻登場：「剛巧其妹麗登門尋姊，瑋匆忙用錢把她打發。翌日，麗得悉姊死訊，便以此威脅瑋助她晉身上流社會，瑋無奈就範。」開始時角色是「壞女人（孩）」，但局面很快因墮入情網而急轉直下：「老千集團首領楊魁（楊志卿）一再逼麗合謀佈局向瑋騙財，惟麗、瑋日久生情，麗向瑋坦白一切，魁卻毒打麗逼她向瑋及其妻于美儀（丁寧）勒索巨款，瑋母（紅薇）傾盡所有為子籌錢，麗深受感動，決向警方告發魁，然後獨自遠去。」活脫脫是另一部 *Marked Woman*，那是比堤戴維斯拍於一九三七年的成名代表作。

為情所動，改邪歸正，理論上沒有什麼值得怕，然而小時候的我就是莫名其妙抗拒女主角是「壞人」。《黑狐狸》不是李麗華嚇倒我的唯一一次，基本上，她自六二至六九年間拍過的十六部電影（邵氏與國泰出品），大部分於我均留下某種「童年陰影」。乍聽確實不可理喻，唯於弱小心靈造成震撼的大女明星，古今中外，於我只有「小咪」。

一九六三年的《秦香蓮》，由已經演過《楊貴妃》（1962）的她示範「紆尊降貴」，本來就不太有說服力——身上華服頭上金銀全被換作荊釵布裙亦無助於改變一雙丹鳳眼的不怒而威，或，如果她演的秦香蓮是苦命女，那負心漢陳世美投靠的公主殿下要由誰來飾演才能抵擋得住氣場爆棚的李麗華？

答案煞是有趣：鳳凰女。

更有趣的，是在我心目中鳳凰女就是粵語影壇的李麗華——不是說兩人的角色可以互換，卻是在一眾粵語片紅伶女星中，沒有一位如她般能屈能伸——雖然，在粵語片中，一個女人權傾朝野的極限，不過就是以美色及讒言擾亂朝綱，那樣的奸妃與西宮，連國母的位置也坐不上去，更遑論取替君主，自己稱王如武則天。

李麗華的《武則天》（1963）在當年光看「畫頭」已夠我「憂懼終日」。首先是造型，例如化妝——大關刀似的眉，水晶燈似的眼，還永遠把眉頭緊緊鎖上。主要是邵氏出品從不日、下期到正式公映，於我不過是由等待到與它面對面的過程——是的，基於某個家庭原因，幾乎每片必看——才會擔心要把它看完不知道受不受得了。片中的她果然「為婦不仁，暴虐無道」：著名女星張仲文飾演皇后，一心利用她迷惑李治以消除蕭淑妃得寵的威脅，但當此計得逞，又因武則天佔去她在皇帝心中位置而須以巫蠱害武。最後被武發現後落得下場悲慘，全因未當上一代女皇的武則天已奉行十六字真言：「人不犯我，我不犯人；人若犯我，我必犯人。」電影演到武則天晚年時夜夜失眠，因一合眼身邊便出現被她所誅所滅的野鬼遊魂。

宮闈歷史片在孩童眼中幻化恐怖片。但《武則天》還未算最可怕，一九六三還有改編《水滸傳》的《閻惜姣》。女主角的名字真美，只是下嫁宋江又犯上「不守婦道」的大忌，雖沒像潘金蓮般狠下心腸毒殺親夫，但到底難逃被當成淫婦處決。而這一齣還真成了恐怖片——含寃未雪，死後還化為厲鬼。

此外，同年還有家傳戶曉人間慘案《楊乃武與小白菜》。她二度出演小白菜，當然又被垂涎美色，其厄運如同一代一代傳下去的「優良傳統」——姿色總是給中國女性帶來坎坷：是以性魅力在李麗華身上成了「詛咒」，即使當上《武則天》，不用受別人屈辱折磨，還是難免被良知譴責。

一九六四年《故都春夢》（即《新啼笑姻緣》）中，她飾演的天橋小歌女沈鳳喜先被大學生樊家樹「包養」、「改造」成民國女學生，再被軍閥強暴、囚禁、鞭打，最後慘成瘋婦。一九六五年《紅伶淚》中的坤伶羅香綺也是被軍閥強佔後夫離女散，當中有男主角乾伶秋海棠被毀容一幕……「恐怖」之處，雖不能媲美馬徐維邦的《夜半歌聲》，卻已超越了小觀眾能接受的「殘忍尺度」。

一九六五年《萬古流芳》取材「趙氏孤兒」，李麗華演的莊姬公主戲份不算多，不過為保護幼主活命犧牲的宮女卜鳳（李婷）卻要被奸相賈似道割斷脷根，更不要提程嬰（嚴俊）擲死親生子有幾慘烈。但終極的奮不顧身，是在一九六七年《觀世音》中為了替父治病而自我犧牲的她——坐在倫敦戲院裡，老早知道觀世音得道前會有一場她自挖雙目，再讓人把雙手斬下的戲，而美艷和大女明星如李麗華自殘至此，教小觀眾如我情何以堪？

可是一波未平一波又起，一九六七年的《連瑣》是如假包換的「鬼片」，同年的《揚子江風雲》，翌年的《一封情報百萬兵》，以至《喜怒哀樂》、《鬼狐外傳》和一九七一年的《長江一號》、《金玫瑰》、《金葉子》，不論抗日還是抗暴，小咪姐依舊驚濤駭浪的美麗下去，陪著兒童的我走進少年時代。

如果說大女明星的戲路於我的人生有何啟示，以下四字不知是否恰如其分——義無反顧。

◎ 李麗華 3 性感可以老而彌堅

李麗華作為大女明星演出的swansong（驪歌），是在一九八〇年的《媽祖》中奏響，踏入八十年代，新的一頁掀開，正好讓影壇常青樹思進退。

從影四十個年頭——處女作《三笑》拍於一九四〇年——觀眾見證一個女人從十六歲到五十六歲的風起雲湧，而且沒有一場「戰役」她不是一力肩承：但凡由她掛頭牌的電影，大眾焦點便落在她的個人魅力上，論風頭與票房壓力，甚少要讓男主角憂心。尤其於六〇年代至八〇年代的二十年，夫導妻演的情況下，嚴俊與她，頗有不讓玉婆伊莉莎伯泰萊及李察波頓專美的姿態，但在其他配搭上，除了一九六三年效力國泰的《秦香蓮》大膽起用新人楊群，自加盟邵氏，與她在銀幕上談情說愛的，盡是關山一手包辦。

由《第二春》(1963)，《楊乃武與小白菜》(1963)，《故都春夢》(即《新啼笑因緣》)(1964)，《一毛錢》(1964)，到《紅伶淚》(1964)，上述片單，是李麗華與男演員演出愛情對手戲的最後五部。之後，縱有繼續郎情妾意，如《梁山伯與祝英台》(1964)及改編聊齋誌異的《連瑣》(1967)，戲中的「妾」是比她年輕的尤敏、李菁，而她，才是反串上陣的「郎」。

是年齡差距造成的心理障礙，令演員本人也不能接受男比女嫩還在銀幕上卿卿我我？雖然，關山與任何一位大女明星配戲，均會讓她自動升等為「姊姊」。林黛生於一九三四年，比關山小一歲，但《不了情》(1961)》、《藍與黑》(1963-1966)演下來，忍辱負重都是她，不知天高地厚都是他。還有葉楓，生於一九三七年，比林黛年輕三歲，但與關山合作《碧海青天夜夜心》(1969)、《春蠶》(1969)，無一不在發揮母愛真偉大。就連比葉楓再小兩歲的凌波，遇上《烽火萬里情》(1967)中的關山，病體羸弱的她自然難當「妻即是媽」的大任，可是，故事基本上是《胡不歸》變奏如該片，「母親」(歐陽莎菲飾)

仍全盤主宰男女主角的生離死別。

與其說，一切乃關山的戲路與形象所致，或，像陽剛導演張徹所言——都怪六十年代女明星的叫座力過分膨脹，造成影壇陰盛陽衰一片「歪」風——亦只是迴避了中國電影一直以來某種暗度陳倉的方式：電影作為滿足性幻想的媒體，愈是神聖不可侵犯的女性角色，愈是鼓吹觀眾把「侵犯」的樂趣投射其身上。中國女性在大銀幕上蒙受多災多難，一如母體懷胎十月所經歷的「陣痛」，直至嬰兒呱呱墮地，也就是戲劇的「大團圓」，人人鬆一口氣之餘，快感的最大來源，還是過程中飾演「母體」的女演員的「痛並快樂著」。

「月亮情結」是中國愛情電影男女適用的雙向認同。李麗華是中國影史上少數能以「長春樹」美譽把「母親的性感」在個人事業上維持至《迎春閣風波》(1973)的大女明星，當年她四十九歲。《迎春閣風波》是武俠片，導演胡金銓把它拍成女裝版《龍門客棧》。龍蛇混雜於無垠大漠的封閉空間中，正反兩派可謂把「打得」的女明星共冶一爐：徐楓茅瑛馬海倫胡錦——唯群雌不能無首，她就是叉腰立於天地間的反元義士李麗華。

這角色因武功高強需要高來高去，但對於踏入六字尾七字頭的年代才以《揚子江風雲》(1969)開創出新諜戰片戲路的李麗華，隱藏真實國軍旅長身份（再次臥底出征）的是「寡婦」與女掌櫃「萬人迷」根本如出一轍：都是 sex symbol。管他被尊敬的人稱呼為「大姐」或「大娘」，輩份再高，她還是未曾離開「春天」半步——別人看見她就會心旌搖蕩，因為撇除年齡數字，數十年如一日，她總是「風騷潑辣，妖嬈機靈」。有說《新龍門客棧》中「金鑲玉」的原形就是她，可見當年飾演者張曼玉稍欠的，還是歲月凝煉的火候，「老娘」的「老」。

李麗華倒是非常豁得出去，「認老」其一，其二是把「老」用作武器——《揚子江風雲》為她贏來一座最佳女演員金馬獎，繼往開來的類同電影有《一封情報百萬兵》（1970），《長江一號》（1971）和《金玫瑰》（1971）。「抗日」是橋段，直把觀眾保送至觀影快感地帶的，是她所飾演的角色的豪邁不群：「我是你親娘祖奶奶」之類的三字經不時在劇情中激起大眾的快意恩仇——是民族情結？抑或難得有大女明星公然把粗口講得如舌燦蓮花，引得人想入非非？

女明星在五六十年代是秉花容月貌在大眾記憶中頤養天年，而分水嶺就在一紙婚書：嫁人之日便是息影之時。至於婚後仍站水銀燈下意圖繼續兌現婚前的萬千寵愛者，歷史似乎特別眷顧李麗華一人，連以當年三十九歲已可以是祖母之齡——十八歲結婚歲生下子女，十八年後大可又有下一代——她那愛情片第一女主角的地位仍屹立不倒，唯一露出半點「歲月」的尾巴，是電影的戲名：「第二春」。

很難想像同一個戲匭能被當成光環戴在其他女明星頭上——現實中，婚姻就是她們的成就。中國女明星在排場與包裝上容或處處要與歐美同儕看齊，但終身大事從來不能西化，所以，嫁了人還回到銀幕上經歷情感波折，除非接演的戲碼都是《寶蓮燈》——男主角可由女演員反串，否則都要被眾目睽睽綁手綁腳。但李麗華的婚姻本來就是「第二春」——早年下嫁商人，三十二歲再嫁演員與導演嚴俊。前後主演的電影包括飛赴荷里活與域陀米曹結片緣的《中國娃娃》（1956）（她是第一位勇闖荷里活的華裔女星）；《貴婦風流》（1959）——中國式查泰萊夫人；《風雨歸舟》（1959）——因愛被賭棍污辱——可以說，「性」之於這些角色和李麗華的戲路，真的是春天未曾離開過。

◎李麗華4 成熟可以引人入「性」

法國第一美人嘉芙蓮丹露今年貴庚？

芳齡二〇一三年七十。

那位前衛大導寵兒伊莎貝雨蓓，今年又是貴庚？

相比丹露，總算「青春」一截，五十八。

但各領風騷的國際女星，真要與堪稱「活生生文化遺產」的法國首席女主角珍摩露別瞄頭，光憑時間在她們身上刻下的年輪，兩位還真是「指日可待」：八十五歲仍獨挑大樑，最近出現在大銀幕上風采不減，角色是位高高在上不好相處的祖奶奶，對照顧她的中年女看護沒有好臉色，好心好意送上的牛角包被她稱為「塑膠」，喝了一口咖啡轉手倒掉半杯。心情更壞時，毒舌不夠發洩，連髒話也用上。髒話力度不夠強，摔東西明顯更爽。

電影叫《一個愛沙尼亞女人在巴黎》(*A Lady In Paris/Une Estonienne a Paris*)。即便標題的「女人」不是她，但電影看上去就是為摩露量身訂造——影評寫：全看她老人家的個人魅力了。兩個女主人公本來就該互相扶持，一個舉目無親，另一個無依無靠，只是如果摩露從一開始便從善如流，那她的註冊商標——冷冷飄來一眼，使人「不寒而慄」但又心蕩神迷——便派不上用場了。

性格，是大(又或可稱為「老」)女明星保持其殿堂地位的撒手鐧。然而地位崇高不代表票房可觀，所以，「性格女星」多數只是揚威歐陸影壇——不要說摩露，就是比她年青得多的茱麗葉畢諾許(生於 1964)，也僅是在荷里活「打個白鴿轉」便鳥倦知還。至於差不多同齡的茱迪科士打(生於 1962)和近年紅得發紫的珊迪娜布洛(也是生於 1964)——一個坐四望五，另一個年屆不惑，則要面對同一種戲路的挑戰：把男性角色改成女性上陣。(《極樂世界》、《熱爆 Madam》和《引力邊緣》的女主角戲份都不是典型女明星角色，反更似男人市場為主的「雙雄」類型)。

而唯一似有機會在影齡上與嘉芙蓮丹露看齊的荷里活阿姐——即把「高級師奶」進行到底——應該只有梅麗史翠普。丹露的新片《她的搖擺上路》(*On My Way*),一看便知是梅姑不愁再過數年沒戲可演的定心丸:美國版真要開拍,她就是不二人選。本事這樣寫:「年逾花甲仍風情萬種的餐館老板娘貝蒂,面對餐館財務週轉困難的壓力,又突然驚聞愛人移情別戀,一時情緒失控,頭也不回駕車離開家鄉,展開一場意外旅程。一路上被年輕小伙子吊膀子不說,還得去接素未謀面的孫兒同行,更帶著『小拖油瓶』去參加當年一起選美的姊妹的『同學會』!」

老來沒有「醜」只有「嬌」,恐怕美國版真有勝任的梅姑,或也不敢肆無忌憚如片中丹露的「唯老不尊」——君不見史翠普縱也在電影中談情說性,如《愛情回春》,然而片中連買一本性行為指南也偷偷摸摸,反映荷里活電影除了行銷全球有所顧忌,就連眾合國內大小城市的風化尺度亦必須準確拿揑。須知道,史翠普與丹露最不同處,乃史翠普代表「演技派」,但丹露從影以來一直是「性感象徵」。史翠普再豁出去也要照顧普羅大眾感受,丹露卻領正「本色先行」牌照——「不守婦道」本來就是她的拿手好戲,如《青樓紅杏》。

從這角度來看,誰都應該感激丹露把「性」還給高齡一族的功德無量——抑或應該説是「從性到幻想再回歸到性」？

由外國的「第 N 春」説回我們的《第二春》——那是上世紀六十年代邵氏黑白文藝片末期的「李麗華四部曲」之一，上承《黑夜槍聲》、《黑狐狸》，下接《一毛錢》。李與當時邵氏旗下其他文藝片女星如丁紅、丁寧、樂蒂的不可同日而語，是她最能把成熟女性魅力施展在多災多難的角色中。雖然大部分時間，「成熟」有點流於客套，「超齡」才更接近真實，因為四十歲的她演起別人的「妹妹」，又或是「為世所逼出賣色相」，怎麼看來，都覺得有些牽強，尤其當那個看上她的大豪客不是腹賈，而是比她年輕十歲（又長得粉嫩粉嫩）的喬莊。

我是説《第二春》中的李與喬，不是《武則天》中的李與喬——後者喬莊飾演太子，二人是母子君臣。但在《第二春》中，二人雖也份屬「母子」——李的失散情人關山是喬的生父，只不過受戰禍影響，關山被誤會戰死異鄉，喬才被送去美國投靠外婆。可是小時候的喬曾與李非常親密，因為喬的親母不良於行（關所以不能離婚與李結合），李正因知道她就是情人的原配，故事無大小親力親為對她照料有加。直至她病逝，李帶著關所生的私生女杜娟走投無路，加上所住木屋被祝融光顧，為了有地方棲身和給女兒交學費，李不得不由良家婦女（護士）專職歡場。於是，前一小時樸素端莊的李麗華便化身為玲瓏浮凸的李麗華——儘管兩個她的妝容不見得「判若兩人」。

喬莊，就是在這個時候回到故地，一方面是隨未死的關山回來定居，另一方面，已經長大成敗家子和斯文敗類，他的戲劇任務，便是要給李麗華與杜娟的苦命母女落井下石：一個意圖沾污，另一個公開羞辱。

多少宣揚「守得雲開見月明」的電影，都志在在為女主角搏得精神上的貞潔牌坊。《第二春》卻是把女主人公的情操建立在更有血有肉的情感上——是李麗華給了我們男女在電影中兩情相悅的更多想像。由電影第一場她與關山到酒店「闢室」（開房）談天，交杯，他給她繫上訂情的項鏈，到鏡頭在二人無話時（其實是關對李作出暗示）拉近雙人床：他和她的關係很浪漫，也很實在——幾乎可說是，遙向四十年後《花樣年華》中的周慕雲與蘇麗珍發出戰書：身處保守年代的他們，為什麼比想當年的進步男女更不怕愛情考驗？

都因為李麗華的至性，使電影勉強至情。只是片名最後不用暗示較強的《巫山春回》改用《第二春》，是否又怕「性」過了頭，反為不美？

◎

尤敏 1
當尤敏遇上夏夢

男明星不息影，女明星才有此華麗轉身：　對不是遁跡空門，而是，有人落地生根，有人一入侯門。總之，有門檻必須大步跨過，從今以後，身前身後乃不容混淆的兩個故事。

明末沒有電影，但不等於沒有女明星，明末秦淮河畔有金陵八艷，艷名遠播的她們，欲一親芳澤者非蓋世英雄便是絕世才子，歷史銀幕如是把伊人投影成浪漫圖騰，提起吳三桂更多為了陳圓圓，提起侯方域誰都不忘李香君，提起錢謙益人人念到柳如是。提起冒辟疆，當然不能不說董小宛。

還是，從風頭，亦即傳奇色彩角度來看，這雙才子佳人的排名似是女上男下更合適？因為，生平既有正史，復有野史，董小宛的女主角地位穩如泰山，倒是冒辟疆未必一定擔綱男主角。論小生有多少戲份，還得看導演意屬董小宛的身前事抑或身後事——入宮前，抑或入宮後。是董小宛，抑或董鄂妃。

六十年代香港影壇對傾國傾城的禍水紅顏情有獨鍾——大女明星給我們留下多少一步一回眸？那身份不明的董小宛更是左右逢源：左是「思想進步」的左翼機構如長城公司，《董小宛》(1963)不愁沒有勝任人選，大公主夏夢是綽綽有餘。右是代表「自由影人」的電懋，旗下氣質美女如雲，又不缺文藝片導演，王天林與尤敏是繼《小兒女》、《珍珠淚》後三度攜手。

不過，歷史對於兩大女明星在同一角色名下較量的這回卻沒把它渲染成如《梁山伯與祝英台》或《七仙女》的「鬧雙胞」——至少，夏夢掛帥的叫《董小宛》，尤敏領銜主演的是《深宮怨》。何況，兩片根本就是同一個名字的兩生花——真有其人的董小宛，「名白，字青蓮，生於明朝天啟四年。崇禎十五年(1642年)，十九歲的她從良嫁給比她年長十四歲的『四公子』之一的冒襄為妾，二人感情真摯，相敬如賓。戰亂中，夫妻顛沛流離，相依為命達九年之久。董小宛終因勞瘁過度，於順治八年（1651 年）正月初二病死，時年廿八歲。」

至於董鄂妃，則是「演義」的上佳題材。美人生於亂世，傳聞好比佳話，是以男主角由一介書生換成帶兵統帥，光只洪承疇覬覦佳人美色擄為己有不夠曲折離奇，故安排董小宛誓死不從，洪遂把她獻入皇宮，成為順治帝的寵妃。

以董小宛「正史」和「野史」為藍本的兩部電影，正宜各自表述。夏夢以嬌憨率直之美活化與冒辟疆共同進退的董小宛——是的，她也有在清宮內遇上順治帝，但那段把順治帝寫成急色如《書劍恩仇錄》中乾隆般的宮廷戲，夏夢版的董小宛其實更似在演香香公主：不換清裝，不給皇帝埋身，直至在宮門外目送被擒來要脅她就範的冒辟疆重獲自由，她才橫刀自刎。

雖然大部分情節均順應「正史」所載的鶼鰈情深，電影版到底不讓董小宛死在病榻上，反要加插冒辟疆喬裝道士大夫入宮借診病拼死與她相見，說明「野史」無可否認更深入人心。

尤敏的董小宛版本顧名思義把戲肉放在入宮之後，「深宮」生涯，套用今日電視劇的形容，「步步驚心，諜影重重」，非常切合《深宮怨》海報上尤敏凝重的神色，緊鎖的雙眉。而且，留在影癡腦海中的深刻印象，這是尤敏第一部又是唯一一部的清裝電影——即便有那麼一段日子我老把《珍妃與西太后》的張美瑤與李湄，記錯了是她和《深宮怨》中飾演孝莊太后的夷光。

旗裝穿在尤敏身上確實合適——「隆而重之」的陣仗不會喧賓奪主，尤敏表面看來清麗出塵——換個說法，就是「弱女」——原來軟語溫柔的另一面，是不懼忍辱負重的男子漢靈魂。

《深宮怨》第一個畫面是大遠景的亭台樓閣，名妓在解說時代背景的歌聲中進入觀眾眼簾。「董小宛艷無雙，妙舞清歌兩擅長，絕世才華驚四座，傾城顏色妒同行」，只是引子過後角色登場，她已不再巧兮倩兮——面對半夜來訪居心叵測的洪承疇，尤敏所演的，幾乎是李安《色，戒》中的王佳之。

被要求當魚餌色誘多爾袞，第一場戲，女主角就已注定如荊軻聶政的「有去無回」。單憑冒辟疆飾演者是田青，以及演員名單上順治帝是皇帝小生趙雷，我們幾難不會預期美人會對洪承疇（喬宏）的不情之請說「不！」。戲的難度亦是在此——換了功力稍淺的女明星，聽著大反派披上羊皮對小綿羊曉以利弊，大多順水推舟把天真無知放在面上——演「被騙」更易博取同情是真的，可是，即便半個世紀前的人心確比今日善良，觀眾還是能夠分辨「做戲咁做」與「戲假情真」。這一幕，尤敏與喬宏的表演可謂相輔相成——他沒有把洪承疇描作大花臉，她也不讓董小宛看來紙張薄。二人以言語過招，王天林以鏡頭調度佈置進和退，才開場已讓《深宮怨》打下結實的戲劇基礎。

與其分辨《董小宛》與《深宮怨》那一部更有戲味，不如把當年左右兩派形同而精神各異的拍片方針看清楚。夏夢塑造一代名女人的人性化一面，在於前三分一的少女情懷總是癡——初見冒辟疆她醉態可掬，是人看她她看不見人。之後一而再不是她錯過他便是他不能赴約。「別時容易見時難」烘托出時艱之下兒女情長的可哀可嘆，但小情愛隨即轉入主旋律，夏夢難免也換了腔調負責慷慨陳辭。

至於尤敏，片中的她玉女不再是理所當然的：婚前息影的最後一擊，所以，心事重重地把董鄂妃演得內斂深沉，與太后，與多爾袞，與洪承疇，與順治即便是一家人，卻也是一門政治。而論處境之錯綜複雜，芸芸薄命紅顏中，亦數董小宛為最。

可媲美者，戴妃安娜。

◎ 尤敏2

當尤敏遇上張愛玲

女主角在一部以她掛頭牌的電影這樣出場，我還是頭一回見識：如果不是反光板一閃一閃在光天化日下給她鍍上金邊，她不過是路人甲——故事開篇，男主角喬宏畫了好多張廣告畫均不合廣告公司老闆口味，因為模特是重口味（大鳴大放的謝家驊），他要的是小清新。偏偏畫中人正是畫家的「女主角」：未婚妻。剩下一天要把真命天子找出來，老闆才離開畫家住所，一個頂著光環的少女，穿中袖毛衣長褲平底鞋，一頭短髮橫過馬路，走進老闆走出來的公寓。

她就是《快樂天使》的尤敏。

老闆之驚為天人，在畫家眼中不過是上門來催賬的士多老闆娘女兒。電影演到這，觀眾以為它是一部國語片版本的《甜姐兒》（*Funny Face*）——藝術家尋找繆思卻抱得美人歸。儘管眾所週知，尤敏就是尤敏，不同於柯德莉夏萍，戲路到底各有千秋：對比夏萍的小鹿斑比神經質，尤敏一直出奇淡定。

即便「玉女」從名銜到戲甌在她從影以來實至名歸，但再意亂情迷，她都心中有底——「南丁格爾」式的美，有時候需要戲服——《星星月亮太陽》的阿蘭沒換上軍中護士裝時還是楚楚可憐的「星星」，但一身卡其色頭戴戎裝帽之後，柔中帶剛的嫵媚，忽又有了與「月亮」（葛蘭）和「太陽」（葉楓）分庭抗禮的「強勢」——但多數時間不：《快樂天使》就是例子，陰差陽錯的劇情發展，因喬宏父親哮喘發作，他的姑姑王萊來電催被逐出家門的兒子趕快帶未婚妻見「彌留」父親一面，尤敏於是成了喬宏拉伕代替品，可是老父一見芳容病意全消，替工尤敏變身全職看護，深受老先生器重同時，之前把她視為黃毛丫頭的少爺喬宏也另眼相看。夜晚，他邀她陪他散步，在蟲鳴聲中，二人的對話「道是無情卻有情」：

尤：整天玩，不唸書。

喬：就是喜歡畫畫。

尤：沒出息。

喬：應該早點告訴我，現在告訴我，遲了。

尤：誰認識你呀？

喬：恐怕認識我也不行，你那個時候才那麼一點兒高。

尤：你也別裝老了，看見你爸爸，害怕成那樣子。

喬：我不是怕他。

尤：那你怕什麼？

喬：我？我說出來，恐怕你也會害怕。

尤：我什麼都不怕，你說好了。

喬：那我就說了。

接下來，他對她說了一個鬼故事。她重複幾個道高一尺的「我不怕」，終究還是被他魔高一丈的嚇人伎倆戳中死穴衝前要保護，而這一幕看在樓上看風景的喬宏老父眼中，不是她投懷送抱，不是小兩口卿卿我我又還是什麼？他老懷告慰，我們的男女主角，如此這般也變相訂情了。

只是，就在尤敏被喬宏唬弄尖叫的剎那，那又是另一個疑似柯德莉夏萍的時刻——小公主與記者先生遊覽羅馬名勝「真理之口」（*La Bocca Della Verita*），記者把手放進傳聞中有測謊功能的石雕嘴巴裡，當他假裝被咬住不放，必須猛力一抽，而在小公主看見那隻被他惡作劇藏於袖裡的「斷手」驚呼，那亦是一個二人的 moment of truth：她以由衷告白把真情實意付託於他，雖然由始至終她沒有主動告訴他自己真正的身份。

尤敏和喬宏這一對自是沒有夏萍和格力哥利柏羅曼蒂克——傳統使然，那年代的女性若不曾得到男方任何形式的承諾，則連花前月下也須步步為營，否則壞了名聲兼空手而回，教訓之巨不是人人都能翻身——片中喬宏那未得老父認可的「未婚妻」便是現成的反面教材，即便她與她的拜金母親是罪有應得，然而吃了虧就是吃了虧，誰都知道她是敗於貪新忘舊的男主角，但誰叫見異思遷的他是按觀眾意旨辦事，因為女主角不用動一兵一卒便大獲全勝，單憑一顰一笑的人見人愛？

尤敏明明穩操勝券，卻又在與喬宏漫步閒聊時使我聯想起，當年若有人能把張愛玲筆下姓白名流蘇的女子演活，可不就是她？

女性角色對於今日華語電影，早不同於古裝片與文藝片當道的五六十年代。難怪今天的女明星也不再如同前輩般，古有紅顏與禍水，今有大家閨秀與陋室明娟排著隊敬候她們盡情發揮。至於文學角色，章子怡曾被寄予演活《第一爐香》的葛薇龍的厚望，但轉眼光陰似箭，今天戲要開鏡，章的級數已是梁太太。於是想到湯唯，一部《色，戒》創造了銀幕上的王佳芝，接下來又在許鞍華的《黃金時代》中演出蕭紅。

尤敏與她的電懋同儕如葛蘭、葉楓，以及服務敵對頭機構邵氏的林黛，在當年與文學結緣，也是拜某種荷里活影響所賜：史詩式製作需要大時代作背景，片廠制度借助西洋歷史與宗教題材發動大眾的觀影慾望，國語片既執華語片牛耳，宣示實力的你拍我也拍，就從抗日名著中你有徐速我有王藍(《藍與黑》)一較高下。

當時，為何沒有人看見另一種對大時代的詮釋，可以如張愛玲那樣寫《傾城之戀》，這樣寫《半生緣》？如果《星星月亮太陽》的監製宋淇更早把張愛玲的原著拍成電影而非聘請她本人以電影編劇身份執筆寫成《小兒女》，尤敏會不會真的就是第一代白流蘇，兼任最符合大眾預期的顧曼楨？（她那為了養家當上舞女的姊姊顧曼璐，有可能是藉《野玫瑰之戀》拓闊戲路的葛蘭嗎？）

尤敏和張愛玲曾經合作誠屬佳話。並且是尤敏拿手的生活情境戲——《小兒女》甫開場，她飾演姊代母職的景慧，巴士上被螃蟹拑住裙子使她誤會身旁站著色狼，一巴掌摑過去竟巧遇老同學雷震，二人淡淡的情愫在兩個弟弟，一個鰥夫爸爸，和有機會成為眾人後母的「侵略者」李阿姨的家庭危機中漾開。除了影子後母王萊綠葉有功，尤敏在女孩與女人，女朋友與未婚妻之間的一朵牡丹，至今芬芳依然。

◎ 尤敏 3

當尤敏遇上簡愛

在香港影壇是南北影人各領風騷的五六十年代，女明星亦因而分作兩大陣營——「大家閨秀」，即大多出入香車，全身時尚，與男主角談戀愛有侍應生為她推拉椅子，以及最重要一項：不用上班，不用流汗，所以造型的一絲不苟，總能堅持由始至終——這些角色，十居其九是國語片女明星現身說法。

然後是粵語片常見的「小家碧玉」。

也不知道這名詞可是因與「大家閨秀」是一對，多少也有落了下風的弱勢之感。儘管「大」與「小」的排場字面上已經有別，可是，真要比較，「閨秀」的光芒理應還不及「碧玉」耀眼才對：前者不過是一片房間中的顏色，後者卻是溫潤人心的寶貝。

勢利眼，常使人只看見「小家」而罔顧「碧玉」的貴重——有趣的是，國語片女明星中以氣質取勝的葛蘭、葉楓、林翠、林黛、樂蒂等等，有一位是既標誌「大家閨秀」，同時，從影以來角色卻佔多數是「小家碧玉」。鮮見她華華麗麗地站於被金銀水鑽鑲住的框框內，相反，是樸素，是生活的各種瑣碎給了她獨有的懾人力量。而這，亦使我不能不「小人之腹」地疑心到她的貫籍上去——原名畢玉儀的尤敏，父親是粵劇名伶白玉堂，任劍輝是其表姑，即是，紅遍港、日的國語片大女明星，是廣東人。

真沒看過有國語片女明星在銀幕上如尤敏的「勞碌」。特別是在一九五九年加盟電懋，至一九六三年所拍的幾部時裝片裡。例如《快樂天使》中她的身份就是雜貨店（港稱「士多」）老闆女兒，這種「一人之下」的角色不好當，因為一人之下就只得「一腳踢」的她。出場時踏著平底鞋穿著長褲走路到大富人家去收賬，第一句對白：「我不是送東西來的，這是您的賬。我媽說，已經兩個多月沒付了，叫我問一聲，能不能付一付。我們是家小店，如果拖賬久了，我們很不方便。」接過賬單的，是一位藝術家（喬宏），摸完頭殼不是掏出現鈔或支票，卻是空口講白話：「過一兩天我一定付清。」可憐白跑一趟的尤敏還要打躬作揖：「好，對不起喔。」向主人家欠一欠身，又向旁邊的客人也一欠身，並且，是退到近門口才回頭離開。

上述行為叫「禮貌」，出自手停口停的中下人家，「家教」倒是十足十。雖然，那都是「暗場交代」。然而情節發展下去，尤敏被喬宏拉到家中扮演「未婚妻」安慰病中的喬父（李英），有規有矩得體大方之餘，士多店女兒更不得不客串起私家女護士來。

餵病人吃藥算等閒，非一般醫院護士能比擬的，是能以蕙質蘭心春風化雨。片中便有一場老先生不肯聽從家中全身制服的特聘看護要他吃藥的指示，尤敏請纓上陣，反被要求以紅酒代藥水。尤答允，但「我有交換條件，你要先把藥水喝了。」

於是「戲」就在動作乖巧的「倒酒」，「放回瓶子」（讓制服護士伺機把「酒」換回藥水）演起來。等到「藥水」呷在老先生嘴裡不對勁，看看遠處監視他和她的「老姑娘」，再看看老先生，又演上一段順水推舟，讓他把藥水當酒灌下去。至於陪他玩飛鏢，打木球，唱催眠歌等「工作」就更數不勝數了。

這樣的工作怎樣看都算「休閒」，換了是粵語片，與任何一位女明星「落入凡間」，穿的都是唐裝衫褲，出入都是工廠大廈，更不要説鏡頭只拍她們行行重行行的腳步，和手上拿著捲成筒狀的報紙到處求職時，每每被沒有台詞的臨時演員耍手和反白眼對待的淒涼狀況相比，尤敏簡直是養尊處優。

不過，我發現作為身世光鮮，待遇優渥的國語片女明星，尤敏的角色還是不能否認以低姿態居多。如果說，她是今天形容的「鄰家女孩」，我又少見以俏麗討喜的她們會如戲中尤敏般深懂人情世故——都在眼珠子左邊一瞄，右邊一轉之間，一定有什麼又被尤敏看得分明，看了進心。

所以，她的「戲」，往往有如人情冷暖，飲水自知——她不是以表演放大想讓觀眾看見的某些事，卻是以「不演之演」讓觀眾心領神會她作為扮演的那個人「明白」了什麼。尤敏的溫婉來自她的不張揚。她的含蓄，低調來自她的心中有底。整的來說，她少有在銀幕上大鳴大放，大哭大笑，因為由飾演者到被飾演者，中間貫穿的氣場，叫智慧。

讓她登上亞洲影后寶座的《家有喜事》(1959)便提供很多「尤敏學」的材料：幾乎與《快樂天使》(1959)是一個模子印出來的「情景」——「簡・愛」式的介入一個富人家庭，免了自己受貧賤之苦的同時，亦讓自己的美通過德行的實踐，不至停留在皮膚表面。「美德」，是貫徹尤敏大部分電影的「美」，而「德」，則是比任何女明星做得更多的「執行」——由在不同環境中「執頭執尾」開始。

《家有喜事》甫開場，飾演新上班寫字樓秘書的她，首先在老闆（羅維）的辦公桌上打翻了茶。回家對臥病在床的母親（歐陽莎菲）抱怨之後，為了證明不是他口中的「小孩子，不懂事」，接受了介紹她這份工作的長輩（蔣光超）的勸告，「忍耐一點，明天換一件旗袍，換一雙高跟鞋，就像大人了。」從善如流的她，下一場戲中看在早晨推門進來的老闆眼裡，果然判若兩人——從她拿熱水壺倒水給他沖茶的旗袍背影，含笑轉身向他說「經理，早。」到把茶送到辦公桌上，再將公事包掛到衣帽架上，回自己桌翻一翻檔案，再在老闆戴上老花眼鏡要讀報之際，她拿另一份報紙的手已入鏡：「這是今天的。」才回位子，看看腕表，又站起來背著他倒熱水一杯，打開抽屜，拿出藥瓶，細數幾顆，拿紙巾盛著，送到老闆面前，並指指自己的腕表，示意「夠鐘吃了」。

這一幕教我嘆為觀止，在於導演王天林在處理當年還沒發明的一種目光——「男性凝視」——和四十年後王家衛在《花樣年華》中示範同樣的「女明星可看性」時，尤敏的生動流麗對比張曼玉明顯的被物化，忽有時空錯置的感覺：愈近我們這年代的「她」愈似古老神話，相反那真是久遠的「灰姑娘」，竟有種觸手可及的（不）真實感。

◎ 尤敏 4
當尤敏遇上王天林

看五六十年代的電懋電影，又名，老好國語文藝片，很難想像，雖然街景是實景，廠景也是盡量模擬真實，它們的背景，卻真的是「香港」。

不能說跟當年的「香港人」是過苦日子居多無關——本土人士，操廣東話，出入《木屋沙甸魚》，居住《一樓十四伙》，簡單的說，就是升斗市民。粵語片沒有中上階層嗎？亦不盡然——沒有錦衣美色，電影院便不是皇宮，電影也不是魔法，觀眾也就逃無可逃，被殘酷現實大石壓死蟹。不同年代，粵語片一樣有如醇酒一般講究年份的大明星，他與她，也是粗衣麻布有時，時尚華麗有時。分別只在，當情節安排窮人落難時，他們便要窮到回歸草根。余麗珍的大富大貴，印象中只發生在大鑼大鼓的背景裡，一旦褪下正宮娘娘的行頭穿回時裝，她就是洗熨婦與乜師奶，手停口停皆因一身兒女債。酷肖梨姐妮活的林鳳相對得到優待，搵食場景大多是「寫字樓」，然而，換了沒有荷里活女明星影子撐腰的丁瑩，命運便是手挽飯壺演其《工廠皇后》、《工廠三小姐》，養活其《小康之家》。

所以，看見《家有喜事》的尤敏母親（歐陽莎菲）貧病交煎，卻一樣住在「環境清幽」的單幢式小石屋，母親的睡房足有目下一個公屋單位大，以至連住豪宅的經理（羅維）也稱羡：「這屋子蠻好，比我家還好。」還有，《玉女私情》亦不遑多讓，尤敏還未出場，以姨母掩飾是她生母身份的王萊，手拿地址腳踏高跟鞋「貴人踏賤地」來到貧民窟鑽石山尋女時，外景接回廠景，大門打開儼如「芝麻開門」，眼前變出一間當年北角式上海小公寓，雖未至於兩廳三房，可是精緻裝潢一應俱全，連窗花也「有番咁上下」，看上去，與其説是「窮」，更似是「隱居」，因為男主人公（王引）需要那樣的環境才能工作——他是作家。

貧富懸殊，如此這般體現在香港早期「本土」與「外省」的文化差異上——粵語片的「富」是憑想像，國語片的「窮」也是憑想像，抑或，不願意「紆尊降貴」？

再經濟拮据，也要維持中產——除了外表上，也是精神上。《家有喜事》的尤敏為了事母與供養幼弟上學，如她般的蓬門弱女不躋身勞動階層卻找到女秘書工作，肯定是國語片的選擇。更國語片的，是上班第一天被經理嘀咕「小孩子，不懂事」，翌日搖身一變馬上教打 bow 呔的中年腹賈另眼相看：窕窈淑女全靠一襲 S 字形旗袍與高跟鞋活靈活現。本來是她幫他打工，後來她為照顧母親請了一日病假，他已緊張到口出以下一番話：「你這樣太辛苦了。我看你一定要找個傭人，不然你太累了。這兩百塊你拿著，我下個月加你薪水，我扣你薪水，兩個月就扣回來了。」她力拒不果，道：「我寫張借條給你。我媽説過凡事要清楚。」

下一個鏡頭，二人已在露天茶座喝冷飲——她是秘書沒錯，但他更需要的是紅粉知己。

這，恰恰解釋了尤敏的故事為何必須尤敏來演——那是條件決定的際遇，而非每個求職女性都能當上悠閒上班族。《家有喜事》亦因此增添了它的「寫實意義」(尤其與《玉女私情》比較)——直至今天：原來它是到這個時代仍能適用的「小三問題」解碼電影，儘管，當中情節如假包換在《紅樓夢》第六十八回已曾上演，明明就是「苦尤娘賺入大觀園，酸鳳姐大鬧寧國府」，只不過「此王彼王」——位置猶如王鳳姐的經理太太王萊不酸、不辣、不卑、不亢，她的家庭保衛戰略，有仿效鳳姐的「（上門投）誠」，但不似鳳姐的「（內心藏）奸」。對在旁吶喊助威幫她上門捉奸的牌友，她說：「事情還不到這地步，我總要給她留個面子。我一個人先去，見機行事，看她到底是怎麼的一個人，談得通呢，我就把她接回來，不得已的時候就照你的法子辦，今天找來的人（拿地拖與壘球棍的太太團）請她們回去，改天我請她們喝茶。」

真是有其夫必有其婦。經理太太「明白事理」，經理先生也不失「君子風度」。他對尤敏「求親」時是一派委婉：「我跟你名份還未定，不能來陪你。這些衣服都照你尺寸做。這是銀行的存摺，用你的名字。」以至一齣「金屋藏嬌」後來演變成「閉門一家親」（妻把未曾正式納過的「妾」接回大宅）再到尤敏「辭職」，正室面前她對他沒有怨言半句：「馮先生是個正人君子，他處處守著禮，這一點你可以非常放心⋯⋯我不能因為自己破壞你們的家庭，我決定走了，這是馮先生給我的存摺，請你交還給他⋯⋯」

有驚無險的小羚羊，多該慶幸遇到的不是老狐狸與母老虎，卻是公綿羊與母綿羊，並且膝下還有為了保證她能擁有未來幸福量身訂造的小綿羊——兒子(雷震)。

電影從開場演上三十分鐘，男主角幾乎讓人認定是經理——他不是小生，但他的癡心妄想不難教人動了惻隱——然後雷震登場，陪母親到了父親「情婦」家裡，被母親介紹：「這是我大兒子。」換來尤敏一句：「馮少爺請坐呀。」我的鼻子登時一酸——是《雷雨》中四鳳邂逅周沖？ 更加覺得雷震這部戲是當花瓶來了，因為演個沒甚主見的 mummy's boy，遠不如他的父親母親有故事、有情感。

果不其然，編劇生硬給他安排勝過父親的競爭力，是「以前與尤敏是同學」。又因年青力壯，正好被母親借用作「奪愛」的「橫刀」——看著二人不流汗地爬山、跳土風舞，父親自慚形穢對太太告白：「我想我不該耽誤她了。」再把尤敏叫來：「我很慚愧，你這麼年青⋯⋯ 我知道你很懂事，幸虧現在大錯還沒鑄成⋯⋯ 我希望你馬上離開這裡。」

只是人走了，不見得心會死。是以尤敏必須與雷震情投意合，雷震的事業也必須在此時起飛——接獲通知調職到星加坡當主任的電報。警報徹底解除，惟有當在「亂倫」的禁忌被用來代替「出軌」而具有更大威嚇性之後。《家有喜事》的主角其實不是尤敏，「家」才是。片中的她喬裝「詐彈」，説穿了，不過是好使好用的奴婢，由一個主子跳槽到另一個的庇蔭下，只是過程非常文明，非常中產。

因而非常電懋。

◎ 尤敏 5 當尤敏遇上阿郎的故事

《家有喜事》(1959)以飛機啓程載著雷震與尤敏一雙璧人離開香港這塊是非地了結一場風波。《玉女私情》(1959)以飛機降落掀開序幕，它也就是女主角尤敏的身世之謎，因為從意大利回港探親的「姨母」王萊，真正身份是她的生母。

説來有趣，雖然電懋皇牌中葛蘭在電影中坐過的飛機也很多——《空中小姐》是她的戲寶之一，何況還有《教我如何不想他》中環遊世界的載歌載舞——但，尤敏從影以來驛馬星動次數之頻，不止戲內的角色，還有戲外備受觀眾與媒體默許的「異國情緣」。要細剖尤敏的電影生涯，有三部電影不能不提，它們的外景場地遠涉東京、北海道、星加坡，不過男主角同是寶田明——高大英俊的紳士，不論是西裝筆挺的時候，抑或外罩米色風衣手撐一把傘，當年多少觀眾對這樣的男子配在尤敏身邊，都覺得是天造地設。

二人合作的《香港之夜》(1961)、《香港之星》(1963)、《香港東京夏威夷》(1963)，今日看來就是「三部曲」。之後尤敏還演了第四部中日合拍電影《三紳士艷遇》，但該片男主角是三船敏郎。

飛機把尤敏載來載去，但在《玉女私情》中，她卻是人去了飛機場，在親友簇擁父母「挾持」下到了登機門前，忽爾如受聖召般「聽」見送機區有人被汽車撞倒，她立馬回頭向心中景象走去——電影的奇妙，正是通過一剪一接，把完全不相關的時空拼在一起，而真實距離可以相差十萬八千里，所以，鏡頭 A 是一輛車急剎掣，鏡頭 B 是持枴杖不良於行的男人身一軟倒下來，鏡頭 C 尤敏恍若看見這個以她當時所在之處不可能目睹的畫面，觀眾便要接受，主角的改變主意——不去意大利學音樂了——是「眾望所歸」，因為被車「撞倒」的男人是她的養父(王引)，就連登機門前的生母(王萊)也忽然「轉性」對生父説：「算了志平，這孩子從小跟伯銘長大，我們對她再好也沒有用……我相信伯銘會好好照顧她。」

那邊廂，尤敏的狂奔配上畫外音：「你們看，小姐回來了。」再來父女團聚相擁，尤敏說出全片最讓她痛苦掙扎的一句話：「爸爸，爸爸，我要你，我不能離開你。」下一個鏡頭，飛機開動，尤敏與王引也上了男朋友（張揚）開的開篷車——為什麼是開篷車？因為，電影的句號還是回到鐵鳥上去。我們看尤敏有意無意抬頭一望，那個破壞了她平靜原生態的大麻煩終於遠去。

《玉女私情》看到三分二，我才發現它的似曾相識——於我，它不能說是某部電影的直接翻拍，但在它的主題——取捨矛盾——上，名叫 *The Champ* 的荷里活老電影確是給了它不少靈感，甚至可以說，給了它精神與骨骼——如果該部早於1931年由金維多（King Vidor）掌舵的奧斯卡獲獎電影大家不曾聽過，以至及後在 1979 年被齊費里尼（Zeffirelli）重拍，也曾在香港以譯名《赤子情》上演的電影版本也印象模糊，那本地版則一定人所共知——周潤發，張艾嘉和當年的神童演員黃坤玄不是組過一個「爭子家庭」？在杜琪峯「成名作」《阿郎的故事》中，一個不願長大的男人，一個未婚生子的媽媽，一個十歲之齡的小孩，要在相依為命的爸爸與可以帶給他「美好未來」的媽媽之中選擇——到底「不要」誰。

《玉女私情》與《赤子情》或《阿郎的故事》最基本的不同，是備受拉扯的主人公，不是小動物般永遠在眼神中流露著無辜的「小男孩」，也就是說，以無助（《赤子情》中的他比《阿郎》更小，只有八歲）換來觀眾眼淚的「重頭戲」——被監禁獄中的父親，以「我不再愛你」的姿態把幼子逐回母親懷抱，害幼子哭得肝腸寸斷——理應保留才是。但當小男孩換上亭亭玉立的尤敏，「虐心」成份再強，也是依靠另加的猛藥：她已是智商情商發育得差不多的「大人」了，當然不可能對父親上演的「我不再愛你了」照單全收，尤其當那個「她」不是別人，而是怎麼看都冰雪聰明的尤敏。

表面上，《玉女私情》也是一襲「高級定制服」——廿三歲的尤敏演起十六七歲，大部分時間把殖民地式女子中學校服穿作便服的「玉女」，說服力百分百。但更大挑戰在於，她要把角色由無愁無慮的平坦人生於瞬間轉換到不知何去何從的十字路口，並且，「她」也沒被賦予原版小男孩對父親的「癡心」——仰望角度看去，生命中再是失敗者，他還是他的「超級冠軍」。反之，王引於尤敏沒有多少崇拜成份——他的職業是作家，她反而承繼了母親的音樂天份，他和她的情感戲戲肉，更多是建立在他為她買生日蛋糕被車撞倒之後，也就是身世之謎被揭的契機。至使，一個面臨成為殘廢的父親，當然不會讓與他生活了那麼久的「女兒」忍心捨他而去。近乎道義多於情感上的兩難，乃編劇（秦亦孚）於情於理發展不足而帶給尤敏演繹的難度——演不好，「她」就是被母親以派頭、排場、華服和「前程似錦」打動的虛榮小女孩。

然而，尤敏的「生活化」使她在重重考驗前有驚無險。雖說，這跟飾演母親的王萊與父親的王引也是演技層次分明不無關係。王萊更值一提的是，角色本身沒有給她提供多少「惹人憐憫」之處，甚至，輕微引人反感——女兒的十八歲生日，為何要在半島級的大酒店大排筵席？如此慈母，對女兒再提拔，也有養飼金絲雀之嫌。只是，王萊的好，是她能把人物演到「我本來就這樣」——從下飛機的明克與帽，往鑽石山尋女的大衣套裝裙，平日裝扮的一絲不苟，到隆重場合如為女兒慶生的薄紗旗袍——是雍容、優雅，折服了一個平民小女孩的心。

也因為這樣，觀眾——特別是典型的中產階層電懋觀眾，也是所謂女性文藝片受眾，才開場已被這雙母女的「精神契合」如開車開上了高速公路——尤敏在王萊身上看的自己，才是波仔在阿郎，T.J.（小男孩）在「冠軍」（父親）身上找到的自己呀。女孩看見女人和男孩看見男人，除了親情還有成長元素中很重要一項，就是性魅力。尤敏在片中與父親的親暱僅屬形式，與母親的由遠漸近，才是真正的成長步伐。

是以，《玉女私情》劇終順應倫理規範安排「倦鳥歸巢」，真的幸好投入父親懷抱的是尤敏——濫情、煽情、矯情，不知為何，在她身上就是免疫。

◎ 尤敏 6
當尤敏遇上寶田明

女演員要是感慨生平沒有「代表作」——在對的時間遇上對的題材，對手，讓自己成為某種里程碑上的刻度——那，若她尚有一重身份名喚「女明星」，曾拍下幾部教人在任何年代看見，都覺得她美不勝收目不暇給的電影，也是功德無量。

當然，如果電影常青，人更能把歲月比下去，那就更是福慧雙修。

這方面，六十年代的國語片女明星一直比粵語片女明星「幸運」。所謂「人靚，衫靚，景靚」，但真要三者並駕齊驅，誰叫製作水準在正常情況下，總與製作成本成正比？

就以「景靚」來說，粵語片不是不曾勞師動眾「出外景」，拍回來的風情畫，也不是不放到七彩闊銀幕上，但不論是遠赴台灣、星馬如一九六七年一口氣拍成的《遙遠的路》、《青青河邊草》、《月向那方圓》、《明月千里寄相思》，雖然除了吳君麗，女主角還有時髦的林鳳，四部電影就是像趕鴨式的旅行團。

翌年，外景地圖擴展至日本的《紅葉戀》(1968)：「富家子呂奇因未婚妻陳寶珠車禍去世，傷心欲絕，赴日本散心，邂逅陳寶珠分飾的中日混血兒櫻子，惟櫻子父親對中國人偏見極深，反對二人交往，更切腹自殺。呂帶陳回港結婚，又遭呂父駱恭因年青時情人被日本人搶去而堅決反對……」足跡已是另闢「海女潛水採珠」的蹊徑。只是，一來，《紅葉戀》自公映至今甚少再度面世，二來勿論日本風光有幾旖旎，只憑情節安排看來，外景鏡頭去得再遠，電影還是難逾老土通俗劇情的雷池半步。

差不多時期的國語片，甚至早上多年，如攝於一九六一年的《香港之夜》、《香港之星》，一九六三年的《香港東京夏威夷》，鏡頭所到之處並不全然是戲肉所在，更重要的，是片中出現的香港、澳門、吉隆坡、東京、北海道、夏威夷，全在影迷心中化作戲迷情人的一步一腳印——雖也不復在大銀幕上輕易得睹，但只要一經過目，誰能忘得了俊男美女如寶田明與尤敏，在上述城市的名勝中並肩漫步，款款深談？

也許，它們就是這個時代再沒有人拍得出來的「拍拖戲」。儘管，花前月下卿卿我我，莫不是浮光掠影，美的時候很美，一旦成為過去，男女主角還是得「獨上西樓」：以情侶檔上陣的寶田明與尤敏，在「香港三部曲」中佔兩部的結局是有緣無份，惟得屬於喜劇類型的《香港東京夏威夷》是「大團圓」，不過，最後一場戲仍是「分手戲」——女的先行飛回夏威夷，對於男的「求婚」，她是「以其人之道還治其人之身」地賞他一記耳光，給觀眾留下遐想，也給故事製造了尾巴。

《香港之夜》與《香港之星》沒有那麼樂觀，部分是兩部片中的尤敏都有點「苦大仇深」：前者，背負生母是日本人並早年把她遺棄的雙重身份負擔，還要在遇到日本人的男主角時，他已有一名大方得體西化時髦的未婚妻（司葉子）——即便，正是與在穿洋裝與行為思想獨立開放的摩登日本女性相比，大和男子更愛的是纖巧脆弱多愁善感的中國旗袍女郎。後者，身為日本留學生，她與他之間少了民族包袱的阻礙，偏又有「愛情誠可貴，學業價更高」的家庭壓力。

況且，二人之間依然不缺第三者，這次出現的「絆腳石」，不是繞在寶田明身邊的穿花蝴蝶酒店老闆娘——他對她還能做到「君子不乘人之亂」，而是尤敏的閨蜜團令子。擁有自我犧牲美德的中國美人，於是對心上人編出如下謊言：「我早有了未婚夫。」

同一句台詞，被尤敏在《香港東京夏威夷》中一講再講，因為它既是「事實」——早在四歲之齡已被許給七歲的林沖——只不過這段婚約在現實中又注定不能發展為事實：與林沖分隔於香港及夏威夷，她與他廿年未曾聯繫外，她其實已心有所屬。

「我早有了未婚夫」，不過是尤敏用來對力追她的加山雄三的哥哥寶田明施展的激將法——是的，合作到第三次，假如二人同場還是繼續「窈窕淑女，君子好逑，求之不得，輾轉反側」，過於熟悉的情節將令可觀性大打折扣。於是《香港東京夏威夷》安排一對璧人化身舌劍唇槍的歡喜冤家，一個「寸爆嘴」的尤敏，確實教慣見她在國語片中溫柔婉順的觀眾耳目一新。何況，所有駁嘴駁舌，盡是英語對白？

尤：“I really want to see what Japan is like with my own eyes.”

她堅持要去探訪孤兒院，買了大包細包禮物送罷出來，竟被男方搶白一番。

寶：“Supposed there are some hundreds and thousands of unfortunate children who need their homes, but what has it to do with you anyway ？”

尤：“The world is made of small grains of gratitude by lending such help.”

寶：“Nonsense, the whole world is controlled by A-bombs and missiles. How the hell does this small little goodwill matter ？”

尤：“You'd better return to your office and stick to staring pen.”

寶：” Oh, I'd like to, I'm wasting my time, I have my father and mother, I am not an orphan.”

尤：“I know you are not an orphan. It's a man like you who make orphans.”

寶：“Hey, don't you dare to be so rude to me. I've never betrayed anyone. I love my father, I love my mother, and I love myself too.”

尤：“Love for one's parents is only natural. It isn't anything that you can be proud of......”

寶：“You should not come all the way to Tokyo just to offend me. A social study ？ Oh, a girl like you should be just window shopping or buying clothes.”

尤：“That's enough. Listen, there's at least one girl who is not interested in her makeup. Now remember that.”然後拂袖而去。

你別說，以英語出口傷人的尤敏，又真是活色生香：生鬼的「生」，香港女大明星的「香」——那年代沒有所謂國際章與國際范，但能把尤敏打造成不受地域限制的大家閨秀，東寶與電懋的攜手合作，無疑證明了我們的大女明星絕不輸給優雅韻致的日本大女明星，如司葉子、團令子和草笛光子。

中日情鴛不一定「此情只待成追憶」，但跨國譜成的「香港三部曲」，給尤敏的電影生涯留下雪泥鴻爪。二〇〇五年寶田明應邀來港出席電影資料館「早期港日電影交流展」時憶述的一支小故事格外動人：「尤敏息影後，有一次我和太太和朋友來港，與她相約吃大閘蟹，我在餐廳選播了一支她唱的歌，令她感動得哭起來。」——容許我未曾小心求證便大膽假設，那一首，可會是在《香港之星》中，尤敏在海邊為寶田明低吟淺唱的《香港之花》？

「它們有斷有續，它們有遠有近。有些雙雙對對，有些孤孤伶伶」——是浪花的「花」？

◎林翠1 兩種綠色——是翠不是黛

電懋要與邵氏搶拍《梁山伯與祝英台》時，為什麼不用林翠反串男主角，尤敏坐正女主角，而是用上德高望重，以至看上去輩份與年齡皆有距離的李麗華？這是我在看畢《蘇小妹》萌生的「百思不得其解」。

太帥了。易弁而別的林翠，我在電懋版《寶蓮燈》曾經見識。雖然恰如其分，對於他扮演的華山聖母之子沉香，我倒更喜歡邵氏版本中的林黛——是，四屆影后生平唯一一次「扮男仔」，據說是請纓上陣，因為雖已名正言順掛上頭牌出演華山三聖母，但當劈山之子傳出將由《梁山伯與祝英台》一炮而紅的凌波出任，她便把易裝的第一次奉獻給邵氏版《寶蓮燈》。

林黛分飾的沉香，其實只演了一半，另一半屬於她在自殺前未煞青的戲份，代她修修補補完成拍攝的，是「新林黛」杜蝶。是以，沉香在片中一會兒瘦，一會兒「肥」——那「肥」在三聖母身上未免過於富態，畢竟她是餐風飲露的仙女，但對於十來歲的小男孩，倒是肥如嬰兒般可愛。林黛演三聖母因略顯圓潤而更覺成熟，但林黛演沉香，逗人喜愛的程度，是想搣他面珠墩的肉幾搣。

林翠的沉香，四隻字夠矣。英明神武。手拿劈山斧，頭頂紅纓冠，一派名校尖子模樣。非池中物的入型入格固然奪目，可是，若說從「月亮情結」的解讀角度來看，這沉香與三聖母（葛蘭）更像是兩個個體的情感表現而非臍帶要斷未斷的難捨難離。林黛之前也沒演過男性，更不要說是稚氣的「男孩」，給人感覺除了新鮮，更有驚喜——之後要等到十多年後林青霞在《金玉良緣紅樓夢》中飾演賈寶玉驚艷全世界，我們才一開眼界，小男孩的癡纏落在大女明星的表演裡，原來可以如此活靈活現。

由此，我更肯定性別扮演不能一本通書讀到老——林翠憑《四千金》的「男仔頭」Hedy 一鳴驚人，又曾演《化身姑娘》，片中的她梳蛋撻頭，穿男西裝，反串男角理應過關斬將，然而，時裝與古裝的分別並非只有一字之差，「男仔頭」女孩與時裝片的 drag king，到底不須顧慮咬文嚼字眼神造手，古裝之所以大不同，在於功架決定一切：《寶蓮燈》中林翠的沉香悲情有餘，活潑不足，到了《蘇小妹》，情況才見有所逆轉——那才情橫溢的蘇小妹古典美人扮相在她身上竟成綁手綁腳，而要到了改扮男裝後才見揮灑自如。

主要原因，是編劇秦亦孚在一部戲曲電影中讓林翠小試牛刀一會，演出了一段折子的莎士比亞。

《蘇小妹》的戲劇結構，用今天的眼光來看，正是借兩個女人（正室與小三）的隔空鬥法寫一個女人的「性別覺醒」——蘇小妹是才女，文娟（張慧嫻）是詩妓，中間夾住自稱不好色的秦少游。丈夫想綠楊移作兩家春，老婆的堵截妙計，是冒他姓名假扮男裝登門拜訪第三者，務求身在隔壁的他被認作是 A 貨。隨著詩妓中計，於是香閨內上演兩個女人的又一齣「雙鳳奇緣」：

蘇：娟娘才貌聞名久，今天特來訪詩友，談不到結鸞儔，又何敢稱風流

文：我是水面的花，我是風前的柳，哪裡配嫁名流。

丫環（周萱）：她為你想的人消瘦，她為你想的一身愁，嫁不到

秦少游，她寧願孤身到白頭。你難道就忍心看她一生休。

蘇：自古佳人難再得，如今知己更難求，怕只怕河東獅子吼，酸風醋雨令人愁，你說我怎能結聯儔。

文：這倒不用愁，逆來我順受。

蘇：你能受，我難受，怎忍你一輩子不抬頭。

文：但能情長久，但能意相投，就是一輩子不抬頭，我決不把眉兒皺。

丫：她既然能忍受，你何必再擔憂，快快來喝杯定情酒，趁著今宵月滿樓。

蘇：姑娘比不得閒花柳，婚事何能太簡陋，待我回家請母命，再來迎娶到高郵。

文：感謝你情意厚，取下我玉搔頭，區區的信物願收留，天長地久永相守。

丫：大人，你的信物呢？

蘇：唯我客中無所有，只有一雙空空手，這方玉佩太粗陋，怎配得上玉搔頭。

丫：什麼配不配得上（交換二人信物）這門親事定了。

蘇：天色不早，下官告辭。

丫：喝了這杯，才讓你走。

（雷聲大作）

蘇：我喝了一杯酒，這就下雨了。

丫：這叫天留客，大人，我看你走不了，不如就呆在這兒，跟我們姑娘成了親算了。

蘇：不不不，下官還是告辭的好。

文：這麼大的雨，走出去會受涼的，我看還是我陪學士飲酒論詩，如何？

蘇：不好，不好。

丫：大人，你怎麼這麼不解風情？我走了（關門，剩二女）。

文：天作合，雨留人，今天居然稱了我的心，這真是有緣千里來相會，怎麼你緊皺雙眉不出聲？莫不是嫌我出身卑賤難為偶？莫不是怕我品格沒聲名。

蘇：十年前我得個奇怪病，心跳胸悶頭腦昏，此刻忽然又復發，一霎時天旋地轉眼難睜。

文：讓我扶你上床睡，除去衣冠養養神。

蘇：不不不，這病最怕睡，越睡越昏沉。

文：有病不能睡，難道坐著到天明。

蘇：只有靜坐到天明，一到天明就太平。

文：心跳胸悶真能忍，我給你摸胸散散悶。

蘇：這病不能動，一動病加深，你還是去安息，讓我靜坐到天明，好在天明並不遠，那時候我們再談心。

這場李雋青（邵氏版梁山伯與祝英台的寫詞人）寫詞的黃梅戲小姐的良緣不果，下集還在後頭：「一個是胡思亂想夢難成，一個是千方百計想脱身」。深深不忿如意郎君就在一步之遙的張慧嫻還是不能不受「如此風情如此夜，如言如語最消魂」的雨聲催情作用影響，一身紡紗睡衣給林翠上演「三蓋衣」：「是真病是假病？是假意是真情？真真假假兩難分，我也胸悶頭腦昏。」等到她睡下，林翠起：「又體貼又溫存，令人到此不消魂，幸而她把真當作假，不再把假弄成真⋯⋯」

至此我才恍然大悟，除了把「十八相送」倒樁來演——被暗示的梁山伯其實是祝英台所扮；《蘇小妹》在林翠演藝生涯中的反串戲原來還有更深啓示：「扮男人」難她不倒，「扮女人」才更難。

而她的俊俏書生扮相，不斷教我想起何韻詩。

◎林翠 2 一個沉香——是嬌兒還是孤兒

林翠的藝名叫林翠，原來，全因林黛叫林黛？

有資料記載：「林翠，原名曾懿貞的她在一九五三年初入行時，導演兼老闆黃卓漢為她起了林翠這個藝名，為的就是沾林黛的光……」——如果說，女明星能「名憑姓貴」，林翠之後，又有林鳳，那林鳳的林是不是也與林黛有關？

出身邵氏粵語片組，時維一九五六年，比林翠晚上三年，但林鳳後來在粵語片的走紅程度與林翠是不相伯仲。後者綽號「學生情人」，前者是「粵語影壇首位具有青春偶像氣質的年輕女星（之後才有陳寶珠，蕭芳芳）」，綽號「銀壇玉女」。二人都與摩登女性角色結下不解之緣——即，洋氣十足。林翠在《四千金》中不止有洋名，更露一手西洋劍歌舞。林鳳，是西洋童話化身粵語電影的「公主」代言人，如《睡公主》（1960）。

但誰都知道，林鳳和林翠，一「南」一「北」，並不構成可比性——雖然生於上海的林翠是廣東中山人（胞兄曾江拍的是粵語片）。至於林黛與林翠，相距自然更遠，倒不是年齡與輩份——林黛只比林翠大兩歲，但在戲路、體態，或者直接以「女性化」的角度衡量，林黛膾炙人口的《貂蟬》、《江山美人》、《妲己》、《王昭君》以《白蛇傳》以至遺作之一的《寶蓮燈》，很難想像林翠會勝任愉快——「回頭一笑百媚生，六宮粉黛無顏色」之類的形容詞，盡是現代人對中式古代美人的「刻板印象」：海嘯與龍捲風的毀滅性來自自然力量，紅顏禍水傾國傾城是她們「嫵媚，冶艷」——把性當軟權力，把愛當看不見的武器。

林黛走紅，與七彩闊銀幕電影開始成為普羅大眾消費娛樂不無關係——她就是 3D，她就是 IMAX。光是一雙大眼睛的波光流轉喜怒哀樂，光是説哭便哭要笑便笑的真情流露，林黛的特寫鏡頭，已足夠令觀眾目眩神迷。四屆影后不是浪得虛名，因為「影后」譯成英文的

Drama Queen 於林黛是價真貨實：小事化大，大事化更大，當年電視劇尚未像今日般如家常便飯，大眾要看被放大的日常生活（又名「比生命還大」），只能走進戲院，走進「豪華」、「瑰麗」的銀幕世界，在歷史與神仙境界中逃避或是貧困，或是動蕩的現實。

而且，惟有倣荷里活電影的邵氏片廠式大片，才能把「愛情」如整形般，從平平無奇變身玲瓏浮凸——正是這種「手術」，造成六十年代粵語片「重傷」和逐漸式微。因為，同樣是銀幕上的慾望投射物，被彩色菲林與闊銀幕重新塑造的國語片女明星看上去猶如花團錦簇，相形之下，黑白與方塊銀幕裡的粵語片女明星，縱使不致於由天涯何處無芳草變了「甘草」，但當貴妃皇后兵臨城下，無可否認，就更似荊釵布裙。

碧玉當然也有 Drama Queen 不能比擬之處。即如林黛的「顛倒眾生」不屬林翠可以挑戰的戲路，但林翠在《蘇小妹》中假扮她的夫君秦少游，或林翠在《寶蓮燈》（電懋版）中反串華山聖母之子沉香，一個倜儻得來因怕露出馬腳而傻兮兮的可愛，另一個從古代的鄰家男孩歷經脱胎換骨升級少年神將，理論上，也不是林黛所能手到拿來。

誰知道，一個質樸一個華麗，一個中性一個「女性」的林黛與林翠，偏被命運安排在兩大電影機構鬧雙胞的一部電影中「狹路相逢」：

《寶蓮燈》中林翠飾演沉香是恰如其分，林黛演華山聖母於當年也是「無可厚非」——括號的意思，是不無異議。一來，縱使有「聖母」的「母」字作護身符，片中的唱詞不止一次提到這角色的身份乃「青春玉女」，加上與她「一見鍾情共赴巫山」的配搭選上新人鄭佩佩，十七歲與廿九歲的「戀愛」不只落在反對和拆散二人的二郎神眼中是「彌天大罪」，就是對買票入場的影迷粉絲，也已造成「挑戰」。

二來，當對手是新人，配角是甘草，整部電影便有跡象成為個人秀。焦點於是落在片中的第三個重要角色「沉香」由誰出演的問號上。

電懋版《寶蓮燈》在卡士上乍看與邵氏同一路數——青春少艾的華山聖母，用上婚後復出的葛蘭。但不知道是否某種自知之明——基於仍然是黑白製作，片中亮點得由「明星之多多於天上」補救。鄭佩佩在那邊廂的劉彥昌是落第書生，才出場已把他的寒傖與《七仙女》中賣身為奴的董永聯成一線，是以聖母對他的戀不免更似由憐生愛。這邊廂的劉彥昌由尤敏反串，大方落落風度翩翩，聖母由葛蘭演來則更有小粉絲遇見韓劇男主角的芳心竊喜心如鹿撞。

其次，邵氏版二郎神田豐毋須把臉油上金漆已經惡形惡狀。電懋版二郎神出動大男明星趙雷鼓著圓腮黑著金臉，說是聖母的嚴兄，感覺上更似憋了一肚子悶氣的弟弟。至於哮天犬，邵氏是諧星李昆。電懋呢？我是看完全片，再看電影資料才驚覺造型如芝麻街動物角色的那一位，是當家小生雷震。當然，罪不在電影本身，是我看的熒幕太小了。

再來的靈芝仙姑，邵氏版繼續南國藝員訓練班，但李菁確有善用左手握劍右手提燈的閨蜜角色嶄露頭角——蘭花指由她演來重複卻不使人厭膩，尤其當部分林黛的戲份是由「新林黛」杜蝶頂替，替身表演教觀眾不忍卒睹之際，目光自然「過戶」到李菁身上。

電懋版的容蓉沒有後天性的「便宜」可佔，可是靈芝這人物有其先天性的優勢提供，她其實乃《灰姑娘》中的「神仙教母」。情感在這教母身上，比高高在上但瞬間被壓在華山山下的生母，於沉香是實用得多——雖然不似邵氏版安排寶蓮燈由她練成，但最後在她引領下，霹靂大仙（也是大茄王引）從二郎神手中奪回寶蓮燈救出聖母，靈芝戲份不少但角色吃重，未嘗不是容蓉的代表作（甚至比她擔綱董永的國聯版《七仙女》memorable）。

剩下來必須討論的，不是葛蘭與林黛的聖母高下屬誰，而是反串沉香之於林黛與林翠有什麼意義——於林黛是既有「噱頭抑或瞄頭」之議論，也間接反映林翠星途上的某種迂迴曲折。

◎

林翠3 兩盞寶蓮燈——是人文氣息抑或娛樂至上

當華山聖母的飾演者是葛蘭，沉香是林翠，這對銀幕母子的叫座力，在於兩大電懋女明星有多少對手戲，和對手如何交戲。

於是，導演的考驗來了。神話中的「劈山救母」，就是給沉香大顯神威，戲其實不在聖母身上。然而拍於六十年代的電懋版《寶蓮燈》，即便集合了五位導演的共同出手，今日看來，效果只是發揮在效率——成功搶閘在邵氏版《寶蓮燈》前推出——而非其整體成績。尤其強差人意的特技場面：如果被壓在華山之下的聖母只能聲聲淒楚地以畫外音把愛子呼喚，「沉香！沉香！」，既無地圖，又沒帶指南針的這位少年，惟有「按聲索驥」，一力承擔救母心切的戲碼，補救當年製作條件之不足。「娘！娘！娘！」聞者不無心酸——可是，我說「戲不在葛蘭身上」也並非無因：與邵氏版《寶蓮燈》的安排不同，電懋版的沉香從小把養母（王萊）當成生母，所以，當被告知真正的娘親另有其人，儘管觀眾早知劇情發展，但之前沒有失母之痛，也無念母之情，忽然已見沉香哭成淚人，林翠的表演再動人，也不是直接與葛蘭有關。

在這方面，以現今媒體愛用的日式語彙形容，是邵氏版「勝！」——林黛分飾的沉香，父親劉彥昌與聖母天各一方後未曾再娶——戴上鬍子的鄭佩佩本來帶幾分「滑稽」，幸好憔悴與蒼老的化裝頗能引發人物長期思憶的聯想——把他養大的只是鄰居好心的大娘，一對相依為命的鰥夫與獨子，形象上已給後來奮不顧身救母的小英雄增添說服力。

另外，據說本來由凌波出演的沉香，因林黛請纓分飾而易角，這當然也令葛蘭沒法在電懋版使出渾身解數——如林黛般一人分飾母子——而「輸」了給角色的先天所限：「救母」一場雖也終於粉墨登場，然而隔著「山洞」佈景捉住彼此的手一輪對唱，結果是削弱了山崩地裂母子相見恍如隔世的悲劇感。而當葛蘭重見天日時的一派雍容，貴族風範不庸置疑，只是比起沉香林黛劈開山石驚見聖母林黛披頭散髮，鏡子意象便更勝萬語千言——初見和相認相重疊，兩個自己都在眼前。

何況，當沉香聖母都是林黛，兒子的角色大可專心演好之前的枝節——尋找霹靂大仙，苦練劈山斧，獨戰哮天犬二郎神——而不須擔心觀眾把聖母拋諸腦後。兒子與媽媽長得像餅印，現實中比比皆是。倒是葛蘭私戀尤敏誕下林翠，對於聖母與沉香的「一見如故」，觀眾還真需要時間適應。這便造成若即若離的投入感：感動，部分來自電影，可更多是看戲的人的「睹物思人」，或感懷身世。

《寶蓮燈》不是林翠第一次古裝與反串上陣，卻是葛蘭唯一一次「試水」黃梅調。感覺上又似是在挑戰另一種「卡門」——在《野玫瑰之戀》之前，誰會料到擅演蓬門淑女的她，也可以放蕩不羈？華山聖母與卡門表面沒有可比之處，但純然從邊唱邊演的形式來看，兩者都讓葛蘭以 Diva 一面帶著戲迷走。這與《寶蓮燈》中配口型演出的林黛何其不同。她的「舞台感」，源於七彩闊銀幕營造的華美——血紅的「囚衣」，大把如狂風掃落葉的亂髮，形象上，宛如「蝴蝶夫人」。黑白方塊銀幕上的葛蘭，於是弱了戲劇性，強在斤兩十足的掏心掏肺。

如果又以兩種狀態標誌明星與演員的分野，明顯的，林黛是Act，葛蘭是Be。

因而也教兩個沉香的性質大異其趣。林翠的可觀，是穿了古裝的她仍不失某種現代感——例如，還是使我產生正在看何韻詩的錯覺——以至之前提到在看電懋版《寶蓮燈》會有的「抽離感」益發揮之不去：單親母親與被遺棄的兒子隔「牆」相認，恍惚母親年青時是無知少女，失身後被禁閉在不見天日的女童院。社會教化意味呼之欲出。

連帶使沉香也沾上「遺傳」色彩——錯手殺人的不良少年，真要控訴，也是一字一淚的「養不教，誰之過」？

社會問題的隱喻完全是多情讀者的穿鑿附會乎？也許，但也許不。皆因有著林黛分飾聖母沉香母子的相映成趣，邵氏版《寶蓮燈》便更顯得「娛樂至上」——雖然不知是誰的主意，「紅」作為符號在片中一再被賦予負面的暗示，如「紅色走狗」。撇除有關聯想，自稱「雲英未嫁身，人間誤相稱」的聖母，誰說不是女明星動了「凡心」，以身相許給平平無奇的粉絲劉彥昌，期間的穿針引線暗度陳倉，全賴經理人又名助理的靈芝仙姑。是以，沉香的身份除了是私生兒，還有著另一重的不合法性——他是母親沾污同業清譽的「證物」，他所代表的不光彩，教他由頭到尾演的都是爛衫戲。

是以兩齣《寶蓮燈》的結局都有「弦外之音」。電懋版聖母與沉香同列仙班遠離塵囂可謂兩全其美——凡人如劉彥昌一家重得安寧之外，母子團圓，也是「借種生子」後的修成正果。邵氏版沉香把聖母帶回家與劉彥昌重聚，畫面再歌舞昇平，也未見一家三口樂也融融：大女明星打扮得一絲不苟端坐平民百姓之中，怎麼看，都似「人在凡間，心在仙界」——恰如「息影女星」。

林翠的沉香讓聖母葛蘭「有子萬事足」。林黛呢？母是她，子也是她的結局在「電影不過是『產品』」的前提下，難怪隱隱有著孤芳自賞的惆悵——所謂愛情結晶品，不過是自戀的延續。

人文氣息與水月鏡花，邵氏與電懋，如此這般，一目了然。

◎林翠 4

一晌貪歡——是性格還是命運

林翠，真有看上去像林黛的時候，在《情天長恨》（1964）裡。

那是與《江山美人》（1959）有著異曲同工之妙的愛情悲劇。不同的，是林黛飾演的李鳳姐，才踏出邁向成長的第一步，便學曉什麼是天不從人願。《情天長恨》中的林翠，理論上應比李鳳姐世故——身上是時裝設計師的精品，頂上是髮型屋師傅的好手勢，耳環項鏈配搭不多不少，但品味再好，她的職業仍是陪人過夜的夜之女。

甫開場收下一千元走進男主角（張揚）的房間主動提供性服務。倚門的剪影，修長的身段，這飛來艷福卻被他堅決謝絕，沒想到性觀念仍然保守的六十年代裡，林翠的角色雖不是「良家婦女」，但對柳下惠的「不解溫柔」不怕直斥其非：「我的名字叫張一紅，要是你不喜歡，你可以隨便替我改一改。好了，我告訴了你我的名字了，你呢？怎麼？連名字都忘了？史丹華／我喜歡這名字。（走近，把雙手環抱他脖子上）你想幹什麼，我就陪你幹什麼。（他眼看她要寬衣解帶，下逐客令）你現在不用對我假正經，剛才幹嘛又死盯著我看呢？你，壞東西。你不是我的董事長，我用不著服從你，我偏要在這兒明天才走！」字字擲地有聲，結果是，他的面具溶化在她的不假辭色裡。

都是以一夜情開始一段情。但《江山美人》與《情天長恨》大相逕庭的，是把半推半就的鳳姐林黛換成董事長張揚，把順水推舟的正德皇趙雷易作妓女林翠。如是，林翠自少女時代便深印在觀眾心上的豪邁、爽快、男兒氣概一面，再次活現在「反客為主」的表演裡。

就像《長腿姐姐》（1960）中的一幕「色誘喬宏」，只不過那一齣是「煮飯仔」（家家酒），這一齣是「打真軍」——在張揚投降給她之後，畫面淡出，下一場已是 the morning after，只見白床單裹住身體的她匆忙趕入浴室，反倒是滿面春風的張揚好整以暇，等到林翠以一身「工廠女工」扮相再度現身，他竟沒被由頂到踵迅速變身的她嚇倒，卻是體貼入微的問：「不一起吃早餐？」

判若兩人的那位除了打扮，還有態度：「我不配陪你吃早餐，昨晚你付出你的代價，我也付出我的代價，我是來做生意的，在我做生意的時候，我是盡量使給錢的人滿意，可是現在，我沒有陪你的必要。」當張揚胸有成竹再問：「如果，我再給你一千塊錢？」正好給傲骨女子送上轉身離去的理由：「我不願意接受。」

《江山美人》的正德皇也是大清早不怕背上「飽食遠颺」的罪名說走便走，《情天長恨》與之相映成趣，是匆匆離去的林翠，趕到菜市場給臥病在床的母親買菜做飯。原以為賣身不賣心的她到底不是李鳳姐，因為，更懂把命運掌握手中的重要，就不用苦等一個男人日復日與年復年——林黛圓瞪著或乾或濕的杏眼，演活我見猶憐的佳人薄命，林翠的「看點」卻在嘴唇；如果說，臉上的風景各有名稱，林翠兩片唇的表情或可名為「一線天」——表面上不可高攀，但她的堅強、倔強，也不是沒有一下子便能征服的可能。

如當天晚上張揚第二次到夜總會找她，劈頭一句，她就教他碰上一鼻子灰。他問：「你一個人？」她答：「等人接收。」「請你跟我來、」「我不會跟你去。」「為什麼？」「不必有理由，就是不跟你去。」再往下談，竟成討價還價：「他給你多少？」「六百。」「我給你一千二、兩千四」⋯⋯我身旁的友人看到這裡忍不住驚嘆：「好開放的電影！」

也許，這就是電懋與邵氏，以至林翠（本來）與林黛的分別——前者的電影再被標籤是六十年代香港的中產情懷，還是會以某種面貌提醒觀眾我們總被「貧窮」與「現實」犧牲。後者當然也有類似出品：《江山美人》中李鳳姐一夕風流珠胎暗結，受到的白眼嘲諷全是愛的代價，然而那與「吃飯」無關。

就連林黛在另一部電影《不了情》（1961）中，為幫助男友應付周轉而把自己的肉身舉債，那也不是升斗市民普羅大眾的「吃飯問題」——神聖的愛情，在邵氏文藝片中往往只是茶餘飯後的甜品，是范特西（fantasy）的同義詞。

在這方面，電懋雖不如長鳳新的左，但亦不似邵氏的右，比較上是維持中立。直至《情天長恨》隨著劇情急轉直下，立場的動搖使形象鮮明的演員也要變調——上一秒林翠仍在挑釁情感豐富（也很「資本家」的）張揚：「你想用錢來買我？我們這種人是沒有感情的，我們認識的只是錢，錢。」下一秒已因他的一個「我看得出你是不喜歡這種生活的。」改轉口風：「難道還有其他生活讓我選擇嗎？」不言而喻，她接受了他的「照顧」。

就是張一紅在心理上有所調整——由硬變軟——下一場戲始，她的命運便與《江山美人》的李鳳姐看齊。林翠的妝容也隨之出現顯著變化：之前的不卑不亢，全在生命展開新一頁時成為過去。對鏡微笑，她的眉，她的鬢，恍若臨摹書法中的「鐵劃銀鈎」——向林黛的時裝片造型「取經」。也是在她「相信愛情」之後，李鳳姐所受的情感磨難，她也必然照單全收。

愛上董事長與愛上正德皇如出一轍的是，皇宮裡不會沒有皇后，董事長雖有行宮金屋藏嬌，但誰能阻擋得了董事長太太愛夫心切「御駕出巡」？《情天長恨》要是由始至終都是為林翠度身訂造，她應不會苦情如《江山美人》的林黛——無止境地等待答允速去速回的男人。可是，快人快語的風格，　到底不是「浪漫」，只是「放蕩」，不要說速戰速決的從來不是愛情（戲），簡單如女明星在鏡頭前囉囉攣等電話打電話，也會因「婊子無義」致令「戲子無情」。

但《情天長恨》不是明朝艷史，它是現代人因失聯而失愛的荒誕劇。手機尚未發明，千錯萬錯便是電話的錯——連林翠不斷打出去的電話都因掛線時沒放好，才教（被妻子人盯人的）張揚打不到給她。又因當林翠放下電話找上門去，迎迓她的是張的妻（白冰），所有希望剎那化為烏有。誰料到當電話終於把二人聯繫上，已是電話另一頭涕淚漣漣的「永訣」:「我怕傷心，我決定離開香港。我不跟你說再見，只求你再聽我說一遍，我愛你。」

結局是他趕到機場，目送飛機起飛，完成了癡男怨女的宿命：男人請的客，都是女人埋的單。獨立女性如林翠亦不能幸免，因為不論戲匭叫什麼，只要是那年代的愛情文藝片，合該都是「不了情」——典型 Drama Queen 的戲路，使林翠看上去很林黛。

◎ 林翠 5 兩生一朵花——是苗也是翠

在我成長的年代，林翠是唯一的。

一句話可能沒有把原委説明，那麼，容許我送上一段舊事。那已經是她息影之後了，新成立的嘉禾機構推出創業作，宣傳攻勢鋪天蓋地，其中之一，是為旗下新人搖旗吶喊。雖然，那已是刀劍武俠片的末葉，但嘉禾仍是走著與邵氏打對台的路進軍，除了跳槽的王羽扛起《盲俠大戰獨臂刀》，「秘密武器」有三位以女俠身份登場的茅瑛（《鬼怒川》（1971）），衣依（《追擊》（1971）），和苗可秀（《刀不留人》（1971）、《天龍八將》（1971）），而苗可秀比前兩女更耀眼，因為她的封號，使她也成了「唯一」——「學生情人」林翠接班人。

最容易被辨識的影子，是眉宇間的一股英氣。英氣是什麼？看看林翠，看看苗可秀，都不似沒有主見的人。倔強，堅持，特立獨行，由戲路到個性，無一不能讓現代女性樂意對號入座——上述是理論，在現實裡的兩人，可以說不謀而合，但也可以說是天意弄人，她們的影視代表作在後人的追憶裡，肯定沒有她們的情史深刻：林翠先與文藝片導演秦劍結合，後來離婚再嫁王羽，但這段姻緣的結局不是同偕白首，卻是二度離婚的林翠遠走美國十多年後復出影視圈，在九十年代哮喘病發客死異鄉台灣。

至於苗可秀，當然是傳聞中先後與李小龍和柯俊雄的「不倫戀」（二人皆是有婦之夫）使其形象與事業，瞬間由如日方中，不得不借助危機處理。

林與苗，外貌誰像誰已屬其次，重要的是，羅曼史的傳奇性竟不輸彼此。

只是天意又再安排二人一次命運的重疊。林翠在六十年代電懋版的《啼笑因緣》（1964）飾演關秀姑，苗可秀在八十年代亞洲電視版的《啼笑姻緣》（1987）也是飾演關秀姑。張恨水筆下俠骨柔情的仗義紅顏，隔了時空，恍如圓了兩代女星緣份上的缺口：林翠從影以來沒拍過武俠片，苗可秀則只拍過一部名叫《心蘭的故事》（1972）的文藝片，可是，出道已被定位江湖兒女，銀幕上要她談情說愛總嫌硬朗有餘，柔軟不足。關秀姑於她雖然姍姍來遲，但女中丈夫得來又有機會演出女兒心事，我覺得這角色由她演來，比起她在亞視時代一系列電視劇如《奇女子》（1979）、《天龍訣》（1979）、《滿清十三皇朝》（1987）等，是最有餘韻一次。（很好奇她在《文學電視》之《雷雨》中演繁漪，《寒夜》中演曾樹生會是怎生模樣？）

林翠呢？繁漪與少女時代的她也許距離較遠，倒是曾樹生並非無跡可尋——撇開「離婚」對她毫不陌生，還有脆弱的丈夫，堅強的妻子，某程度上與她的人生也曾有所呼應。悲劇女性是五六十年代國粵語片的票房靈丹，可惜當年的電懋不流行改編鴛鴦蝴蝶派以外的文學作品，否則，林翠與巴金曹禺喜相逢，她的文藝片——特別是民國背景的，就多了更有發揮空間的一些，而不是除了關秀姑，便只有《空谷蘭》（1966）。

那是林翠以小歌女身份揭開序幕的「愛情片」：括弧代表大眾的定義卻不一定「貨真價實」。開個玩笑的說，通常由張揚當男主角的，與其說是「愛情片」，更多的是女性成為基督的過程——愛情，不過是猶大的代號。《情天長恨》中出差順便偷歡的丈夫不就是愛情叛徒？心目中全沒有替對方著想，有的是「手段」，把車開到郊外，讓女主角林翠看見獨立屋（又名別墅）喜出望外，才發現那是他幾天前湊巧買下來的「心頭好」，又因為她打從心裡讚嘆，大屋的鎖匙便手到拿來。

之後的「愛情戲」，是他開著快艇給她在後面滑浪。身為觀眾，對於遠鏡頭拍攝下的女子，我一時還真被挑起好奇心——那水上英姿颯爽的，是替身，抑或林翠本人？待得畫面被 zoom 近了，發現是林翠親身上陣，禁不住佩服運動型女明星露的一手，然而與此同時，她的歡場女子與孝順女兒的戲劇矛盾亦隨之風流雲散，都怪即便沒有加插嬉水插曲，剛才一幕也太像「明星花絮」多過劇情需要。

再來的恩愛，是洗手做羹湯。兩個人吃的飯，菜都是她下的廚。聽說張揚愛吃魚，對白中兩次提醒自己和愛的他：「以後，我天天做這魚給你吃。」最後一次見面，是他接到太太與女兒從機場到了酒店，早餐拋諸腦後，是她趕緊把他最愛吃的荷包蛋夾在白麵包裡，給他帶著路上吃。

但結局呢？她甚至不要求他給她一個交代，便決定黯然引退。

換上長衫與旗袍，另一個時空下的張揚對待林翠依然是「愛莫能助」。《空谷蘭》中終成眷屬的二人，也是排除萬難才能在一起。問題是開場已經有的結果一定不是好結果，觀眾對於林翠的坎坷自是心裡有數——「空谷蘭」的心曲，不是在女主角粉墨登場時已一字一句唱得清清楚楚？「兩扇門兩邊開，一對窗雙手齊關，穿一件衣裳袖子不能有長短，還有一雙筷子不能拆開分兩半，看雙雙蝴蝶翩翩起舞來回轉，還有戲水鴛鴦到東到西長依伴，為什麼我偏偏淒涼又孤單？找個知音難又難？」

難又難在，林翠與張揚若是要在這些電影中輪迴七世夫妻（或情侶），不改變的永遠，是他注定拿不定主意做不了自己的主人。《空谷蘭》比《情天長恨》更有理由教張揚的「愛」幫不了林翠反倒害了她：首先，第三者不再是賢妻良母的白冰，是惡向膽邊生的夷光。次之，封建社會不是大都會，孤男寡女被鄰居看見引發的蜚短流長，已構成林翠的不守婦道——只是林翠到底是林翠，受了冤屈的她沒有任人魚肉，她是一支箭衝出豪門，被誤會投水自盡。

之後因念子情切偷返大宅，正好把下老鼠藥給小孩吃的後母夷光逮個正著，接下來是水落石出，一家團聚。

不求神仙打救，也不是守得雲開，《空谷蘭》最後沒有變成苦情花，說明逆境之下，硬朗如林翠，還是有在感情上救人自救的一定作用。

一如她的人生。

◎ 葉楓 1
摩登就是 Who cares

農曆年假窩在家裡看電懋的《長腿姊姊》(1960),驚覺拍於五十年前堪稱 sex comedy 的一部「老片」,竟比時下任何本土電影性感千百倍。

沒辦法,光是戲名已定了調,或毫不羞澀地以身體特徵向觀眾「驗明正身」——重點不只在女性身材的修長,還利用優生學替大眾的想像力加分:高妹如女主角亭亭(葉楓),最好還是配上高大威猛的車行學徒小金(喬宏),而小金,除了外型魁梧,連他送的花也是大大一束,只可惜他的「出身」與外型不成比例,才會換來拜金的亭亭母親冷言冷語，使客廳的高大花瓶不是插上他的「慷慨」，而是同樣也姓金的紈袴子弟（田青）的「小器」。（而「大材小用」的最佳比喻，莫過於大束花只能插在小花瓶裡，就像當偉岸的小金不是伴著高軀的亭亭，卻要浪費時間陪她妹妹插科打諢。）

花瓶，如果也是某種比喻，「大束花」與「小束花」也正好對照氣宇軒昂與形容猥瑣，那一個更配得上我們的長腿美女。性魅力在文藝片中少有「露骨」至這個程度的被標榜：直踩外貌歧視的底線——有一幕，大哥哥與大姊姊吃下午茶，什麼話題不談，只談「皮相」：

金：（不小心打破亭的眼鏡）哎唷，我把你的眼鏡打破了。

亭：（非常溫婉）不要緊，其實我的眼睛根本沒毛病，以後，我可以用不著戴眼鏡。

金：（端詳對方一陣）不論你戴眼鏡，還是不戴眼鏡，都一樣的美。

（這安排落在有心人眼中，又可供一番推敲：只有他才能讓她放棄使她看來「矜持」甚至「古板」如典型老姑婆（處女）的「眼鏡」，到底象徵什麼？）

下一個話題：

亭：哎呀，你的衣服弄髒了，是新的嗎？

金：不要緊，我今天放工放得早，回去換了一件衣服出來陪你喝茶，不讓你尷尬。其實，無論你穿什麼衣服，我對你的看法，都是一樣的。

兩段對話告一段落，鏡頭也在二人深情對望後，搖至他把手放到她手背上，暗示兩情相悅進一大步，不再迴避肌膚之親。

葉楓和喬宏的一見鍾情所以理所當然，讓《長腿姊姊》留下更多表演空間給條件稍「遜」——如在片中不以天鵝卻以小鴨面貌示人的林翠——或遠遜，如純粹搞笑的田青有所發揮 。

表面看來屈居綠葉是他們，但論角色帶出更多戲味的，也是他們。儼然是莎翁神作《仲夏夜之夢》的精靈，沒有了兩位那種「兒童模仿大人的男歡女愛」攪局和贈興，喬宏和葉楓的性感指數，便不會因份外成熟而格外有味道。

也就是說，當葉楓在片中奉行的表演風格是「少即是多」——亭亭參加舞會偏坐在一隅拒絕所有邀請，直至真命天子小金現身 ，跳的也是淑女風範的華爾滋。妹妹林翠（即彬彬）則不放棄任何機會大顯身手：由一支 Swing 與舞王的勢鈞力敵，到把高跟鞋踢到滿場飛和使出柔道出奇制勝，她的角色愈是急於成為「女人」，愈是變得「女孩」，或更正確的說，是「小孩」: 有樣學樣，從來不似我行我素性感。

有一幕，「小孩」被母親下命令「陪」——其實是「隔離」——未來姐夫，被反鎖房間內的孤男寡女，給了她賣弄風情的良機：一手叉腰，一邊挺胸，裝一副老成持重的口脗，她問：

「金先生，你是不是第一次單獨的跟一個女人在一起？你在女人的臥房裡邊覺得氣氛有沒有兩樣？（被她半個人挨在身上的金咻了咻，搖搖頭，直說：沒有什麼。）我看你一定是太緊張了，心跳得快不快？（她把頭枕在他胸口作聆聽狀，他要維持紳士風度，就得不動聲色。）我以前也是這樣的，現在可不同了。以前啊，我遇過各式各樣的男人，有一個長得滿臉鬍子的大力士，他把我（用手比劃強壯的擁吻），然後他走了。後來呢，我又遇見一個流浪的詩人（作陶醉狀），他為我寫了無數的詩篇，可是，不敢向我表示。現在，我又遇見一個純潔的青年，（向面前的他）：來呀，我跟你講話啊（先拉低右肩衣服，但見小金不是色授魂予，反而一臉無辜，改為拉高裙子大秀玉腿，惹得小金掩面轉身，她才不得不惱羞成怒鳴金收兵）算了算了，你差太遠了，你都不懂（憐香惜玉）的！」

這時候小金才算解除警報，回復大哥哥對小妹妹的愛護有加：「彬彬，你的戲演得挺不錯的，我看你平常一定喜歡看電影。」耐不住「頭筋熱」的她應聲躍起：「是呀！」「喜歡哪些明星？」「外國的，我喜歡 Audrey Hepburn，中國呢，我最喜歡林翠！」「你最喜歡看些什麼片子？」「我最喜歡看卡通。」原來一場投懷送抱的表演換來的報酬就在男子漢以下的一錘定音裡：「你看卡通最適合了！喜不喜歡唐老鴨？會不會學？學給我看看？」呱呱連聲把剛才的尷尬一掃而空，她還原為小孩，他於她也不再是對象，所以一男一女把食色性也從「色」的跑道換回「食」上去，她問：「我肚子餓了，你餓不餓？」

那邊廂，田青的表演也是圍繞葉楓的不為所動花招百出。扮演哈巴狗搏美人一笑，還補一句：「你説像誰？」，剛巧向鏡頭走近的是曾被葉楓形容為「肥胖得像個大皮球一樣，腰圍呢，應有爸爸現在這麼大（著名演員劉恩甲，曾與梁醒波合演《南北和》、《南北喜相逢》）」的闊太太——自以為很幽默，回報卻是被白一眼：誰叫談到長相，他本人不外乎是隻優秀不到那裡的「瘦皮猴」？

甲之手到拿來，乙之自討沒趣，就因兩個字：高攀。田青與林翠在《長腿姊姊》中被湊成一雙，目的是讓葉楓與喬宏的一對更引人羨慕。君不見二人邂逅在舞會中也是三句不離身材，「胡小姐，你喜歡什麼花？」「劍蘭。」「長長的，挺秀氣，就跟你的人一樣。」但也有一種把修長視為缺點的説法，就是「懶」。

不謀而合的，是葉楓美就美在「天大地大我的不在乎」，並且不是為個別角色服務，而屬個人魅力。這份不止慵懶卻更滲透著冷眼看破世情虛飾的美，的確使她獨步當年的國粵語影壇——用現在的説法，是「酷」，故 sexy。

但亦難怪葉楓在份量上受到的認同稍遜於同期的大女明星——「她演的，都是自己」。就是這樣，我在一部充斥各種外貌歧視的電影中找到現實中的「政治不正確」：本色被標籤為花瓶，花瓶當然有罪。這正是葉楓一直有種「錯置」之感的原因——我們不需要羅倫柏歌，或烈打希和芙？

◎ 葉楓 2
摩登就是 C'est la vie

葉楓有個綽號叫睡美人。

美則美矣，但放諸今天女明星都要披甲上陣的戰國年代，一個如此詩意的外號不是叫人往好的方向想入非非，卻是錯覺以為美人「不思進取」，無非在別的事情上胸有成竹，才能與世無爭。

殊不知這外號來自一部她主演的同名電影。「小職員吳一成生活拮据，常遭白眼。一日，成偶然拾得一幅睡美人圖，畫中美人咪咪躍然而出，施法術助成料事如神，財源滾至。」分明是摩登聊齋，道德教訓當然不會不隨因果報應而至。就如書生一窮二白自然離不開第三件事：白日夢做得正酣時，把自己嚇醒的仍是自己：「惟好景不常，成不慎失畫，咪咪法力全失，成不想再陷逆境，變心追求富家千金。咪咪終尋回失畫，即施法術令成當眾出醜。成一驚而起，始知是南柯一夢」—— 原來美人是葉楓，做夢的是男主角雷震。

換言之，戲中的葉楓即使名正言順是夢一般的女神，唯負責倒瀉籮蟹，也就是務求觀眾啼笑皆非的宅男，才是全片的靈魂人物。

但，只有《睡美人》是葉楓被借來「明修棧道，暗度陳倉」的單一案例嗎？近日連續把三部她的作品當是小回顧展來看的我，發現上述狀況更似是種「常態」:《長腿姐姐》的戲匭不也是以葉楓的綽號掛帥？可是與《睡美人》中的「睡」如出一轍，「長腿」屬她所有無誤，然而「姐姐」這招牌更大的作用是讓「妹妹」(林翠)發光發熱—— 為撮合良緣而古靈精怪。姐姐本人？更多時候在旁靜觀其變樂觀其成。

另一部《桃李爭春》不知是有意還是巧合，姐姐的身份又一次在她身上負責「生產」另一個女演員的戲份—— 這一次的「妹妹」由《長腿姐姐》中掛頭牌的林翠換上「乳臭未乾」的新人張慧嫻，只是角色的行徑與思維大致不變，即使有所不同，也只是把「紅娘」推往更加油添醋，無事生非的道路上去。

這樣說吧，《長腿姐姐》的「妹妹」不可能不討喜，林翠經過《四千金》飾演葉楓（Helen）三妹（Heidi）一鳴驚人，再演任何「小鬼頭」角色均是再下一城。並且，上述兩片均花了不少篇幅營造家庭溫暖，就算姐妹偶有反目，不外乎茶杯中的風波，除博觀眾揪心，更是贏取會心微笑——C'est la vie。

然而，張慧嫻在《桃李爭春》中的「妹妹」太不同了，好些特寫停留在她面部表情時，被放大的不是天真無邪，反倒有份「居心叵測」——我不是後宮電視劇擁躉，但張慧嫻在片中常見的「眉頭一皺，卻上心頭」，頻使我聯想到專替后妃出主意的小宮女。

莎士比亞戲劇有弄臣的角色，女性戲劇的國度裡更重視軟權力，故此才有好心的冰人玉成壞事，小則打翻自己的醋埕，大則耽誤他人的幸福——誰說「妹妹」（們）把自己的情感投射到「姐姐」身上，不就出於對成熟的她既羨且妒？

說白了，即是葉楓又有一次被「賣豬仔」之嫌。只是，《桃李爭春》的「李」是飾演南洋歌后李愛蓮的她，「桃」是飾演香港歌后陶海音的李湄，一山藏不下兩隻雌老虎本是好戲所在，為何平分秋色以至教她戲份旁落的，不是名氣與身材都能一較高下的李湄，反而是新得不能再新的國泰三（朵）小（花）之一的張慧嫻？

這問題當年有沒有對葉楓造成困擾？似乎沒有。否則不會接二連三讓一部《鶯歌燕舞》歷史重演。沒有了李湄的爭妍鬥艷互相輝映，一樣是易文導演，片中的另一朵牡丹換上夷光，然而因為「綠葉」不只一塊——除長大了看上去更亭亭玉立的張慧嫻，更多了另一朵小花的節外生枝，她叫李芝安——「妹妹」倍增，「姐姐」的數量也跟著一賣開二。

即是，葉楓在戲中的銀幕時光，由在《長腿姐姐》中主要與林翠的對分，演變至《桃李爭春》中把大餅切成兩半，李湄佔一半，她和張慧嫻佔一半，再到《鶯歌燕舞》的四個女人把一切切割成四分一。

在葉楓的電懋時期被我看見煞是有趣的風景——女明星如何被角色／戲份的技術性分配邊緣化。而，若非這個現象有蛛絲馬跡，《星星月亮太陽》三大女明星鼎足而立的排場，不會在葉楓的從影歷史中也扮演標記式一頁——高大、英氣、爽朗、堅強的「太陽」於她如量身訂製，只是當年不也曾有傳聞，林翠如果不是懷孕，她也會在三女性中軋上一角？真有林翠一份，以演「男孩性格」角色馳名的她，總不會是飾演弱質纖纖的星星，或大家閨秀的月亮吧？

請勿誤會這篇文章是要編派或抹黑葉楓是紙上明星不受重視——真要說楚材晉用，後來轉投邵氏演出《血濺紅牡丹》、《痴情淚》、

《毒玫瑰》、《碧海青天夜夜心》與《春蠶》的她，才真是「穿上別人的衣服」——在電懋時期「揮一揮衣袖，不帶走一片雲彩」的她，怎可能一下子如誤墮塵網，在一連串哭哭啼啼的通俗劇中，(恍如)瓜代不克上陣的…… 李麗華？

最能被接受的解釋，是「誰在一家大工廠裡能不飾演『零件』？」只不過，「葉楓必須是葉楓」才能對得住她有份演出的電影，但，這也是作為有著時代先驅本色的女明星，為何她會是一把雙面刃：唯當導演懂得「用」她而不是相反因不懂得而把她「濫用」了，葉楓才會是葉楓——就像《四千金》的叫人驚艷，試問中國影壇幾曾出現像她那樣媲美羅倫柏歌的 femme fatale ？

「我行我素」或被看成是「煙視媚行」，但貴客自理是 Helen 的一貫態度，不然，她焉能仍教今日女性觀眾咋舌，稱奇？「真是拍於 1958 的電影？換了今日，恐怕有女演員敢演，觀眾敢看，經理人也不一定敢讓旗下藝人犯險。」——是的，葉楓與葛蘭、尤敏、林翠各擅勝長，獨她的成就是：挑戰保守(可能也包括現實中她的愛情與婚姻)。

故此，看著《桃李爭春》和《鶯歌燕舞》——尤其後者——對待某程度上是位「革命英雄」的葉楓如扶掖後進提攜新人的工具，我的不甘心與痛心來自四個字：暴殄天物。

◎ 葉楓 3
摩登就是 Be myself

戲路縱橫是對扮乜似乜的演員的讚美，如近日死訊震驚中外影壇的 Philip S Hoffman 便受之無愧。只是放眼華語影壇，票房保證的名字大多擺脫不了「偶像」魔咒，演技高低尚屬其次，不相伯仲的，是被角色性質綁得很難彈動：男的，必然是英雄，女的，只能是「愛情投射物」——沒有男一號便不會存在的女一號。

如此說來，葉楓倒真是連今天走紅走俏於中港台一眾銀幕女神也必須望其項背的先驅。甚至，不止是前輩，更是前無古人，後無來者的獨立女性典範——電懋時期有她演出的電影中，儘管是文藝愛情類型，不論和她配對的男角由誰扮演，觀眾看見的都不是郎才女貌佳偶天成，反而視點一直聚焦在她身上。

為什麼？因為葉楓強烈散發張愛玲筆下的「自我戀氣息」——被用來形容《半生緣》中的許叔惠，又是通過他的同事、室友，年齡相若故對他不無一絲羨慕與妒忌的沈世鈞的視角，一個漂亮、聰慧，光是站出來已搶盡鏡頭的人，很難不教人懷疑他什麼人都不愛，就愛自己。

如果葉楓是男演員，許叔惠便是為他量身訂造。她一定十分出采卻又會被微言「不用演」：太本色了，就如在她最為人津津樂道的《四千金》中專門向大姐橫刀奪愛的海倫，表面是蜂蝶多情，其實是一朵花的宿命。所以，許叔惠的愛情觀也與海倫遙相呼應，他當然也是到處留情，只不過太老實的（如顧曼楨）不被他青睞只能當朋友，而有著與他相等姿色的（如石翠芝），又因家世背景懸殊，被他認為太難搞而放棄。

自視甚高背後隱藏自知膚淺的自卑，海倫與叔惠要與一個人安定下來幾近天方夜譚。他和她是派對中的最佳客人而非主人——風花雪月享受人生，是以，在電影必須要給觀眾許諾天長地久的時代裡，他和她只能是 side kick 而非男主角與女主角：自我戀的「自我」，在群體至上的中華文化裡，即便有著都會文明的包裝，只能是少數人的堅持，多數人的玩意兒。

然而，初識海倫於《四千金》的我，竟毫不察覺主客之分與輕重之別，全程只把神龍見首不見尾的葉楓放在卡士第一位。當時也因此而毫不詫異分給她的裙下之臣是性格演員王沖——反正她的真命天子是陳厚——但等到這位大姊的如意郎君成為她的囊中物，連陳厚的磁場也沒法把她鎮住，輪到大姊的丈夫也沒法幸免時，任誰也會以為被她稱為姐夫的演員該比陳厚更高一等，沒料到那個「他」卻只是男人一個，連藝名真名也叫不出來。

這說明葉楓的「獨當一面」：在海倫的故事裡，葉楓的出演已令她有足夠看頭，男演員不過為她的性格，她的處境服務。若用今日眼光來看，當年自我中心如海倫的角色也能不致淪為「飛女」卻是藝術家，很大程度，當然是受惠於由海派到洋派，由孤島上海到殖民地香港的文化遷移。只是，更重要的，是葉楓只有一個。在華語影史上能像她般有條件我行我素，獨來獨往的女演員捨她其誰。問題卻在，被我認定是女一號人選的大女明星，在她芳華正茂事業起飛之際（即《四千金》之後），戲演了不少但戲份角色依然以「為她人作嫁」居多，就算擔正大旗，又似乎未能成績斐然再創高峰。直至改投邵氏一部接一部演出少婦，母親和絕症病人，「苦命」已取代電懋時期的「不羈」，葉楓息影時只有二十八歲叫人惋息也不惋惜，正因「戲路縱橫」不見得適用於每一個人。

作為女明星個案，葉楓值得研究之處，在於片廠制度——勿論是把她捧紅的電懋，抑或把她轉型的邵氏——的「知人而不善任」：「黑綿羊」如葉楓，「生命不可能承受之輕」如葉楓，預示了女性的未來性：把 lifestyle 看得比生命意義更大。雖說電懋在這方面的觸覺一向比邵氏敏銳，奈何，即便在《空中小姐》(1959)如此一部嚴格來說更像是女性雜誌如 *ELLE* 的電影——劇情含量大抵只有三十巴仙，更多元素是時裝、旅遊、歌舞和專題報道(這期是「教妳如何飛上青天」)——從任何方面也媲美 PAN-AM GIRL 的葉楓，在片中由頭到尾都只能飾演反面教材，至於正確示範，當然是端出乖女孩版本，葛蘭。

招考試場她才現身已是露肩裝，與「端莊大方」的要求相距甚遠，她就是超模。口試被要求笑不露齒，答問題「你知道空服員責任是什麼？」葉：「管理旅客！」馬上被批「想被錄取就要改變這個態度，空服員是為旅客服務，服務與管理正好相反」。訓練時要下水，她一口拒絕：「曬曬太陽，我不會游。」練習侍茶侍咖啡又被告誡：「旅客沒買票來看表演，你扭的太厲害了，好像跳草裙舞！」模擬機艙實習被考「出發前第一件工作是什麼？」葉：「檢查制服是否乾淨整齊！」又被糾正：「這不是為旅客做的事，這是在家裡就該做好的事！」同事蘇鳳只被分派地勤很受挫折，她在旁一輪嘴：「派在地面工作多沒意思，事情忙，待遇低，也不能到處飛來飛去，也交不到朋友，你知道你為什麼不能隨機服務嗎？就因為你怕羞，見了生人一句話也說不出來，我真不懂你為什麼這麼不中用！」

連葛蘭，人買的耳環她也買了（得體的葛蘭不但不介意，更說「要是我掉了一隻可以跟你借一隻配對」），她還去信上司打小報告說葛蘭穿制服拍拖破壞公司形象。又以空姐身份收下走私客送的珠寶首飾。當上招考官即時捉人小辮子（「你喜歡旅行嗎？」「喜歡。」「你投考空中小姐就是為了旅行！」）和媳婦熬成婆（「不能留長髮，不能戴耳環……」）——對比百忍成金化險為夷的葛蘭，葉楓其實是東宮西宮的西宮，白兔黑豬的黑豬。但是，上述言行之於角色不但不起反面作用，連對演員的明艷照人也絲毫無損：全片葉楓最後一個鏡頭，是在機尾開香檳，那不是大特寫，但就在那卜一聲中再次印證「勤奮不是party girl的主題，玩樂才是！」

要說葉楓代表的都會女郎本色有幾走在時代前端？搭上我把它取名作「self-centredship」的巨輪，航行於毋懼「乞人憎」與做自己的五湖四海，於一九五七年從影的她，至少能在二十一世紀的 *Sex And The City* 裡穩佔一角吧。

◎ 王萊——王者就是智者

優雅，無可否認，是國際電懋旗下女明星們共同修煉的「道行」——但是女明星三字才下筆，忽又覺得並不盡然，因為在葛蘭、尤敏、林翠、葉楓、李湄之外，還有一位堪稱「百搭」的電懋皇牌，如果把「明星」的光環加冕在她頭上似乎有些不妥——上述五個名字，都有「性感偶像」的氣質加持——縱然，「性感」的定義因年代與個人特色有異，只是「性感」放在「百搭星牌」身上確有失焦之嫌：任她的身材再好，並也曾在銀幕上風情萬種，然而相對於女明星總是千變萬化而成為難解的謎，她，就是有著別的女星所無的「安份」：清澈、透明，如什麼時候都能教人鎮定神經的一杯礦泉水。

以不變應萬變，是王萊。

沒有人會忽略王萊在所有電懋電影中的重要性。只是，她的存在，更多偏向是功能上多於美學上——或，基於同一部電影中的女明星們的光譜與磁場太寬太大，大家對於王萊的意義，總是覺得「慢慢發現」還不遲。這種心態，要在粵語片中找尋對位的一個名字，是黃曼梨。

不過，南與北的文化差異放在王萊與黃曼梨身上，使「性格演員」無法扮演同一把量度二人功績的尺。黃曼梨在她綺年玉貌之年也是明星一顆，她以「惡家姑」或「苦命母親」進入大眾眼簾，已是她的四十之年。所以，我們認識的 Mary 姐，其實早就經過那年代的女性（也是女星）的黃金時期。「甘草」這詞若在我輩眼中就是等同失去性魅力，不難理解，是基於「綠葉」再綠，也不會像繁花似錦，也就是，不會穿上性感撩人的晚服，不會在眉梢眼角傳遞密碼與暗號。

在這方面，北方文化對於女性的保養可說更是看重，亦有目共睹於王萊身上——有多少是奠基於電懋電影中的社會階層每多是上流與中產，則有待探究。生於一九二七年的她，在拍攝於後五十與六十年代早期的電影，如《玉女私情》（1959）、《玉樓三鳳》（1960）、《同床異夢》(1960)等，年齡已是坐三望四，可是女人味在她身上，仍不會因所飾角色已是別人的媽媽，便如同天使之折翼，失去了被祝福(例如「性福」)的權利。

是的，《家有喜事》中的丈夫羅維看中了女秘書尤敏，王萊是他的太太，兒子已是雷震那樣大的人了，發現了老公出軌的她，不慌不忙，不卑不亢，就是拿出大家閨秀的身份把風波擺平。「大家閨秀」何嘗不是一種 charm ？「好食好住」養尊處優是那位太太被看得見的一面，但為了保住家庭不致破碎，勞心勞(腦)力可是多數人看不見的辛酸——南方電影通常會讓被威脅的大老婆或六神無主，或化身悍婦，一場聯群結黨的「踢竇戲」是免不了，不似王萊在《家有喜事》中的處變不驚：「事情還不到那個地步，我一個人先去(小公館)，見機行事，先看看她是怎樣一個人……」

說的是給老公「留個面子」，何嘗不是借他的名義，不要把自己逼上懸崖峭壁？優雅，常被用作一句話的形容，那就是「優雅的老去」，說明一個人到了某種看上去已是沒有選擇的境地——如時間到了必須經過的「大不如前」——原來還是可以創造選擇的：哪怕手中無劍，只要心中有劍。

王萊，站出來就是給人「有我在，不用怕」的央央大度，是以黃曼梨擅長發揮的是 panic、desperate，即因沒了著落亂了方寸而騰雞發爛鮓，王萊卻是「一切包在我身上」的拍了別人心口也是拍自己心口。

一字之曰：勇。

優雅需要勇氣作裡子。王萊的性感——三十七歲演起雲英未嫁的「大齡女」時，臉上沒有絲毫陰霾，反而萬里無雲——就在《同床異夢》她甫出場被我看見是一頭短髮，一襲清爽洋裝，登時大為驚艷：是哪裡冒出來的「新王萊」？不是媽媽，大姊，不再依附在同片女明星身旁以綠葉映襯牡丹，她就是她，一枝獨秀地，連帶女主角李湄也因為角色太複雜，太糾結，看來將不敵王萊的「佳人難再得」？

恍如「騎劫」了《同床異夢》的女主角。

其實又不然。角色名叫寶琪的大少爺女秘書，不慍不火，總在給張揚飾演的不諳世務的富二代當「危機處理」。一身兼數職如手足（Buddy）、保母（Nanny）——連他因弟弟（雷震）傻瓜似的妄想把大女明星李湄娶作歸家娘，王萊這位守護天神，也得變身多重閨密，從中調停反對這樁婚事的大伯與弟媳——她，儼如妯娌。

電影剛開場，抱著看熱鬧的心態，我還以為劇情發展一定是衝著張揚李湄將成眷屬的傳統套路走。但當戲演到張揚鬥不過李湄，滿胸鬱悶，買瓶酒走上王萊租住的女子公寓，二人就在房內談心，隱隱的，我知道這不是我以為將看到的佈局。與此同時，比起現在步步為營的男女關係（及反映現實的電影情境），二人談著談著，醉倒的張揚臥下就睡，王萊的單人床那個晚上便成了這一男一女的雙人床。王萊雖曾推他幾把：「哎呀，你不能睡在這裡呀，哎，哎……」又舉起拳頭作勢要打，不過，姿勢是姿勢，而且從拳頭變作把手放在唇邊如「食指打動」不過是頃刻之間，再挨坐在熟睡了的他身旁，她忍不住憐愛地囁嚅：「這傻瓜。」

是單戀嗎？或只能説是那個他「不解溫柔」。至使後來李湄約了王萊吃飯，她說起自那一夜後辭了職也沒有與他再見面時的決絕，可敬得近於可愛，且聽這段自白書：「不瞞你說，人美（李湄），我認識他六年就愛了他六年，在這六年裡頭，石頭人都動了心，可是沒有……我想忘記，可是總忘不了，做女人真痛苦。」然而，她還是挺起腰，昂起頭，走自己的路——直至命運最終向她微笑，讓她得到了她想要的「石頭人」。

王萊在《同床異夢》的戲份，應該還比不上《玉樓三鳳》多。《玉樓三鳳》裡的失婚婦人也是自尊自重——音樂家丈夫見異思遷，她帶了兒子頭也不回就走，「做女人真痛苦」五字不寫在對白裡也已經寫在額頭上。只不過，《同床異夢》是喜劇，「寶琪」是舉重若輕，以至同一樣的摩登女性處境由不一樣的王萊演來，便格外清新。

優雅在王萊身上從不褪色，是她總把「明白人」演繹得如此對味——那味道，應該就是智者如同王者。

◎樂蒂1 能文未必能武

曾幾何時，有些文藝片女明星比另一些「生得逢時」：葛蘭沒拍過武俠片，尤敏也沒有，林翠雖然在《四千金》中秀了一手帥氣西洋劍法，但贏得的不是俠女英名，而是「學生情人」。

葉楓更不用說了，綽號「長腿姐姐」，外型洋派如她，若在頭上堆個古裝美人的雲髻，變相穿了高跟鞋。即便古代也有高䠷的女俠，但葉楓就是葉楓，大家情願看她懶洋洋聞歌起舞而非動武。

上述都是大名鼎鼎的國泰女明星。誰都知道，不同於邵氏兄弟，陸運濤先生本人就是旗下員工的最佳標誌：人文氣息濃厚。是以「武俠新世紀」的旗幟在六十年代國語片影壇甫被豎起，於國泰真不知是凶多吉少。

武俠片，當然不是什麼稀有品種，只是一向在粵語片中大受歡迎的它，卻未被國語影人視為熱門材料。粵語片有專演師兄與師妹的曹達華于素秋，連青春偶像陳寶珠與蕭芳芳，也是舞刀弄劍的羅密歐與茱麗葉。就算老倌、名伶如任劍輝、鄧碧雲、余麗珍、鳳凰女、吳君麗、南紅，沒有幾位不是「號令一出，誰敢不從」——白雪仙倒是與國泰大多數女明星一樣，堪稱把身嬌肉貴進行到底，從影以來，未吊過威也，也未被龍虎武師扮演過替身。

昔日大女明星不演武俠片自有其道理——雖然林黛也有一部《猿女孟麗絲》——「清康熙末年，雍親王與江南八俠甘鳳池等密會，以滿漢平等為條件，換取八俠相助謀奪帝位。其間，雍邂逅由母猿撫育的少女孟麗絲，見其美麗聰明，即送往天山習武。數年後，絲學成下山，入宮面聖，獲已繼承帝位的雍封為妃。及後，雍為扶滿抑漢，誅殺八俠，絲幾番相救，見雍為君不道決離宮返天山。雍以血書訴衷情，絲深受感動回宮一聚，翌晨惜然而別」——似不似武俠版的《江山美人》？

仗義每多屠狗輩，古代的女俠，合該就是大杯酒大塊肉。流落江湖，言行舉止不把男子的粗魯低俗學習了去才屬奇事。被大電影機構耗巨資與費上多少人心力為女明星打造的「瓷器」形象，當然不適宜，也不可能與「缸瓦」硬碰。除非，角色乃通過柔腸俠骨發揮女俠精神，不是一味靠打的全身上下鐵錚錚。

這樣的女俠有是有，《虬髯客傳》中風塵三俠之一的紅拂女，便是。它當然也帶有一絲帝王將相的「文藝片」味道，但紅拂女比孟麗絲瀟灑是事實：後者對雍正，前者對李靖，一個是「有眼無珠」，另一個是「獨具慧眼」，「俠」在紅拂的「家妓」身上，營造了「雖為女子，卻大氣過人」的難得：手中無劍，心中有劍。

要是當年國泰電懋要為旗下的重量級女明星們找尋適當武俠片角色，勝任紅拂者大有人在。若我能點將，最佳人選是李湄。

她是幾乎唯一拍過武俠片的國泰女星。早在還未認識李湄是何方神聖的年代，我是打開電視，看見一操外省人口音，與曹達華鳳凰女演對手戲的女演員而眼前一亮——雖並非《一滴俠義血》的頭號女主角，但更像 cameo role 的「小冥女」，論亮度比鳳凰女尤有過之。也許是在粵語片中甚少見識姿態如此柔媚冶艷的女俠，置身在一群南腔影人中，她的北調更見風情萬種。原來，那年代也流行跨界交流——鳳凰女的唯一國語片演出，便是在《秦香蓮》中飾演宮主——那也是國泰出品。

更有眼不識泰山的，是李湄的代表作之一，也是武俠片：《女俠文婷玉》及《女俠文婷玉火海殲仇》。

「俠」在李湄身上相得益彰，部分也與她的生平有關，特別是性格上有著與紅拂女相似的「愛才」。據説，以開創陽剛電影新風，矗立華語經典導演榜上的張徹，就是李湄在自組「北斗公司」時大膽起用的新人。又有《江山美人》中替正德皇飾演者趙雷幕後代唱的江宏，也是由李湄發掘（靜婷説）。如果青睞需要心細，賞識需要膽大，有此特質的奇女子，很難在愛情上不比別人敢於冒險。

李湄與洪波，是我自小便在大人口中聽回來的「傳奇」。男的其貌不揚，甚至可以猥瑣形容——能在《清宮秘史》（1948）中把李蓮英演得入木三分的他，後來在《破曉時分》（1967）中再度以傳神詮釋獐頭鼠目的衙門官差贏盡口碑。只是才華橫溢挽救不了洪波的悲劇人生，吸毒和酗酒不但令他事業崩盤，更教他僅以四十七歲之年，在台北西門陸橋一躍而下結束生命。

李湄和洪波的婚姻維持才兩年。兩個名字卻因一個義氣，一個鬼才而被長久聯想在一起——江湖兒女的命運注定叫人唏噓？

當然，國泰名下自有另一個女明星的人生落幕式同樣可哀可嘆，並且，她的最後遺作，也不無受到武俠片潮起，文藝片潮落的影響——光是一九六八年，古典美人樂蒂就拍了三部武俠片。

《決鬥惡虎嶺》是國泰出品，《風塵客》和《太極門》是她與兄長雷震自組金鷹公司出品。三部電影中的她均一反柔弱本色，表面上，不懼對敵人惡面相向，但當年再不懂世情如我，也能在樂蒂的狀態，譬如眼下的袋袋，明顯察覺疲倦、尷尬，和「可不可以不用再拍」的訊號——三十一歲「重拾」俠女英姿，到底不比在成名作《兒女英雄傳》中飾演十三妹的同一人。

國泰的大女明星時代隨樂蒂玉殞香消正式告終。踏入六字尾七字頭的「新人輩出」，目睹刀劍武俠片的鋒頭已由邵氏全面掌控，這家在一九六四年一場空難中痛失領航人陸運濤的電影機構，不得不在打造新一代女明星時要求她文武全材。於是在江虹、唐沁、譚伊俐、周萱等名字中，冒起了能文更能武的陳曼玲。

◎ 樂蒂 2

俠骨不比柔腸

一九六八年，對於樂蒂，是怎樣的一年？

假若有人要像荷里活拍人物傳記電影般，以主角生命中某個時期作為題材——像偵探小説女王（阿嘉莎克莉絲蒂）人生中完全空白（失蹤）的十天——樂蒂的一九六八年，除了玉殞香消，另一個耐人尋味的懸念，應是，為什麼以古典美人深入人心的她，會一口氣接下三部刀劍武俠片？

而且，在該三部分別名為《決鬥惡虎嶺》、《風塵客》和《太極門》的武俠片裡，沒有一部她不是以「女俠」姿態上陣——也上

「馬」：以前的（女）明星可能不比現在，閒暇之時不是被媒體拍到在商場瘋狂入貨，食肆中狼吞虎嚥，而是寓娛樂於工作，彈琴唱歌跳舞不只為陶冶性情，更高的目標，是以有備而戰應付不時之需，因為總有機會在接下某部電影時派上用場。騎術乃功課之一，是以弱質纖纖如樂蒂，當她在《決鬥惡虎嶺》開場時十足十獨行俠奇連伊士活騎著馬身入虎穴，真的很難叫人不對她另眼相看。

雖然，《兒女英雄傳》（1959）和《原野奇俠傳》（1963）都是她的招牌好戲。兩片中，她也露過兩手「花拳繡腿」，然而青春少艾到底不同女人三十：一九六八年，樂蒂正式踏入那個年代的「中年」階段——在廿三四歲已屬少婦之齡的社會觀念裡，三十一歲的女人還演「女俠」，如果不叫超齡，便只能是超乎想像——有武俠片的女主角不與男主角談情的嗎？要談的話，那些適齡大俠應該貴庚？若還要比女方的對象大上一截才叫匹配，那他豈不已是「前輩」身份？既是「前輩」，即是脱離血氣方剛，武俠片不拍少壯派入世未深四處闖禍，難道去拍老僧入定修心養性？例外當然也有。胡金銓的《俠女》雖不中，亦不遠。

武俠片以中年婦女坐鎮其中亦不是完全沒有，李麗華在邵氏時期演過一部《盜劍》（1967），戲份不少，但角色只能算一種「大娘」——名為貴族千金的乳娘，真身是逃避仇家潛伏隱忍的武林高手。飾演千金的李菁武功得她指點，亦甚得師父真人不露相之真傳。同一角色在二○○○年被鄭佩佩重新演繹，我才在看《臥虎藏龍》時恍然大悟，原來《盜劍》中李菁的原型，乃後來章子怡演的玉嬌龍。李麗華的乳娘，不就是碧眼狐狸？分別僅在《盜劍》中李麗華除了維持中年貴婦的姿態和優雅（一如洛可可時代法國宮廷中的 lady-in-waiting），她也不如臥虎藏龍中鄭佩佩般虎落平陽，被徒弟，被死敵周潤發打到落花流水。

亦可能是我多心，我甚至在玉嬌龍與碧眼狐狸的恩怨情仇上聞到《書劍恩仇錄》中官家小姐李沅芷與綿裡針陸菲青那表面上習文，背著人學武的師徒關係。

眉眼永遠帶著孤傲的樂蒂，年輕上十歲的話，未必不是勝任有餘的官家小姐玉嬌龍。但是在年齡更接近是師父多於徒弟的階段，勉強當個無知少女便顯得雙重尷尬。可是沒有個人成長便不是武俠片了。江湖，從來都是「社會大學」，樂蒂在一九六八年參演的三齣武俠片有兩齣均屬「成年人」誤入歧途的特殊案例，原因，是她所扮演的角色雖然年紀不輕，卻出於相同執著，總是一錯再錯。美其名叫「誤會」，實際上是「不信任」——不信任「男人」。

是的，如果在樂蒂還是少女明星的時代金庸已經走紅，樂蒂的出塵，披上一身素縞白衣，敢問誰還比她更適合演出小龍女？即便國語片同輩小生中欠缺楊過（陳厚是佛烈雅士提，張揚太福相太高大，趙雷簡直似員外，雷震氣質略為接近，但兄妹演情侶的驚天動地誓必蓋過忘年戀），大可考慮把謝賢從南紅飾演的小龍女身邊調過來。樂蒂與謝賢，楊過與小龍女，當年沒人敢做的夢。可是當樂蒂不能再演小龍女，反倒更像李莫愁的時候，張揚、趙雷、雷震，全都以男主角之姿配戲來了。

所以，三部片中的樂蒂看上去一樣「肅殺」。常常鼓著腮，一面悶悶不樂。林黛玉帶著劍尋訪殺父仇人，怎麼看都覺是樂蒂，又不是樂蒂。這又有著「生不逢時，遇又非偶」的慨嘆：換了是今日，換了是徐克，也許他會如藉東方不敗解救林青霞般，讓李莫愁令樂蒂谷底反彈——事業上，情感上。雖屬影癡才會有的狂想，但此番天馬行空不能成真的遺憾只有一個，是徐克生得太晚，或樂蒂生得太早，他們才會彼此擦肩而過，否則，林青霞芳齡三十八也能憑一個在原著中佔戲不重的角色名垂千古，劉嘉玲則是在四十五歲以近乎 cameo role 的武則天拿下香港電影金像獎影后（《狄仁傑之通天帝國》），樂蒂的三十一歲看來似四十，不過是美玉沒被抹亮而黯淡。

李莫愁失意於情——這本來就是浪漫女性心目中的永劫回歸。失婚不久的樂蒂，若有幸被鬼才導演量身訂造與心情合一的一齣治癒戲碼，受封影后與片約如雪片飛來尚屬其次，更有意義的，是「一家便宜兩家著」：孤女借殺人不眨眼來掩飾情傷之痛是翻案有日了。

無奈歷史不是裁縫，它為樂蒂打造的一九六八年，是三部教她吃力不討好的「三步一生」。《太極門》中雙目失明，張揚要訛稱是老翁才得以走近照顧她，直至她摸到一雙「年輕男子」的手。《決鬥惡虎嶺》到處尋找殺害父母仇人趙雷，苦心孤詣換來真相大白之際，也是她一切徒勞之時——根本是父母先做了虧心事。《風塵客》中與文蘭（是的，粵語片女星文蘭也與樂蒂結過兩次片緣，另一部是《太極門》——分飾姊妹），她的這個小姨，因憎恨負心姊夫故對不能忘情的姊姊恨鐵不成鋼，憤而倒戈敵人陣營。上述角色注定樂蒂要在戲中被騙多次——不論中別人的計或中自己的計，均是心智不成熟的結果。

一九六八年，香港還算年輕，前一年的社會動盪有如武林浩劫，不知怎的，樂蒂經歷三齣武俠片的洗禮後撒手而去，我隱隱覺得當中有著某種隱喻。

◎ 樂蒂 3 傷殘抑或傷心

當武俠片也是文藝片的年代，「武功」之於女俠，就如理性與感性中的「感性」，而這，與拳腳功夫之於江湖漢子剛好相反，因為硬橋硬馬背後，是「行動勝於思想」，更遑論男人永遠認為比不上女人的「言說」了。所以，功夫電影——應該是說被李小龍的「李三腳」一踢而紅的類型片——如《唐山大兄》(1971)、《精武門》(1972)、《猛龍過江》(1972)，全都能用一句話把故事內容概括：第一部是人在異鄉，第二部是國仇家恨，到了第三部，已在重複第一部，沒有完成的最後一部《死亡遊戲》，更是在無謂浪費時間上做到「登峰造極」：死亡塔象徵人生目標的追尋，男主角逐層把對手征服，最後得到一張紙條：「生是等待死亡的過程」。

鐵漢猶如金子，冶煉需要過程，與其說「歷程」是故事，不如說它是比任天堂及後來電子遊戲都要降臨得早的「方程式」。

如果說，功夫電影盡量把故事／情節／佈局還原為一種讓決鬥／比武／競技可以無限伸延的背景——即是，片中人物關係完全不需要來龍去脈，相反，只要身上的符號「明碼實價」，觀眾便懂得對號入座。「黃皮膚黑頭髮」和「白皮膚金頭髮」形成對比，自己人與外國人的勢不兩立便一觸即發。又或，雙方都是黃皮膚黑頭髮，只要一方穿中山裝一方穿和服，「戲劇衝突」馬上被中日的歷史矛盾引爆。

身體，在上述電影中，就是「文本」。在它之前的刀劍武俠片，語境便大不相同。光看戲匭，它們的文學性——也就是故事，人性，情感共冶一爐——已躍然紙上。例子如《雲海玉弓緣》是武俠小說改編，固然是一隻字一幅圖，字中意境，媲美湖光山色。同類型者數不勝數，梁羽生多次被搬上銀幕的《白髮魔女傳》——第一次是 1959 年由李化導演的羅艷卿張瑛版。第二次是一九八〇年張鑫炎導演，鮑起靜江平的長城版。第三次是一九九三年于仁泰導演，林青霞張國榮版。第四次，也就是至今的第一部 3D 版本，鐵三角是張之亮范冰冰黃曉明——也是以最少筆畫勾起最多遐思：「白髮」與「魔女」，本來就是邪魔外道的絕配形象，可是一個「傳」字來個絕地反擊；真是十惡不赦之人，大抵經不起「正史」的推崇，既然受到「傳」驗明正身，該兩個看似「入不得廳堂」的名詞，便大大增加了可供玩味的空間——「奇葩」在當年還真是解作「非主流」而並非今日的「天生異形」。小小年紀第一次邂逅「一夜白頭」，好比第一次見到曇花時的眼界大開。

女俠的千變萬化，一般皆源於其身世如謎。刀劍武俠片故常以「身世」入戲。胡金銓的《俠女》(1971)取材蒲松齡原著《聊齋》。戲名的開宗明義，只有陳可辛的《武俠》可比。此外，梁羽生的《冰川天女傳》(1959)雖沒拍過電影，但靈感來自它的先後就有《雪嶺劍女》(1970)和《冰天俠女》(1974)。

拍於玉女明星甄珍大紅大紫前夕——當一系列「淘氣」和「瓊女郎」光環尚未發揮效應之初，順應潮流，她的動作電影大至只有《落鷹峽》(1969)，《雪嶺劍女》(1970)，《黑吃黑》(1972)。又，唯一真要舞刀弄槍的，只有《雪嶺劍女》。只是美其名「武打」，故事仍是一脈相承的「女性文藝」：「仙霞俠女林玉霞(鈕方雨)為金毛鼠強佔懷孕，於雪嶺產下女兒雪姑後含恨而終，死前託孤於雪山醜婆，雪

（甄珍）長大後得悉身世，決為母報仇。途中遇杜松，嬋娟，李家莊少主含玉，玉與雪情愫互生，無奈玉實為金毛鼠養子，也是娟苦苦追尋的未婚夫，雪不忍殺父，也不忍毀娟幸福，只好黯然離去。」孤身走我路的「生成俠女命」，與胡金銓《俠女》中的女俠為書生誕下兒子，完成使命後「人間蒸發」如出一轍。

斯人獨憔悴外，亦有「黯然魂消」。《冰天俠女》（1974）劇情又是由傷心往事演至情何以堪：「幼時目睹父母遭奸人殺害而教雙腿被凍至殘廢的沈冰紅（李菁），長大後誓報此仇。紅偶遇仇人次子高天英（岳華），施計混入高家殺死兩名仇人，天英之父向紅解釋當年誤殺紅雙親原委，見紅不諒，惟有勸她進入冰田內的熱泉治療雙腿。豈料另一仇人之女明珠（焦姣）聯同江湖中人乘機圍攻紅，紅為救英身體被冰封。英決長伴紅身旁，了結一場恩怨。」

《雪》中的「雪姑」與《冰》中的「冰紅」是異曲同工又殊途同歸——武功蓋世，也不似拳腳片的英雄般受萬人景仰。她們的「善終」，注定是失意於情。讓愛，自我犧牲，如是切合了女性文藝寄身在刀劍武俠片中的最高目標：女性的自我成全，就是「成全別人」。所以，江湖地位在拳腳功夫片是為滿足男性的「自我」（Ego）而設——受外界肯定；女俠們追求的則大相逕庭：心之所安，乃是「處處無家處處家」者的最佳歸宿。

只不過，「回家」之路不無一點曲折。樂蒂在生命最後一年完成三部武俠片之一的《太極門》(1968)，正是此中佼佼。然而，與《決鬥惡虎嶺》(1968)與《風塵客》(1968)不同是，《太極門》中的「女俠」竟身負更多「英雄」的包袱——不再只為愛情生存，名為沈玉萍的她，矛盾是忠孝兩難全。她，是太極門的得意門生，後來才發現生父是把寶劍，秘笈，魔鏡盜去的武林敗類。未揭穿真正身份前，她因追捕生父被他重傷。及後為救師父上天南山求千年參丸，又被天南老人之女(文蘭)所傷。等到她為報深恩，在父處盜回三件寶物送回師門，這一次把她傷至失明的，是太極門的叛徒師兄(雷震)。

苦命是苦命，但最終練成「盲目聽音金劍」的樂蒂大發神威，大將之風不遜於憑「肢殘心不殘」一鳴驚人的《獨臂刀》(1967)王羽。為文藝女星量身訂造，《太極門》中的樂蒂如是「開創先河」——她使我想起荷里活的茱迪科士打和安祖蓮娜祖莉——總有電影會為爭取她們的出演而把角色的性別由男變女。

刀劍武俠片不乏女演員藉「傷殘」獨當一面的後來者，與此同時，她們也把當中的言情文藝轉化成和男性一較高下的「身體先行」:《盲女決鬥鬼見愁》(1970)、《盲女勾魂劍》(1971)、《女獨臂刀》(1972),女主角為張清清。另一位「女獨臂刀」是《血符門》(1971)中的凌波。離開邵氏首次擔正主角的馬海倫,憑的是一把《聾啞劍》(1971)。

◎ 凌波、陳思思——武俠雛仔片

深夜看拍攝於一九六六年的《雲海玉弓緣》（梁羽生原著，張鑫炎導演，傅奇、陳思思、王葆真主演），驚覺這部武俠電影的「文質彬彬」。也許與經過大量刪減原著情節與人物有關，它不如預期般峰迴路轉，倒是著墨更多在江湖兒女的成長困惑上：愛情友情，敵我矛盾，才下眉頭，卻上心頭。

眾所週知，武俠小說不論搬上小熒幕或大銀幕，總是因篇幅而必須經歷割愛與整形。譬如，拍成電影材料過多，拍攝劇集則嫌支撐不了數十小時。畢竟，像七十年代 TVB 以半小時一集製作《書劍恩仇錄》，或每星期一小時的《倚天屠龍記》，僅屬武俠劇開墾時期所能負擔的「原汁原味」。從近期由內地製作的《笑傲江湖》可見，金庸的原著基本只是提供「感恩節火雞的火雞外殼」，內餡（stuffing）幾近都是另行創作——女主角陳喬恩扮演的，不是男主角令狐沖的兩個女人「婆婆」任盈盈或「師妹」岳靈珊，而是由原著的變性人到這版本化身正牌美少女並攫獲男主角的心的東方不敗。

所以，《雲海玉弓緣》雖非依書直説，但與今日愛怎麼拍便怎麼拍，同名同姓不同「命」的改編示範比較，它真是循規蹈矩又馴又乖。

説穿了，因為電影版本是把男主角金世遺（傅奇）的戲份，移花接木到兩個女主角厲勝男（陳思思）與谷之華（王葆真）身上。未看電影前，還以為兩男一女一定不外乎誰愛誰的角力，看了才知道，由故事開篇鋪下伏筆，根本就是要讓兩個身負上一代恩怨的女孩子，借化解仇恨之名，上演一齣女性友誼電影。

那年代，當然沒有什麼 chick flick——「女兒當自強」式的荷里活類型片。就是文藝片當道的國語影壇，把女性之間惺惺相惜，互相扶持作為招徠的電影，也是少之又少。女明星制度下奉行的是「后不見后」，時裝片基本上是一生一旦，雙姝配只能在古裝片找尋空間，但也更多是以反串「偷渡」，例如在戲曲片——如黃梅調——中上演「男生女相」。例外不是沒有，《雙鳳奇緣》、《女秀才》家傳戶曉，便是弄真成假，又再弄假成真的曲折帶來驚喜。女主角為救郎君改扮男裝上京赴考，金榜題名後被丞相或皇帝相中入贅為婿。不得不硬著頭皮至洞房一刻，她才把子喉唱腔換回女聲，那位金枝玉葉才赫然發現，差一點便成就一段假鳳虛凰。類似劇情以今日的潮語形容，便是「腐」，非常的「腐」，即同性間曖昧之情溢於言表。

千金必然先來一段大發嬌嗔，左一句「稟告聖上告你／妳欺君大罪」，右一句「枉哀家待你青睞有加」，但是把真正身份和盤托出的「女駙馬」，「女秀才」（凌波兩者都曾飾演）們，在這種時候還總是忽男忽女——一時以「男」的那個「他」向公主鼓其如簧之舌賠上一千個不是。另一時，亦不忘以「女」的自己，苦情兮兮地試圖博取也是「她」的對方的同情分。不過，「你我都是女人」之餘，似乎也有一層「我好即是你好」的潛台詞——「好」在哪裡？「好」字在這裡實屬可圈可點——你是女子，我也是女子，即便二人不便「假戲真做」，但若能得公主之助教女駙馬女秀才與真男子一圓好夢，暗藏玄機，未嘗不可的是乾脆三人世界地久天長。

二女侍一夫的「羅曼史」當然不容於戲曲電影面向的普羅大眾，

即便一夫一妻制在中國是在民國時期定下，至於香港，則要等到一九七一年——「一介女流」的左右逢源只會叫人感嘆費夷所思。所以，古裝戲曲片的兩個女性真要當好朋友，唯一的途徑，仍是擺脱不了由男人撮合：結緣，或，結怨，都因他是負心人，她和她自然就有舊愛與新歡的名份和戲份。

凌波在一九六六從梁兄哥回復女兒身主演《魂斷奈何天》，女主角除了她，還有李香君。男主角雷鳴其貌不揚，名氣亦遠遜兩位邵氏女星，但身當大任的真正原因，正是借助男的不足輕重，好給女的抬轎——由打造他的「無毒不丈夫」形象開始。

先是對書香世代的李香君始亂終棄，後又對明媒正娶的凌波冷面相待。等到李與丫鬟易髻而弁千里上門，凌又撿到雷丟下李以「夫君」作上款給雷寫的信，兩位女主角才有狹路相逢的對手戲可演。

只是郎心如鐵的雷無意享齊人之福，反而設計要把李與丫鬟燒死於後園柴房。於心不忍的凌波得悉丈夫陰謀，雪夜披了斗篷，冒著危險前往救風塵。

在《魂》獨掛「領銜主演」頭牌（李香君與雷鳴在後），片中的凌波不諳武功，但性格不失俠義精神，許是由於她已有多次飾演女俠紅姑的紀錄，觀眾對於她的正氣凜然無不接受。只是，陽剛之氣充足的她在扮演手無縛雞之力的弱女也有不妙之處：乍看竟有幾分「男扮女」的 Drag Queen 味。

如果《魂斷奈何天》要拍現代版，又或當年要改英文名，其實不妨考慮 *Sleeping with the Enemy*《與敵同眠》，不過留名歷史的正牌洋名則是 *The Dawn will Come*《黎明將至》。「同仇敵愾」是友誼之本，凌波與李香君雖有共同敵人卻手無縛雞之力，是以二女的情誼（義）在《魂斷奈何天》中只能發展至奸人伏法一刻——壞男人惡有惡報，好女人也就不用「苦鳳鶯憐」。

並非暗示此後二人便「快快樂樂生活下去」，而是再多的共患難，還是印證了男人的「不可缺席」——電影的落幕不代表女人的悲劇終於告一段落，卻是，在男人為軸心的世界裡，永遠依賴他們將會令自己與愛情絕緣。

為什麼？因為愛情不能只追求「自我」，但又不能欠缺它應有的「自我」。在這一點上，足以教人對拍於同年代的《雲海玉弓緣》刮目相看。兩位女主角一邪一正，厲勝男（陳思思）與谷之華（王葆真）互相以「姊姊」相稱，但與《倚天屠龍記》的趙明與周芷若不同，二人的處境沒有一方比誰優越。谷是被正派養大後才驚聞生父是大魔頭。厲勝男身負血海深仇，但更苦大仇深的，是走火入魔逼她一同走上不歸路的殘疾父親。兩女都在「父權」魔掌下委曲求存，所以才有全片最精彩一幕「文戲武演」：厲父命難違往殺谷卻難敵良心譴責，谷步步退讓但出於自衛必須還擊。劍來劍往，不為中間夾了兩人都愛的第三者金世遺——此中矛盾甚得我心：比武，非關主權宣示，卻在愛彼為難。

◎張仲文——千錯萬錯身材的錯

有一位名叫張仲文的女明星，「最美麗的動物」。換了今天，這綽號應該不太可能流行吧？因為誰會願意接受把「女人」定性為「動物」的恭維是恭維。很簡單，姜文劉青雲方中信甄子丹再雄偉，也不會一覺醒來發現被冠名以「最英俊的動物」吧？就算換成「野獸」，聽上去還是叫人皺眉——「英俊」和「美麗」並非重點，「動物」和「野獸」才是，說明她和他再優秀，也仍然「低人（類）一等」：只有本能，沒有思想感情。

張仲文當然擔得起「最美麗的動物」的「風景」——身段只是輔

助，最主要的，是體態。大家要不要找來《龍翔鳳舞》看看分飾姊姊的李湄和妹妹的她，是怎樣用小蠻腰的款擺演繹絲絲要下未下的《毛毛雨》？銀幕上是兩大美女，各手持與雨衣雨帽同顏色的雨傘，多得全片是伊士曼七彩攝製，李與張在個人特質的分別一目了然。湖水綠的李湄很輕盈，盪起鞦韆來，形象化地展現了一起一伏的女兒心事。但，坐在她身旁一樣盪呀盪的張仲文則叫人替她和鞦韆架擔心，加上因為豐腴，坐下來的她更顯「短」，難怪鏡頭老是有意無意想把她擺脫。只是一站起來，張的下風馬上變為佔上風。同一首歌曲中，兩姊妹勾著手臂漫步——其實是以橫行在鏡頭前緩緩經過——我們的眼球情不自禁緊盯在「外圍」的張仲文身上。紅雨衣搶眼是應記的第一功，第二，是伊的上圍比較廣闊，腰圍的反差便零舍矚目。

不過，《毛毛雨》再優雅也是「小品文」，不比同一部電影中的另一段歌舞《何日君再來》叫人嘆為觀止。畢竟，在《毛毛雨》中穿上雨衣戴上雨帽的張仲文，真要從觀眾角度看去，是何等暴殄天物——太太密實了。《何日君再來》改為「開門見山」——西式華貴晚禮服的袒胸、露肩、露臂全部到齊。她使我馬上想到九十年代初鄭裕玲修身成功，穿上腰圍廿四吋的裙子時形容前一年鏡中看到的自己：「虎背熊腰！」當年出了名不講得笑的她，是否借幽自己一默代替捏一把冷汗，我因不在現場不得而知，但此話背後的「覺今是而昨非」，或已充分説明在女人身上的審美確是此一時，彼一時。假如鄭小姐生在上世紀的國泰、電懋時代，也許就不介意身材像張仲文——壯是壯了點，尤其挨在「瀟湘」的陳厚身旁，不管有幾努力傳達「相偎傍」的親密，説得難聽點，還是使人聯想到「搬運工人」，而且是力不從心那種。然而，壯有壯的派頭、氣勢，不然也不會有個形容詞叫「壯觀」——如張仲文。

《龍翔鳳舞》中的《何日君再來》該是張仲文無心插柳之下的「代表作」吧——喝完一杯酒，隨手一甩，頭也不回，旋個圈換個身位一叉腰，陳厚已從背後抱上來，不夠兩下，她又轉身引領他從樓梯往下走。接下來最具難度的動作，是她仰天向後彎腰，他單手把重心向下沉的她攔腰抱住——《長恨歌》寫的「侍兒扶起嬌無力」是類似的「嬌無力」嗎？可是，豐滿的楊貴妃大抵還是比張仲文輕量級些，至使當陳厚剛擺好要「抱」她的甫士時，鏡頭一剪，畫面已跳到二人的側面特寫。想看見陳厚像《亂世佳人》海報上奇勒基寶抱慧雲李般抱張仲文的觀眾無可避免要失望了——身型上，這段歌舞的男女主角是有點「龍鳳顛倒」。

從小我對張仲文的印象，就是很「鬼婆」。因為，在我才剛懂事的年代，中國女性是不會像她般樂此不疲地把自己的 Neckline（頸部線條）大秀特秀的。她那被看作是「商標」、「嘜頭」的半遮面長髮髮型，除了是為側面輪廓拍照更好看而設計，更是叫人想入非非的慾望開關——張愛玲在《半生緣》寫叔惠與翠芝在跳舞時，借景寓情：「這時燈下相對，晚風吹著米黃色的厚呢窗帘，像個女人的裙子在風中鼓盪著，亭亭地，姍姍地，像要進來又沒進來」——把這段文字放在與陳厚共舞的張身上，裙子、腰肢的搖曳，還不算最有懸疑效果，真正「要進來沒進來」的，我會說是「要放下來沒放下來」的半邊長髮。多年來多少人用冶艷、銷魂蝕骨這類文字試圖勾勒出張仲文的風采，我卻覺得沒有幾個真能穿透「傲岸佇立」於不論是天鵝小鴨的同行中的這位尤物的內心而直達「她」孤獨的靈魂。

《龍翔鳳舞》中的《何日君再來》是 Big Band 版本，張與陳才會在大段音樂前奏中跳完貼面舞，再重登樓台引吭高歌：「輪笛聲聲催，時光不再待，欲言口難開，雙手緊相攙，今宵離別後，盼著你回來，淚眼兒低垂，心神兒搖擺，送君千里也枉然，柔腸寸寸斷。（眾唱）今宵離別後，何日君再來……」曲終人散後，是單身女人獨自拈起長裙裙襬拾級上了露台，先是背影，才轉身倚窗而立——至此一刻，大遠景裡的張仲文，絲毫沒有「動物」的氣息，有的只是一個時代對她的「虧欠」：為什麼不敢叫她做「最美麗的女人」？

「等待」，是標籤女人不可少的情景。遠鏡，縮小了張仲文身材賦予的殺傷力，放大了她身為「女人」的孤獨心情——「窗外的夜色漆黑，那幅長裙老在半空中徘徊著，彷彿隨時就要走了，而過門不入，任誰看著都若有所失（原文為「兩人看著都若有所失」），有此生虛度之感。」——如果說，張仲文只能是「動物」要歸咎到「身材的錯」，我倒認為，是她的larger than life注定只能在「曇花一現」的《龍翔鳳舞》中找到合適的容身處。

◎ 李湄 1

煙視「湄」行的女人

電影雜誌是我成長的「汽水」——如果不能說是「牛奶」，因為它的成份不能名正言順以「營養」形容，相反，糖份與泡泡造成的口感，實在只是感官上的娛樂效果。「汽水」的口味一如電影機構宣傳機器製造出來的品味，更多時候人工化得不可理喻，但又基於「先入為主」，不知好歹的兒童和年青人又最容易成為其死忠分子——可口可樂擁躉就是寧可喝雪碧也絕不願碰一下百事可樂——捍衛心目中神聖的品牌的同時，也是對自我進行某種建構：百事可樂在二千年曾一擲千金把「代言人」的羅致範圍由一個變作一隊，就是針對不同形象的偶像有不同粉絲，「一網打盡」的策略完全不怕違背「不要把雞蛋都放進同一隻籃子裡去」的理論——青春的本錢之一，正是毋須「專一」，對欣賞對象的選擇如是，發揮個人魅力如自我投射只有更加。

說回我在閱讀上的「汽水」，出奇的是，國際電影從來比不上南國電影，但你也可以說本來便該如此——今天常說的大明星買少見少，放在我成長階段的六十年代中後期，在林黛自殺葛蘭林翠尤敏結婚李麗華的黃金時代進入尾聲，一干的邵氏新人都是「速成班」所造就的明星效應，這解釋了為什麼何莉莉在我看來值得大書特書以九千字（替她編輯的電影文獻寫稿），但電影資料館的黃愛玲女士在尊重我作為作者的前提下，除了給我文章長度的空間，還報以鼓勵式的微笑外，她本人的興趣和研究對象，都是樂蒂葛蘭林翠尤敏，或以下的一個名字：李湄。

就如上述每一個擁有單名的大女明星，李湄是國泰電懋的人，也就是經過時代洗禮的——在她身上有著中西文化的共同烙印，是成熟的女人味，使她有別於邵氏南國演員訓練班的一眾「女孩」們，也跟同一機構裡的同事們以特定的氣質劃出不同的風景線：橫看成嶺側成峰，穿旗袍與穿西裝，穿便服（穿短褲背心）與穿花裙，穿泳衣與穿底裙，沒有任何女明星能與李湄相比的，是她能把任何「衣飾」演繹成一種戲劇語言，而這份在今天最容易被定調為「性感」的條件，在李湄身上，則有辦法把負面的「煙視媚行」改換作「煙視湄行」。

她在銀幕上的體態與舉止無疑都是「艷」的，或以她的幾齣代表作的戲匭印證，都是春意盎然——原名《流水落花春去也》，後易名《春色惱人》；或一字之差，卻有足夠聯想把兩個字撮合一起的，不是惹火，是《野火》；還有強烈對比性的《龍翔鳳舞》與《桃李爭春》。偏偏這些光是片名已經教人如入大觀園的電影之中，彩色攝影的只有《龍翔鳳舞》（電懋史上第三部彩色片），李湄的「艷」便只能在黑白菲林上發揮其感染力。只是，不輸於那個時代流行的圖案與花樣，她的力量，就在所扮演的角色的羅曼蒂克精神上無限發揮。

有多少位大女明星能「由少女心情演到四十大慶的老處女階段」，兼且不是被動的「老處女」——「李湄飾演莫麗秋（是 Rachel 嗎？），她與每一個男朋友的戀愛過程，都是多姿多彩的，可是有的為了環境關係，有的為了一時的彆扭，活生生的把那些快要成熟的戀愛果實，親手予以毀滅！」於是，一部電影被演成四星伴月（林黛最高紀錄也只有三個：在《三星伴月》中有陳厚、雷震和喬宏），「張揚飾演的王千君是新聞記者，以玩世不恭的態度來進行他的戀愛事業，愛說夢囈般的情話，莫麗秋起先因新鮮刺激而著了迷，可是當什麼『為戀愛而戀愛，結婚是戀愛的墳墓』從他嘴巴吐出時，莫立刻跌落深淵。」

王豪是飛機師孫以剛，李英是中年商人史豈敏，金峰是初入情場的同班同學陳強，車輪戰式的交手之後，結果出現當今最受關注的社會問題：「美麗、驕傲，有事業心的女性如何面對『失婚』？」

李湄從不害怕「選擇」，《野火》中圍繞在她身邊的「又」是三個男子：青年羅喬治（楊群）、富商翁錫璋（李英）和已經與他離了婚的前夫楊俊德（謝之）。某晚，羅喬治與李湄飾演的宋海華發生衝突，被一輛街車撞死，宋大受刺激，回憶起父親遺棄母親，母親離世，她的初戀男友——一個法政大學生林克成（高源）又因誤會分手，流浪無依的她，「竟」被一群流氓姦污。之後，她憎恨所有男人，她又沉淪色情生活，直至因羅喬治被車撞死被捕及被控以謀殺罪，替她上庭辯護的正是多年未見的林克成。

被判無罪的宋本願意接受林的求婚，可是宋的行為不容於社會，至使她誤會下嫁克成將使他失去法官職位，只好再度出走。一個風塵憔悴的女子躑躅在夜冷街頭，忽地看見貌似克成的男子，她拔足狂奔，終給一輛汽車撞到。等到被避而不見的愛侶把她抱起，野火似的女人終熄滅在他的懷中。

與《魂斷藍橋》好不相似的情節，所以，只差一丁點，李湄就能碰上《慾望號街車》中也是慧雲李飾演的布藍青並一樣勝任愉快嗎？我的答案，該是「不會的」，因為神經質的慧雲李把坎坷女性的命運由銀幕上演到銀幕下，李湄縱然也被多番徒勞無功的愛情悲劇「懲罰」其三心兩意，可是，我們記得的李湄，永遠不是風中之燭，反更似是風中之樹——她的「母性」光輝，由她從不遮掩的驕人身材，到她所扮演的角色的有容乃大——勿論是對於比她年青的男主角，抑或多次飾演家庭中必須保護弱小的「大家姐」——「堅強」是李湄的另一個簽名式。

且看「國際電影」中這段李湄印象：「傭人說她正在練舞。寬敞的客廳上，李湄果然起勁地跳著輕鬆的『加力騷』，她一面敲著鼓，一面伸著足尖，踏著帶有節奏的舞步。那天的氣候悶熱，她穿著單薄的舞衣滿身還是汗珠。休息了一會，她招待我坐下來，遞給我一杯濃郁的紅茶」……結論是「李湄是一個充滿著人生經驗的藝人，所以話題的範圍，並不限於狹小的生活圈。舉凡宇宙之大，昆蟲之微，她更無所不談。縱然坐上了幾個鐘頭，賓主之間的情緒，依然十分的輕鬆、興奮。」

◎李湄 2
柳「湄」花明的女人

希治閣要在同一時期的中國女明星中選《迷魂記》(*Vertigo*)女主角，國際電懋群芳譜中，要在葉楓與李湄中挑一，我猜後者的機會應比前者大。雖然，李湄或會被認為更適合挑大樑的是《驚魂記》(*Psycho*)中的珍納李角色——不需要對手，都能把內心掙扎表現得入木三分。而《神秘賊美人》(*Marnie*)若不分派給葉楓，選擇尤敏也很會讓人期待。只是《捉賊記》(*To Catch A Thief*)中的千金小姐非尤敏莫屬，富孀母親由王萊演來亦綽綽有餘……看我，把妄想想到哪裡去了？

李湄，醇酒般的李湄，在《危機重重》中演一個酗酒 ex 舞女——比她矮一截的舞客蔡胖子（唐迪）開著順風車向她試探：「林小姐換了場子了？我到老地方幾次都沒找到你，現在在哪一家呀？轉場也不給個訊兒，也讓我去捧捧場。」李懶洋洋回答：「我現在不做了。」裝個吃驚樣子的蔡：「吓？不做了？你現在正在風頭上，還那麼紅！」李：「我不能一輩子做舞女呀。」賊眉賊眼者打蛇隨棍上：「對了，不知道哪一位有福氣，金屋藏嬌了吧。」傷疤被人有意無意揭露，借著酒意，乾脆把它當彪炳的勳章展示：「我本來是打算結婚的，可是現在，吹了。」失敗也是榮譽的暗示被對方收到，贏取到的，當然是「同情」：「我明白了，一定是有人擠進來了，是不是？」

全部發生在車廂內的對話，使這部開場不久已充滿黑色電影氛圍的《危機重重》，沾上濃濃的……除了酒色財氣，還有四五十年代的荷里活氣——女主角的活動時間都在夜晚，是以，即使前一場戲當她那「名建築師」男朋友羅守禮（喬宏）把醉醺醺的她抱回家裡，女傭滿懷歉意代主人求情說：「我們小姐老不聽您的話，你要多原諒她，她以前在舞場裡做，也實在沒辦法。像喝酒，都是在那種地方學壞的……你別生她的氣。」見主人的男友準備離開，急問「那麼，您明天？」那位不喜歡女朋友喝酒的男子漢心裡原來有數：「明天我不來了，你告訴小姐，明天晚上八點鐘，我在銀城夜總會等她。」——那裡不約，又約在花天酒地的場所。

卻是因為設下激將法的佈局，把一名綽號「13 點」的歡場女子黃玫瑰（歐陽莎菲）帶出來，目的是讓李湄開開心心的赴會，面目無光的陪坐，最後，是灰頭土臉的自打退堂鼓。難怪蔡胖子的便車她是非坐不可，都因剛才吞不下也要吞的冷言冷語必須找個渲泄的對象，像喬宏故意說給她聽的「我最討厭一個女人喝酒，喝醉了讓人看見像什麼話？」更叫她吃不消的，是在她面前對喬宏大灌迷湯的 13 點其實沒有 13 點到哪兒去：在點菜時不忘要了一瓶 F.O.V.，待喬宏面露不悅，她原來是一番「好意」：為李湄而點，她喜歡喝。

所以，封閉的車廂憶述起剛才的恥辱，加上窗外華燈初上，那股荷里話氣息不是別的，就是殺機四起——「犯罪」作為娛樂，在披上西洋式的狼皮時，連帶李湄的惡向膽邊生，也不過是「不學好的模倣」，與毒如蛇蝎的壞心腸無關——對黃玫瑰的獻媚咬牙切齒，衝口而出：「我一定要殺了她！」之後，雖則，一轉頭便向身邊的駕駛者提出「買凶殺人」，她所飾演的舞女，還是天真過頭，多於機關算盡。

最能說明她性格上這特點的，是當男人向她進言「人家在社會上有身份，有地位，怎麼會跟你說真話呢？」，她的酒恍惚猛然醒了七分：「不，守禮是真的想跟我結婚的，我不做舞女，也是為了嫁給他，就是這 13 點跟我過不去……」——頭腦如此簡單，觀眾已經知道，到底不是加害者而是即將被利用的受害人：「那你是答應我了？」蔡：「快到家了，回去慢慢再說。」

有條件的幫忙，就是交易。戲演到這裡，鏡頭調度與人物心理設定或許不是希治閣，但確有使我想起《火車怪客》——接下去的發展，可會是酒醒後的李湄警覺犯下彌天大錯要撥亂反正？——殺人的變救人的？

沒料到峰迴路轉，酒醉時開了支票說好「誰跟羅守禮結婚就殺誰」，酒醒後才記得自己簽下一筆糊塗賬，一手把酒櫃上的一瓶二瓶全掃到地上，趕到蔡家蔡已遠遊，大街上又巧遇黃玫瑰被汽車撞倒，緊張得她忙不迭把黃玫瑰送回家，途中 13 點直話直說：「你看不出來嗎，我們是做戲來氣你……」疑雲盡散，不代表大團圓結局，即使羅先生已等在家裡向她求婚，鑽戒也閃得扎眼，但得償所願反倒真的讓我們的女主角開始生活在惡夢中，因為是她聘用的殺手，「誰跟羅守禮結婚就殺誰」。

《危機重重》以李湄的內心剖白開場，當劇情急轉直下，她果然變成「受害者」，獨白繼續給我們引路走進女主角的人生歧途：「這是每個女人一生中最高興的時候，可是我理虧，因為我做錯了事情，我叫蔡胖子替我殺人，我告訴他，只要知道誰跟羅守禮結婚就殺誰，到處有人跟蹤我，我想，一定是蔡胖子派來的人，難道是蔡胖子要殺我？真不知道該怎麼辦才好？」

婚禮如期舉行，蜜月由登上豪華郵輪開始，以為是遠離是非地，但在岸上接二連三使她起疑的被陌生人撞到，穿著婚紗踢到爆竹的巧合等，在甲板上也一樣發生：黑人物打扮的男子（田青）手持報紙的頭條正是二人結婚新聞，臉上一副墨鏡讓李湄拉著丈夫就跑，不料愈走那人愈跟上來，因為……「小姐，你掉了錢包。」

作賊心虛的人物處境，可以絲毫不惹人同情。又或，「誰跟羅守禮結婚就殺誰」這個自掘的墳墓，本來就夠荒誕，至使電影開場的「黑色」被漂白成某種「白色恐怖」：婚紗不是純潔的白，是要給血濺紅的白。是喜劇或悲劇，皆殊途同歸——當年的國語片，要把歡場女子一嘗洗淨沿華嫁給青年才俊的心願拍成娛樂大眾的「文藝片」，錯摸與弄假成真其實盡皆手段，更重要的是，「壞女人必須經過道德教訓才變成好女人」。

因為這樣，哪怕《危機重重》中的危機重重犯駁，我還是把電影看到最後，都怪渾身散發緊張大師御用女演員氣息的李湄。

◎ 李湄 3 湄精眼企的女人

值回票價這四個字，真夠 old-fashioned 的——可是因為今時今日看電影都已經不用出門，不用掏腰包，就只需打開電腦，按幾個掣，下載？以至我在看李湄主演的《同床異夢》時，腦袋飄過這四隻字便十分應景：作為老片一部，它的不可多得，正是放眼當今中外影壇，哪還有人這樣拍電影，演電影，何況，它還是關於「拍電影，演電影」的一部戲？變相等於，一次過看兩部戲。

何況，張揚真的帥到……完全配得上煙斗不離手的大少爺身份。至於二少爺，大家庭的藝術家，當然又是雷震了。而兩兄弟兩個當家小生在同一部老好電影同場，當然離不開荷里活模式——像《龍鳳配》（*Sabrina*）中的堪富利保加與威廉荷頓。開場時哥哥為了擔心弟弟這綿羊給狼吃了，極力反對職業是編導的他迎娶女明星——不，他根本不認同她是「演戲」的：「我以為一個演員，她私生活一定要嚴肅，像江人美（李湄）這種專門鬧桃色事件的人，我當然要不留情面的警戒她。現在她居然要做我們家的人，我壓根沒辦法同意。」

這番訓話字面上好不「疾言厲色」，可是張揚把它演成「苦口婆心」，這樣的男人，明顯就是嘴硬心軟，兼且很容易就讓底牌露餡，尤其在一個表面千嬌百媚，實際事業心勃勃的女人眼裡。這邊廂，弟弟矢志不渝地表示非卿不娶，還提出長兄應為證婚人的要求（張：「那時候，我一定不會在香港。」——我怎麼覺得這一口拒絕是多麼緊貼時代脈搏，到今日還被廣為借用？）那邊廂，剛拿下遠東影展影后的江人美，我們的李湄，正在扮演最考驗她的不是演技，「演技」兩字太浮淺了——卻是智慧的角色：「女明星」，兼且是銀幕下大眾眼中認定她們就是那副「德性」的「女明星」。

「德性」，不是「德行」，發音接近，意義則謬之千里。如果是「德行」，又要符合性別規範，當年「女明星」這行業真是以子之矛，攻子之盾：緊貼身段的旗袍是為了突顯中國女性的端莊而穿，但玲瓏浮凸站在那邊，到底是傳統被發揚光大，抑或秀色餵飽了飢渴的目光？江人美這「女明星」妙就妙在她的真面目屬有血有肉，鎂光燈與攝影機前，卻能剎那之間變身「吹氣公仔」——把洋裝夢露在《七年之癢》中擺的姿勢移植到旗袍上，那些風騷和撩人，恍如洋涇浜英文，翻譯不是翻譯，原意又已無影無蹤。連家僕劉恩甲也懂得調侃那樣不合格的「性感女神」。回頭對大少爺張揚，和在張身邊的大製片家吳家驤道：「這位江小姐真會做樣相，一會兒這樣，一會兒那樣，簡直像隻妖怪。」

李湄把在媒體前扭捏作態的「女明星」演成司馬昭之心的路人皆見——正如出錢給她當女主角，又把電影（《情天劫》）送去參展的大製片家所言：「只要她有百分之一，不，千分之一可以得獎的機會，我就不送她的片子去競選了。」當時，把這真相聽進耳朵的是王萊——第一次看到她一頭清爽短髮，穿洋裝，以「少女」姿態亮相片中，飾演張揚的「女追求者」（？），十分有眼前一亮的效果（如果中文名叫「寶琪」的她也有洋名，應該叫 Carman，你明白我的意思。）她好生奇怪：「怎麼？你不願意她得獎？得了獎你不是又可以多賺一點錢嗎？」

原來左手放餌的人，右手是要把魚杆霸佔為己有——總之不是為了垂釣，卻是著眼在「心頭好」:「定威（張揚）就知道我的心意。你想想，人美在電影界一直不很得意，心裡老是鬧彆扭，我早就勸她脫離電影界，乾脆早一點嫁給我。（寶琪：你不是已經有太太了嗎？）太太是太太，這不同的呀。不過人美總死不了拍戲這條心，她要我投資，還要參加影展，我都照辦，不過我們有一個協定，她要是得了獎就繼續拍戲，要是得不到獎就退出電影界來跟我，我看她這一次是跟定了我。」話音未落，記者群已經衝門。

要是江人美果真屬於胸大無腦之流，這種小角色便毋須勞師動眾得又是三星伴月的襯托出一個不可方物的李湄。而李湄的沒有被浪費，正是在於那「浮誇女明星」的面譜背後，藏住苦心孤詣的一齣美人「計（算）」。不像《鳳儀亭》中的三角關係，卻也在表演陣勢上不輸給「貂蟬」——對寫劇本給她導她演戲又向她求婚的雷震說：「定文，我老實告訴你，追求我的人很不少，可是真正愛我和想娶我的只有你，要是我能跟你結婚，有了歸宿，那當然太好了。可是我又怕我害了你。我的脾氣不好，同時，我也不是賢妻良母型的女人。」——但還是被他一臉的男孩式純真打動了。

輪到在大製片家面前，劈頭說著張揚同一句話的另一面：「我一定要你參加我們的婚禮！你對我的好意，我不是不知道，可是，你有太太不能跟我正式結婚，我在電影界八年了，追求我的人不算少，只有定文真心想跟我正式結婚，我結婚以後，我們還是可以照樣做朋友，你當然繼續投資，我當然繼續為你拍戲，定文當然專門編導我的戲，而且會特別用功，老實告訴你，這是我嫁他的原因之一。」

「老實告訴你」是這位女明星的口頭禪，聽似標榜個人的誠意可嘉，其實，不過是政治家慣用的語言技倆，潛台詞乃「我什麼都想過，而且比什麼人都想得清楚」——四個字總結，就是「如意算盤」，在她手上響亮似大珠小珠落玉盤。

但戲劇所以是戲劇，皆因「人算不如天算」——意外，當然也是意料之內：真命天才還在苦苦掙扎，好戲就等那位妒忌弟弟何德何能抱得美人歸的大哥哥幾時出擊加入「搶新娘」的戰場。

戲才演了二十分鐘，以李湄「榮膺影后」夢境開場，緊接就是夢境成真引爆的「故事可以這樣，也可以那樣發展」的柳暗花明，使《同床異夢》有著不止是電影，更可以是視覺小說的趣味。但趣味是卜卜脆的口感，戲味才是肉汁，如果沒有李湄，或把她換上另一位女明星，我想像不到還有誰能把「女性」作為戲劇以一舉手一投足，書寫得如此淋漓盡致——原來，演員也有「作者論」。

◎ 李菁——小婦人

如果「每本雜誌的封面都在報攤上開出一扇窗」——一如張愛玲所言的電影雜誌，尤其電影公司的官方刊物的封面，便是「櫥窗」。「櫥窗」和「窗」，一是通往自然景物；一是展示「人造風情」。小時候鍾情《南國電影》，明顯是被五光十色的電影商品打開了慾望肚臍眼：（一）儘管生活在三語電影文化中，但粵語片和西片鮮有讀物專替一家公司的明星服務（除了粵語片的《中聯畫報》（1955-1961，共62期），但「中聯影星」不是只為中聯拍片）。碰上在我成長之年，與邵氏分庭抗禮的國泰電懋因領導人陸運濤意外去世，公司業務一落千丈退守星加坡，連帶歷史更悠久的官方刊物《國際電影》也一併結束，造成《南國電影》即便不是唯一的同類雜誌（「左派」電影公司長城鳳凰新聯也有一本《長城畫報》（1951-1962，共119期），但因邵氏一家獨大而給人唯我獨尊之感；（二）電影明星作為封面人物被羨慕，早已常見於三四十年代中國雜誌，但在殖民地香港，亦即邵氏大展拳腳的年代，「明星」的意義，又多了一重人們對於西方物質文明的嚮往——誰當上最新一期「封面」特別引人關注的原因也是在此。

在一張單人大頭照片上，巧笑倩兮，美目盼兮的「她」，一定有著值得大眾少則仰望，多則模仿的一些什麼。「美目」與「巧笑」之所以「刻板」，是封面上的女明星必須保持得體，然而，大部分時間維持「端莊」與「嫻靜」的這些淑女們，卻要保持那個年代的女明星必備的誘惑性——姿態再含蓄，她們的髮型、化妝到底也是要被放「大」的。

大明星如是，一旦小明星榮升封面女郎，她再小——不管是名氣，抑或年齡，一樣要往大女明星的路線上走。「大女明星」在當年，如長駐《南國電影》封面的林黛和李麗華，就是「風華絕代，儀態萬千」的模楷，至使時移勢易，南國演員訓練班才剛出道，稚嫩如十五六歲便被委以女主角重任的鄭佩佩、李菁、方盈等，也不得不被

「放大」上真實年齡的一至兩倍。所以，「娃娃影后」李菁雖有「娃娃」之名卻無「娃娃」之「實」。

她第一次登上《南國電影》一九六四年十一月號（第81期）和一九六五年二月號（第84期）的封面時，雖仍未曾憑《魚美人》封史上最年輕亞洲影后，但兩幀玉照已是小婦人模樣：頭是「雞窩頭」，身上穿的是旗袍，半點不見「青春」的痕跡。第三次登上封面，也就是有大字標題「李菁榮登影后寶座」加持的一九六五年六月號（第88期），「后」的身份既定，人自是更不可能「反璞歸真」：那一期教她特別亮眼的，是脖子繫上的璀璨項鏈。

若論李菁的戲路，由始至終不缺「少女」角色。由早期的春蘭（《雙鳳奇緣》）、雪春（《血手印》），到《寶蓮燈》中的靈芝仙姑和《西廂記》中的紅娘，無一不是善解人意的俏丫環。然後踏上女主角的星途，村姑有《菁菁》和《野姑娘》，文藝少女有《珊珊》、《死角》，歌舞女郎有《花月良宵》，連章子怡在《臥虎藏龍》中的玉嬌龍，第一代的扮演者是她（只不過改名《盜劍》（1967）之後，連帶她的師傅「碧眼孤狸」一角，也因由大牌李麗華飾演而從奸角變成武林正義之士）。就是到了六十年代末與七十年代初，乳臭未乾的氣息已被富態的身段取代，她仍是最長壽的「玉女」，作品有穿著女中學生的校服嫁給班主任當《娃娃夫人》，在姜大衛與狄龍之間插針不入的《保鏢》，橋段夠似葛蘭的《曼波女郎》與尤敏的《玉女私情》的《玉女親情》，當然還有丫環中的丫環秋香——從出道到《三笑》公映的一九六九年，前後不過五載，李菁一寸寸的成長明明就發生在大眾眼前，可是不過廿二芳齡的她，偏讓人每每忘記她可曾年輕過。

前後擔任《南國電影》十四期的封面女郎，她的明眸皓齒，沒有幾次不是被濃妝掩蓋。放在女性到了三十五、六歲還能和青春少艾爭風頭的今天，李菁當年才二十出頭便儼然「風韻猶存」，當然是不可思議。但只要把李菁放回香港國語片的進化歷史，便不難理解在她身上顯現的「尷尬年齡」，是世代交替的自然現象——「邵氏女星」的顛峰時期，無疑是在百花齊放的六十年代初至六十年代中後期，李菁才出道已在形象上繼承了影后如林黛、凌波的大將之風，不免限制了她在個性上的獨立發展，就如於一九七八年脫離邵氏後接拍了由凌波飾演賈寶玉的《新紅樓夢》，她在片中飾演的，正是一直以來被公認非她莫屬的「薛寶釵」，可見在邵氏拍過的四十九部電影背後，李菁的青春注定是要奉獻給片廠制度的某種精神，一如薛寶釵下嫁賈寶玉：「以大局為重」。

一九七〇年確是考驗邵氏女星們——出身南國訓練班的學員們

——能否「大步檻過」的「過渡」一年（張徹的陽剛武俠片掀開邵氏新一頁）。李菁留守大本營之外、鄭佩佩、方盈、秦萍等玉女明星，均在同年前後如有默契般淡出大銀幕，鄭佩佩遠嫁美國，方盈、秦萍在香港落葉歸根。上述三位在邵氏的地位容或不及李菁——鄭佩佩是「武俠影后」，秦萍、方盈則在作品數量和演出類型上因影齡較短，不能與之媲美——可是，「南國電影」的封面卻為她們造就了李菁所無的「青春留倩影」——鄭佩佩第一次當「南國」封面是包上頭巾，第二次斜戴草帽，第三次便是以長髮姑娘的綺年玉貌示人。在她之前，只有綽號「小碧姬芭鐸」的杜娟有此「特權」。但杜娟被標榜的是「性感」，鄭佩佩是「健康美」，前者亦並未因奉旨野性、狂放、叛逆、不羈而佔到事業與人生的任何上風：與女性密友一同服毒，才廿七歲的她，離世於一九六九年。

◎

張慧嫻 1
慾潔冰清

婚外情從來不是愛情文藝片的冷門題材，但像《月夜琴挑》（1968）那麼明目張膽地「不道德」，你別說，連王家衛的《花樣年華》作為箇中表表，也瞠乎其後。

全因，主角們身上穿的是搖擺六十年代的服裝，但精神上，它和出品該片的電懋於後來一度省招牌的「聊齋誌異系列」出奇一致，都是開不了花成不了果的孽緣：男的是書生，女的是狐狸。

何況，他和她也真的在另一片時空下前緣再續——《荷花三娘子》乃《聊齋誌異三集》（1969）的壓軸一段。男主角張揚，女主角張慧嫻，似曾相識的並非只有駕輕就熟的兩情相悅，而是連一人一妖的難偕連理也一模一樣。首先，是女主角的邪與男主角的正。

《月夜琴挑》沒有張曼玉和梁朝偉，不過，可以説，是導演易文的空前大膽，把「新人」張慧嫻從電懋三小花的「小」提升至「大」女明星的規格——成功失敗不是重點，值得一提，或者，事過情遷後的今日，還令張慧嫻不被忘記，不得不歸功於這一部把她塑造得既是「尤物」，又是「玉女」的電影裡，的確把另外兩朵小花李芝安和劉小慧比下去——女明星，到底是要藉著 glamorization（灑上金粉）而被「羨慕」的。

張慧嫻從一九六二年出道一口氣拍了《花好月圓》與《桃李爭春》，《月夜琴挑》後只再演了《血酒紅玫瑰》（1968）、《波斯貓》（1968）、《狼與狼》（1969）和《孫悟空大鬧香港》（1969）。除了參與演出的電影數量與戲份的吃重都是三花之冠，最重要的，是只有她，曾被賦予繼承「銀幕女神」的道遠重任。換個説法，就是服務的電影機構由面臨衰微到實際走下坡，張慧嫻不是沒有被調派前線作戰。而最漂亮，也是教人最難忘一役，當數《月夜琴挑》。

主要是，一向被我認為性格「保守」——電影語言運用上——的易文，在這部片中忽然轉性。片頭已先聲奪人：在演奏狀態下的小提琴瞬間斷弦，字幕才打出片名。老好荷里活電影中不乏演奏家情海翻波的題材，鋼琴家是大熱門（如描寫蕭邦生平的 *A Song to Remember*《一曲難忘》）。小提琴印象中就有一部 *Humoresque*《詼諧曲》。鍾歌羅馥是女主角的愛情片，過程與結局免不了都是「苦戀」——角色是上流社會的富婆，看中未成名的小提琴手，她對他美其名是欣賞，但在全力把他捧紅的意圖後面，是她永遠不能被他以愛來回報的寂寞芳心。

站在台上的演奏家總是誘人，一定程度上與全神貫注有關。《月夜琴挑》揭開序幕，張揚飾演的小提琴演奏家先來一段。不算短的特寫，捕捉他在彈指間的神韻變化，面部因化妝過濃流於脂粉味重的他，幸好有音樂幫助，使他不致完全沒有角色所需的奪目神采。易文以加插了「外景」——坐滿特約演員的大會堂劇院——和「內景」——主要是鋪排飾演張揚太太的陳青在觀看丈夫演奏時流露的「滿足、驕傲」神色，使這幕演奏會奠定了這部婚外情電影的基調：一對璧人的「愛情」，有時候就是連當事人也被自己騙了——都怪自我投映惹的禍。

幸福如果真是眼見為憑，廣東俚語便不會有一句「你睇我好，我睇你好」。《月夜琴挑》大大不同於同時代的國語文藝片，乃它的情節不用「話語」卻用「影像」陳述——大刀闊斧讓張揚秀完一段「演奏」，隨即安排夫婦二人被朋友邀請至夜總會狂歡，適逢舞台上紅歌星張慧嫻在獻技，於是，一大段蒙太奇又獻給了她的「演唱」。

「演奏」與「演唱」：一個代表藝術殿堂，一個象徵歌台舞榭，易文撮合兩個層次不同的男女，用的是不同層次的音樂，以及它們背後的……性感。

小提琴在形象上已不言而喻——輕攏慢撚抹復挑，張揚在片中雖不復玉樹臨風（最好的應是與林黛演《情場如戰場》的時候），可是，小提琴家的身份有給他貼上嶄新標籤和之前未有的優雅想像。至於歌女——階級懸殊本身已是異國情調的變奏，是以從音樂會場景轉移至夜總會，一身橘色晚裝的張慧嫻不斷扭動身軀，反襯陪在張揚身邊的陳青全身白色套裝，明顯是俗艷與大方，野草閒花與大家閨秀的鮮明對比。

而這還未包括在張慧嫻嘴中吐出的，只能用「露骨」形容的歌詞：

我需要你，我需要你

我要投入你的懷裡

緊緊相偎倚

我需要你，我需要你

給我愛情，給我自己

一切都忘記

吻一吻（啐啐）吻一吻（啐啐）

不要說話 不要呼吸

只要你 kiss kiss

我需要你 我需要你

吻在嘴上，熱在心裡

唔⋯⋯啐啐（發出 kiss 的聲音）

唔⋯⋯啐啐（畫面上的張慧嫻也是配合啐啐嘴型）

kiss kiss 真甜蜜

kiss kiss 真甜蜜

舞台上的她畫面一黑，鏡頭轉到隨音樂款擺的裙裾，和高跟鞋踏著舞步。然後是舞池中視線沒有離開過她的張揚夫婦。當特寫回到歌女臉上，當年流行的 double eyeliner 映入觀眾眼簾，突兀之感不是來自過時的化妝，卻是在她重複又重複發出「唔⋯⋯啐啐」之聲的機械化表情：

kiss kiss 真甜蜜

kiss kiss 真甜蜜

kiss kiss 真甜蜜

kiss kiss 真甜蜜

易文以張慧嫻的背影交代一曲既終。旋即，一句台詞把觀眾帶回現實世界，提醒我們夏蟲不可語冰的「自然現象」，一把尖聲的女子問：「我們的大音樂家對這隻歌有什麼感想呢？」溢於言表的優越感，被張揚的回答輕輕帶過：「很好，這真是為我們兩個唱的。」雖然，紳士風度引來的是淑女的不置可否：「誰説的？」微笑的陳青回應。

但，又誰説不是呢。

電影至此才演到八分鐘不到，但曠男怨女以神交進行的「性交」在空氣中已你儂我儂濃得化不開——儘管距離真正「邂逅」還要經過重要的兩幕戲：

（一）歌女歌罷，輪到小提琴家被隆重介紹上台演奏。那邊廂，張慧嫻被友人語出揶揄：「國際知名音樂家也在聽你演唱呢。」先悵悵然，説：「我唱的，他才不會放在眼裡呢」，再悻悻然站起，望著張揚的方向離座。

（二）張揚夫婦回家就寢，床上的他不能闔眼，因為所聞所見（通過觀眾的視角），是在一片橘色的幻境裡，一直出現張慧嫻的「唔，啐啐，kiss kiss 真甜蜜。」

就是這樣，由稚嫩到成熟、由純情到情慾，影史上有了經典的「張慧嫻時刻」。

◎ 張慧嫻 2
愛河沐慾

《月夜琴挑》在我看來，為何那樣不像易文的一般作品？

他執導的愛情文藝片看過不少，但能把兩性之間的萬有引力刻畫的入木三分，致令觀眾與男主角及女主角一同目眩神迷，當數拍於一九六八年的這部堪稱為「代表作」——在舒琪二〇〇九年二月七日（星期六）的電影日誌（「只要有電影」）中：「影片寫一名國際知名的小提琴手（張揚）背著妻子愛上年輕流行女歌星。現實生活中，風流成性的易文也有過多次相類似的婚外情（其中一人也是女歌手）……看得出是作者全情投入的夫子自道，這在當年的香港電影裡，應屬鳳毛麟角。影片裡涉及的『情』，也是色慾的（carnal），多於什麼地久天長的偉大愛情。」

的確如此。許是多年來——或正確來說，自二千年以來，香港導演拍過涉獵「婚外情」——或正確來說，是抑壓婚外情——電影者惟有王家衛，是以易文塑造的人物的大膽奔放或涓滴長流，比起《花樣年華》或《一代宗師》中禮教男女的「適可而止」，不僅程度落差之大叫人咋舌，更使我感動的，是它的純粹：完全擺脱不倫戀總是受制通俗劇的桎梏，《月夜琴挑》採用特寫鏡頭，無限放大情慾投射物的歌女依娟（張慧嫻）與小提琴手朱子丹——「他」在片中並非代表傳統的「男性凝視」，因為以他擁有的「名人」身份，同樣引起歌女的「垂涎三尺」，而這，正是《月夜琴挑》的故事情節再簡單，電影卻絕不乏味的原因：眼看雙方兵來將擋水來土淹，觀眾能不贊同，所謂愛情魔力，徹頭徹尾就是費洛蒙？

外穿白色套裝，內裡是玫瑰紅上衣，耳戴紅耳環的依娟，開了紅色開篷跑車，把剛從音樂學院下課的子丹「綁架」到她喜歡的咖啡店，坐下來便作鼓腮狀，使他不得不表達關心：「我要知道你為什麼心情不好。」「別人看不起，當然不快活了。」「哪有這樣的事？」「昨天晚上，在夜總會裡，正是我唱歌的時候，所有的人都應該看著我，聽我唱歌，可是，你走開了。不但走開，你還在外面演奏提琴，大家都跟著出去欣賞你的演奏，把我一個人扔在台上，當時我恨不得……」

恨不得什麼？看她「咬牙切齒」，即便上述傾訴發生在「現代」，可一身時尚的女人卻使我想起《金瓶梅》中的一眾角色——口中說不完的怨，眼角眉梢總是春。

「恨不得……」的箭在弦上，合該被侍應生送上來的兩杯咖啡打斷。這個懸念就算以張揚笑問「恨不得怎樣？」，及張慧嫻以嬌憨口脗回答：「恨不得打你兩巴掌」作結。但真正在後頭的好戲，畢竟不是口頭上的打情罵俏，反而是無聲勝有聲的「動作場面」：他伺機摸了她的手，她羞澀的低了頭，順勢夾了兩顆方糖放咖啡裡，再倒牛奶。下一個畫面，是風和雨驚動了侍應生，他趕緊把通往露天茶座的玻璃門關上。鏡頭移至室外，觀眾立時置身雨中，窺伺室內獨對的男女。在沙啦沙啦的雨霖鈴中，二人的私密感因被偷窺而瞬間倍增。

然後回歸特寫，牛奶在她的奶勺中流到咖啡裡，有著乳色手柄的匙羹被她用來攪動杯中的漩渦，白色溶在一圈一圈的金黃中。鏡頭緩緩往上搖，是她目不轉睛看著眼前的他。接上他也在看她的目光，那麼著迷，誰說不是被下蠱？鏡頭搖到他的手，猶如被複製，他也是把咖啡攪動成旋了又旋的渦。

在什麼情況下一男一女會像畫面中的張揚與張慧嫻般「著了魔」?《月夜琴挑》的刺激，全是看易文在情切切，意綿綿與色迷迷，赤裸裸的一線之差走著鋼索——説它不是愛情片，亦因此有了依據：「戀人」相看兩不厭，是在彼此身上看見自己的幻想——性幻想。

也因此，張慧嫻飾演的依媚，沒有一次出現不給張揚(也是觀眾)帶來「壓力」: 她，還能在髮型、化妝、衣著上承載多少「符號」？意思是，一向在電懋以清純形象奠定玉女明星地位的她，在《月夜琴挑》中肩負的重任，是「挑逗」的「挑」。雖也真能引人入「性」，但「危險」不是沒有：多年以後，邵氏也讓影后李菁卸下「娃娃」的皇冠，轉向經營「奇女子」——在呂奇的《丹麥嬌娃》與《蕩女奇行》裡，成人電影的戲路成了女明星的不歸路，它既不提供成熟的讚美，也不換來豁出去的豐收，有的是事業走向懸崖邊沿，偏這亦不知是雞或雞蛋的因果關係。

不過易文不是呂奇，這從《月夜琴挑》的優雅可見一斑(假設呂奇是刻意草根和 kitsch)。張慧嫻故不因「媚」而流「俗」，張揚亦是「淫」而不「賤」。只是，要在「媚」與「淫」的前提下打動道德藩籬素來高築的華語片觀眾，考驗的，就是操控全片每一個細節的導演。

除了「大特寫」的大，還有各種膽大包天的「大」，足使張揚和張慧嫻在每格畫面裡都是那麼「旁若無人」：在他和她偷來的片刻歡愉中，容不下也毋須對白把來龍去脈交代。光是二人的「兩情相悅」，已讓易文在電影語言上玩得不亦樂乎。在一場他終於成為「入幕之賓」的戲裡，到了她的家，觀眾和他一樣伸手不見五指，因為他要和她玩「摸盲雞」：「這兒⋯⋯是衣櫃，這兒⋯⋯是椅子，這兒嘛⋯⋯是床！」惹得她嬌笑連連，才把燈一亮：「這是廳。」再說：「你坐一會兒，我請假五分鐘。」

他坐下來隨手翻閱她的「明星」相簿，一幅幅明眸皓齒的黑白沙龍照由慢慢咀嚼加速成象徵心跳的 jump cut，忽然抬頭，換上雛菊色薄紗睡袍的她已佇立睡房門前（前景是檸檬黃沙發）。隨鏡頭推進，面帶微笑的她隱入鬆郁蒙的黑暗中，但見門鎖隨大門關上成為畫面焦點，然後是倒在床上的他和她的相視而笑的⋯⋯又是大特寫。

性愛的「前戲」，如是以或明示或暗喻的「追逐遊戲」陳列在銀幕上，包括影機被運用作觀眾看著他們如何彼此看見的推拉情趣中——而且佔了全片的幾近一半。《月夜琴挑》目不暇給出人意表，是鮮有華語愛情片如它般不把道德放在眼內（至少直至結局前五分鐘）地呈現郎情妾意作為狀態而非花前月下徒具形式：男歡女愛，本該如此。

莫非那也是《男歡女愛》（*A Man And A Woman*，1966）對於易文的影響？

◎ 陳青——青心寡慾

看易文的《月夜琴挑》，想起早幾年周迅、趙薇、陳坤合演的《畫皮》——言情片中的夫妻與歌女，從任何角度去看，都是聊齋式故事中的人、鬼、狐——至使，被丈夫與小三蒙在鼓裡的妻也是人，但論氣質上的以不變應萬變，對比狐狸的千變萬化，她的沉著應戰，便十分「鬼魅」。

大家可曾記得，日本電影《怪談》中的第一段《黑髮》，故事中的男主角十郎是個負心的人，嫌貧愛富，見異思遷，儼然陳世美東洋版。只是，他的秦香蓮沒有千里迢迢尋上門去與他相認，相反，只是苦守寒窯等那薄幸兒回頭是岸。日子在織織復織織之中過去，沒想到十郎那喜新厭舊的性格在一年後已發酵，因對新太太厭倦，家有賢妻竟成了對他良心的呼喚。在一個月黑風高之夜，回到家中，喜見故人依舊，不要說原諒，就是怪他的意思也絲毫沒有。表面看是他失而復得，是直至第二天一覺醒來，把手摸向枕邊人時，才赫然發現躺在身邊的不是軀體，卻是一具黑髮骷髏。

改編自小泉八雲的短篇小說，《黑髮》這個被小林正樹重新命名的名字雖美，但在題旨的詮釋上，卻沒有原名《和解》有深意。

妻子像「女鬼」，皆因「女鬼」永遠不會像「狐狸精」巧言令色——是出於「沒有必要」：身為正室，丈夫的風吹草動於她全都有跡可尋。在這裡，丈夫反倒更像動物，又或「禽獸」——純粹被本能支配——是以，靜觀其變，鑑貌辨色，則是為人妻的必備「假面具」。

《月夜琴挑》的妻由國泰女星陳青飾演。陳青，何許人也？以女明星的名氣與條件而言，此「青」不同彼「菁」：儘管把二人的名字輸入搜尋器也得不到多少回饋，陳菁至少也有一張劇照，三部曾經演出的電影的有限資料。陳青呢，猶如從來不曾存在。這大抵也和二人在銀幕上的辨識度強弱度懸殊有關。

陳菁，未至於是李翰祥的御用班底，可是，在他的風月片時期，陳菁亮相頻繁之外，更曾於《風流韻事》(1973)中掛帥折子戲《蕙蓮》。取材《金瓶梅》的人物和故事，當年我對陳菁的雀瓶中選也曾「另眼相看」：那是「替身」盛行的年代，記憶中陳菁沒有露點演出，但所秀的身體在尺度上或超過同期或同台演出的胡錦與恬妮，只是若以戲份論斤両，「真槍實彈」是陳萍的強項，陳菁，不過和胡、恬二位同等「虛張聲勢」。

然而，胡、恬有「替身」代勞是「情有可原」——她們都是女主角。陳菁，卻只有在《蕙蓮》中「驚鴻一瞥」。那情況與邵音音曾在《風花雪月》中擔正演出老舍小說《月牙兒》女主角一樣惹人遐想：艷星終也有出頭一日，以演技駕馭觀眾，演活悲劇人物。

國泰的陳青，如果不是《月夜琴挑》，也許連陳菁留下的印象也談不上。偏偏，她擔重戲份的片子肯定不比陳菁少——《聊齋誌異第三集》(1969)中出演《美人首》中的阿纖，與新人譚伊莉一鬼一狐分庭抗禮，爭奪書生鹿瑜——只是，與陳菁最大分別的是，若說重口味乃前者特色，陳青的淡出鳥來，使她看來毫無殺傷力：連演「狐狸」阿纖也有欠說服力，皆因她的面貌恍如刻上四字：良家婦女，說平易近人可以，說平平無奇亦可。

就算演一個抓住夫婿別有懷抱的證據的愛妻：他(張揚)又不是

嫌棄她，他只是意圖魚與熊掌兼得——她都沒有把握機會，將銀幕時間用來露一手——我能想像《月夜琴挑》的卡士若調換了她與第三者張慧嫻的角色，同樣在「情敵見面，份外眼紅」的戲中，張一定有多種板斧把強裝鎮定，內心酸楚的原配夫人演得七情上面。陳青也不知是非不為，是不能，抑或不屑為之，總之就是很大程度上採取「冷處理」——非常適合後來新浪潮導演如譚家明要求演員「不要演」的需求，因而顯得超前的「時髦，摩登」。

尤其在歐陸氣息濃厚的《月夜琴挑》裡，該份自然，令「畫面比情節說上更多」的導演風格更見鮮明。有一場，陳青被友人田青轉告丈夫出軌，她心事重重回到客廳，燈也不亮坐在他慣常休憩的搖椅上，雙目所及，是鋼琴上一疊曲譜。鏡頭跟隨她走近鋼琴，特寫從微光中的她的眼睛搖下，曲譜變成柔光鏡下的歌女張慧嫻，畫面也由七彩轉為單色。如泣如訴的歌聲，在如怨如慕的小提琴伴奏下，畫面又回到陳青的特寫。沒有眼淚在眼眶內打滾，沒有面部不自覺抽搐，丈夫深情款款，歌女含情脈脈，妻子的她淪為局外人，她說不出是惘然，還是出神。

這時候，鏡頭居高臨下，她身上的長毛衣第一次被觀眾得窺全貌，是白色底繡著如三條平行火車軌的三朵花，低調不失大方，優雅不失活潑。憑著三腳鋼琴掉入沉思的淑女圖，忽然大門傳來大門開鎖與關門聲，幽怨如藍月的歌女心聲戛然而止，丈夫的剪影配上「為什麼不開燈」的呢喃，易文安排陳青猛然一回頭，那張臉，剎那間洩露一股怒氣，眼神亦透出寒光，我對陳青淡出鳥來的定見生了動搖，甚至連「她不美」的看法也在那一刻化作不得不承認的偏見：她，只是不屬於「大女明星」時代，她，或有潛質在沒有降臨的機會中正式成為「女演員」。

丈夫開了燈，她說：「我一個人靜靜的，不用燈。」目光仍舊低垂，面對站在面前的說謊者：「我們明天就要離開這兒了，不知道下次幾時再來……我們訂的飛機是下午飛？子丹，今天是我們在香港的最後一個晚上。」丈夫喜出望外，誤以為能偷多點時間私會情人：「怎麼？你是不是想多住幾天？」「不，我想，我們應該出去熱鬧一下……」「兩個人，熱鬧不起來。」「我們可以到熱鬧的地方去。」「什麼地方？」「夜總會，好不好？」特寫是當場被逮住作弊的他。「我喜歡的地方，你也會喜歡的，對不對？」「慧黠」的她說。

能說不是嗎？嘴上不說，真話也在如坐針氈的過程中不言而喻。鬼怪片一般都是書生靜觀被下蠱的妖物愛人現形，《月夜琴挑》的高潮戲卻是一身黑色的妻子陳青如寡婦般見證愛情的被下咒。

稚嫩或鑿痕太深的毛病俱有，但角色的靈魂賦予了陳青先前未有的靈氣。無奈其時國泰新人如雨後春筍。有可能被寄望是「樂蒂接班人」的她，銀色旅途不久便走向終點。

我想起來了，她像一位粵語片女演員，方心。

◎國泰小花 1

人鬼狐代替星星
月亮太陽

有一些電影很奇妙，它與我們的緣份，就如霧水與拂曉，又或書生路過雞犬相聞的村莊，正喜人間有此世外桃源，然而這些美好都不真實，禁不起陽光照射，及沿著來時路重訪，卻只見頹垣敗瓦——例如電懋在六十年代末期一拍再拍三拍的《聊齋誌異》系列。

依稀，我還記得曾是座上客。周日午後，被大人帶到彌敦道上的倫敦戲院去看。小時候，大部分捧場的國語片皆是「邵氏出品，必屬佳片」，即便同期也有電懋電影上映，出奇地，就是不屬家裡長輩的那杯茶。現在往回看去，想必是相比言情片與倫理電影，邵氏的武打熱鬧，仿占士邦時髦，還有各式獵奇與大鑼大鼓，一言蔽之，「娛樂性豐富」。故此不難明白《聊齋誌異》因何贏得青睞——它就是為娛樂而娛樂的「例外」。

雖然，今日重看片中任何娛樂的元素，盡是那麼小兒科。但仍不能否認，《聊齋誌異》談不上有何成就，它的企圖心卻仍立竿見影：（一）低成本的製作，就算票房失利也不會失血過多。（二）竭盡全力的催谷新人，是製造明星，也是「蜀中無大將，廖化作先鋒」。（三）投觀眾所好到一個程度，力求一洗過去電懋的貴族氣息，務必讓市井與庶民氣息傳遍遠近——改變文藝片以女性觀眾為主的市場取向。

至於成效如何，容許我先談「力捧新人」的前提與手段。

老實說，若以「女明星」出招，人鬼狐的題材其實更適合邵氏大展拳腳——一樣採用「乳臭未乾黃毛丫頭」，即日後令大機構既成為傳奇，也令招牌蒙上塵埃的「訓練班學員式童工制度」，選擇到底比電懋多，而且經時間洗禮，歷史證明，當年十五歲入行，十六歲當影后，廿五歲出嫁當歸家娘告別大銀幕的一眾「邵氏新人／巨星」中，就有《七仙女》的方盈、《魚美人》的李菁、《鐵扇公主》中的鄭佩佩與何莉莉，《江湖奇俠》的秦萍和《盤絲洞》的一眾艷星如于倩、沈依。這些名字，每一個也曾被寄予「明日之星」的厚望，又曾有多人脫穎而出不負眾望——試想，還有林黛、樂蒂、李麗華等大女明星撐場的邵氏時期，也有過高潮低潮，假如沒有「輩出新人」（也是「勞工」）扛住大片廠的半邊天，邵先生五十年代後期才開創的事業，便不可能在短短數年奠定江山，以至把頭號敵人電懋打個落花流水。

香艷，是《聊齋誌異》作為娛樂恩物的特色，或起碼因其養眼的元素，令「窮心未盡，色心又起」之輩雖被饗以道德教訓的巴掌，卻仍甘之如飴，因為摑在面上的，是軟玉溫香。而邵氏女星在香港娛樂史上成為圖騰，實拜「邵氏」曾把「脂粉陣」幻化成真。反觀電懋，在最風光的日子，也是大牌林立的年代，雖有葛蘭、林翠、尤敏、葉楓、李湄各領風騷，她們留給觀眾至為深刻的印象，從來不是女兒香而是女人味，不是小明星而是大明星。大女明星容或敵不過歲月催人，但 Diva 縱有虎落平陽，Starlet 贏的也不過是時勢，算不上英雄，更遑論典範。

即是，與隱於森林原野的人鬼狐相比，她們是不可能藏身雲層後的星星月亮太陽。

這就是六十年代邵氏女星再輝煌，卻少有作品讓人懷念的原因。受制於電影生產模式，她們只能是光鮮亮麗的產品。而身為華語電影的接班人，她們「功成身退」也來得何其地早——除了武俠影后鄭佩佩，當然也跟「武俠」這個不死類型有關—— 絕大部分曾經給邵氏招牌鍍上金邊的女明星，電影生涯都在十年上下。

如此說來，不正是某種的《聊齋誌異》——是綺夢，也是暮鼓晨鐘，是低迴，也是警號，是夜半來，也在天明去。

回顧《聊齋誌異》系列的成績，不難發現它的矛盾：票房告捷，才再三添食，但它和《蘭閨風雲》是《四千金》的再斬四両，《南北和》後有《南北喜相逢》、《啼笑姻緣》後有《星星月亮太陽》的不同，是上述每一役就算不是「愈戰愈勇」，它們的強項卻分明地「輸陣不輸人」。《聊齋》呢？由第一集到第三集，但從卡士的變化，就能看見鋸大樹的刀仔，愈來愈短小。

第一集三個故事，男主角由唐菁一人擔綱。打頭陣是《狐諧》，女主角白冰，導演王植波。中段是《嬰寧》，女主角張慧嫻，導演唐煌。最後是《花姑》，女主角陳方配以莫愁，導演易文。此片拍於國際電懋改組成國泰機構之前，續集已有「桃花依舊」的況味，唐菁「一串三」不再，導演也由三位一體改為唐煌全盤負責。單元一的《翩翩》是唐菁搭李芝安，單元二已改成田青搭容蓉，上演《陸判》，單元三是《荷花三娘子》，張揚搭張慧嫻。壓卷的第三集，片頭的國泰標誌又再更換，感覺上是多事之秋。第一單元《伍秋月》，是李琳琳搭田青，第二單元《勞山道士》男主角是陳浩，外加在《陸判》中一人分飾兩角的容蓉和出采的王深，這一組合明顯是「判而優則道」的食過翻尋味。第三單元是《美人首》，一男二女的配搭是鹿瑜、譚伊莉、陳青。若說最後單元該是明星壓場感最強的段落，《美人首》的卡士如果不被看作是「青春派勢力已全然崛起」，便是電懋變身國泰，同時，其明星時代亦由盛轉衰。

有趣的是，雖無大明星壓陣，《聊齋誌異系列》給電懋／國泰末年帶來的「小陽春」（抑或回光返照），大可歸功於兩項「成就」。首先是 Starlet 又或名叫「小花」的女明星效應——看著新一代電懋／國泰女星在展示溫婉嫻雅與明眸皓齒，我不期然有一種與「空姐」、「港姐」相遇之感。也就是說，承接大女明星的諸神黃昏，一群沒有殺傷力卻有親和力的面孔，無傷大雅得來不無小情小趣。而這，不就是《聊齋誌異》的風味所在？

小兵立大功，正又是《聊齋誌異系列》的第二項成就：三部電影共享的精神價值，也由一個「小」字貫穿——小男人和小女人的「婚姻寶鑑」。把它發揮得更淋漓盡致是在二十年後的九十年代，港產片正值巔峰，《聊齋》也換上時裝，改名《小男人周記》系列。

再者，大明星後繼無人時，「小花」以花多眼亂之勢突圍而出也是常態：二千年的廣東普普有 Cookies，今日的日本樂壇有 AKB48。

◎國泰小花2 姊妹們自求多福

「約會電影」，是什麼時候成為年青情侶的指定娛樂名詞的？在看《聊齋誌異續集》(1967)時，我不禁好奇起來。

明顯的，它不是一個人去看，又不見得是兩個人能結伴成行的戲。所謂「一個人」，就是在觀眾席裡不覺得孤單，反而因電影給思想騰出空間，教人心生感激。這種最合適自己顧自己的戲，有時候也造就了銀幕下的另一片風景——當然不是借「藝術」之名販賣「食色性也」的類型片——是的，色情片固然招徠單頭觀眾，另一種，是價真貨實的……例如，電影節電影，又名 Art House Cinema。八十年代上灣仔的影藝，今天到油麻地的百老匯，中環 IFC 的 Palace，經常放眼伶仃落索，甚至出現獨行俠「包場」。類似人丁單薄，門堪羅雀的場面，說明電影本身曲高和寡，單刀赴會的觀眾說不定不會感嘆知音難遇，反倒覺得自己才是真的識貨。

《聊齋誌異續集》既不屬這一類，那又因何「不見得二人同行會開開心心」？

先假設「二人同行」的不是同性——實在很難想像男人會把一部接二連三把男人的劣根性一邊揭露一邊挖苦的電影當消閒妙品，還要聯袂前往。現實中若也真有這幕，就是活生生的「聊齋」矣。至於，若同行的是兩個女性，不管是友人、姊妹、母女、妯娌，《聊齋誌異續集》提供的，都不是什麼生活裡的加油站或強心針——雖說「男人沒有一個是好東西」的訊息在片中講一次不夠，還要講夠三倍：《翩翩》的落難才子忘恩負義，《陸判》的平庸狀元見異思遷，《荷花三娘子》的湖畔書生雖有憐香惜玉心，卻無大男人該有的氣宇軒昂，三合一加起來等於長鳴的警報——姊妹們，自求多福吧。

試想想，兩個女士看罷電影從戲院走出來，面面相覷之餘，是勸彼此各自努力，抑或放下幻想？

說白了，就是一部沒有「愛情」的電影怎樣也不可能是部合格的

「拍拖電影」。問題是，即便《聊齋誌異續集》一部片中包含三盆潑向「對男人有不切實際想法」的女人的冷水，卻不代表它完全不能被另一種男女關係的當事人看得不亦樂乎，那就是，被埋葬在愛情墳墓中的夫和妻。換了今日，也就是梅麗史翠普或戴安姫頓會演的「愛情片」，美其名是郎情妾意，骨子裡是枯木逢春。

儘管《聊齋誌異續集》並非真的勸人放棄「想入非非」，正好相反，它的功德無量，或當年能在票房上屢創奇功——別忘記它是電懋大女明星開到荼靡的「異軍崛起」:「三小花」的其中兩朵也能撐起一部電影，中間還夾住藝比起色強上太多，如果用今日的比喻，就是有點像蘇杏璇上了靚妝來演女主角的容蓉——靠的，不就是為人丈夫者，既還是必須被容許（忍）有「家花哪及野花香」的心理（正確的說，是雙重標準，因為女人休說不可能成為「紅杏三次出牆」的電影主題，就是有此念頭，也一定是成就文藝大悲劇而非香艷大喜劇），最好也是讓它發生在老婆大人的眼皮子之下？

也就是說，心照不宣！

是的，大女明星時代一去不返，可是，觀眾要在大銀幕上看女性的 glamour 發光發熱的潮流尚未正式退去——距離刀劍武俠片時代還有一步之遙，「夫綱」仍然未振，最大的「婦權」，便不過只能像《聊齋誌異續集》中的「賢妻」般「逆來順受」，就如《翩翩》中的狐仙（李芝安），某程度上，是因「家規太嚴」令丈夫失了面子：她把閨密請來家裡開派對，粥粥群雌的天地間，一個男人置身其中，當然色授魂與，於是借拾挑之名捧住花城娘子的「金蓮」愛不釋手：「我在找一節蓮藕，蓮藕。」

腳是新人陳曼玲的腳，初登銀幕，她的色相雖是有限度被犧牲——露的極其量是「膝之下」甚至不是需要替身的肩以下，但從對手滿臉色迷迷。鏡頭下反射著光亮的，擦上了腳甲油的裸足，那一「脱」——脱鞋子的「脱」，給觀眾留下的印象，還真是全片一大亮點。

益發顯得翩翩因此當著眾姊妹怒把丈夫逐回閨房「不識大體」。

當然，與上集《聊齋誌異》中《花姑》中狐妖莫愁出浴勾引書生（也是唐菁飾演）的暴露程度相比，陳曼玲沒有在眾目睽睽下解下肚兜，露出全裸的背，先讓一雙玉腿慢慢走入氤氳的浴池，再矮身進入水裡，繼而回眸一笑，以便腰以下的美好身段——和身軀——也能在適當的弧度下達到引人遐想的效果。

美人出浴的「活色生香」，是那個年代彩色闊銀幕宮闈電影裡的必備——拜荷里活電影所賜？「妖后」的妖，由李麗華的《武則天》到林黛的《妲己》來到莫愁，已是高級時裝從殿堂走進民間轉化成「平民成衣」，它所提供的偷窺趣味，也就不再是帝王氣派而是販夫走卒。《聊齋誌異》和《聊齋誌異續集》中對於男人的誘惑，應是電懋出品前所未有的露骨：莫愁才從浴池出來，以背影入鏡披上浴巾（那是半身鏡頭），再以背影走向床，原來浴巾比迷你裙還短（那是全身），再下來已是擺個畫室模特兒的姿態，「半裸」的示範「肉體橫陳」，由頸項伸延至臀部的那條流線雖不是第一次展示觀眾眼前，卻仍威力不減——我懷疑導演唐煌在拍攝那幕戲時，與觀眾是出於同一心理：與其說這一幕是劇情所需——有白飯般乏味的妻，就有蚊子血一樣帶來罪惡快感的情婦——不如說它是「同場加映」。

據說台灣在七十年代還有一些電影院會在正片開映後的三分一轉放色情片——「醉翁之意不在酒」畢竟是飽含中國式智慧的一句成語，《聊齋》系列容或不是情侶式的「拍拖攻略」，但它不失為調劑夫妻生活的「琴瑟和諧之道」：女人在當中要能領略精神分裂的好處與妙處——要丈夫乖乖做個「妻管嚴」可以，但也得必須明白容許他間中「狐天狐地」，以至，如有本領的話，能夠分身飾演那隻狐。

◎ 國泰小花 3 古裝芭比

看《聊齋誌異續集》才猛然記起，它才是國泰「聊齋系列」中，我在電影院第一部也是唯一入場觀看的一部。而續集（1967）與第三集（1969）的拍攝與上映日期的相隔時間，正好也是首集（1965）和續集之間的兩年，以六年時間完成的三部曲，理應不是俚語說的「打鐵趁熱，食住條水」——真要說到機會主義，反不如九十年代港產片三級熱潮的聊齋系列，如《聊齋艷譚》（1990）、《聊齋續集五通神》（1991）、《聊齋三集燈草和尚》（1992）。

「聊齋誌異系列」若說是國泰一九七二年全面停製倒數下的活

命靈丹，由首集到第三集，還是不免讓觀眾看得握扼：大機構的員工出現斷層，資本也從相對雄厚走向寒酸，雖說當年的電影科技尚未追求如今日般必須令人親歷其境，然而，low-fi 如《聊齋》的「特技」場面，即便把要求當作貨幣降回四十年前的等價，它也談不上「及格」：七彩弧形闊銀幕的國語電影在六十年代的香港，所賣的票價（也就是放映它們的電影院）針對的是中上階層，是以在《聊齋誌異續集》的《陸判》與三集的《美人首》中出現「身首異處」的鏡頭時，觀眾自然不能接受它們的驚嚇水平，仍然停留在粵語片余麗珍的《無頭東宮生太子》階段。

甚至，有不及而無過之——我能想像當銀幕上只見假得教人咋舌的道具頭顱被奉作 make believe 的「強力武器」，銀幕下的觀眾有多麼受到「震撼」：不可置信的被當作三歲小孩。

你可以說，用「聊齋誌異系列」的第一、二、三集作為案例研究，其中最值得玩味之處，是電影公司如何在明星級導演與演員欠奉的劣勢下求存，並且在某程度上做到了——在人心還是簡單純樸的年代，它能運籌帷幄的，就是「放下身段」：親民。

不是說更早之前的出品沒有社會意義，事實上，以拍攝時裝文藝片為主的電懋時代，一直均以人文氣息為品牌標誌。娛樂性當然也受到重視，只是通俗與媚俗畢竟有著取向的差別。「聊齋誌異系列」很難不被列在後者的層次——勿論三段式的形式結合了多少道德教誨，如男子最忌寡情薄義，切勿見異思遷之類，類似訊息，若非用來包裝輕度的色迷迷，便是把醉翁之意以它們來隱藏。這種靠攏綽頭的招徠手段。

到了第三集既屬昭然若揭，更有黔驢技窮之嫌：其中打頭陣的《伍秋月》中，李琳琳飾的女鬼被困十八層地獄，當男主角田青喬裝鍾馗前往救美，突然就有一名全裸女性特約演員被「拋落油鍋」的鏡頭。突兀之處在於，如果那是人人平等的地府，為何又只有一個女性沒有衣服穿？

更突兀的是，為了不讓該名女特約演員全面曝光，她的身體是赤裸裸，她的頭卻是長髮披面。即是說，在看不見樣貌的情況下，她的全裸雖只佔全片的一至兩秒，但對觀眾造成的衝擊肯定大於片刻之間——與劇情無關的鏡頭，往往給人更多想像空間，放在現代藝術的範疇，那就是 shock tactic，目的是「讓人思考」。可是《伍秋月》的內容不外乎 you see what you get，於是，那具被「拋落油鍋」的女體便不過是服務一種「需要」——在電檢制度尚未用諸決定電影各種評級之前，奇觀，絕對可以無所不用其極。

當然，同樣情況是怎樣也不會發生在葛蘭、尤敏、林翠、葉楓等大女明星掛帥的時期——幾乎等於在一件高級時裝裡釘上一顆劣質的鈕扣。格調有差之外，也影響觀瞻。分別在於，《聊齋》系列中的女演員皆是「新血」，就是在我小時候至為心儀的張慧嫻，到了最近把她主演的電影看了多部，才發現由電懋到國泰，由少女到玉女，她的戲路與之前的大女明星相比，亦是大相逕庭——我知道以下的比喻一定不是最恰當，然而某些蛛絲馬跡仍然可尋：在那碧姬芭鐸的小野貓艷名四播之際，張慧嫻沒有法國美女的野，但國泰似乎至少想把她打造成接近珍芳達式的……不是《太空英雌芭芭麗娜》，而是更為人見人愛的「芭比」。

在《聊齋誌異續集》壓軸戲《荷花三娘子》中，她在河邊蘆葦叢中的「裸肩」戲份，是三集中最能與第二集《翩翩》中陳曼玲「裸足」爭「艷」的一幕。但論意識大膽，時裝片《月夜琴挑》中她與張揚的床上戲，便比不上三集中首段《伍秋月》中田青與李琳琳的鴛鴦交頸。即便二人都是衣履整齊——李琳琳的紅肚兜不會比一襲比堅尼暴露，田青身上的更可用密實形容——但全程近鏡鋪排，女鬼掀開紗帳上床，男主角在熟睡中被她的輕吻引起反應，閉目轉身反客為主，過程中男女雙方的細膩互動，要說「偷窺帶來的刺激」，因為不求嘩眾取寵，反而比三十年後的三級片或七十年代的風月片更具性感效果。

《聊齋誌異》一連三部可能是香港電影史上較早有意識以「性」為賣點的「庶民電影」——古裝版「小男人周記」。拈花惹草的「錯在伸縮」，是要到許冠文落在李翰祥手上，才轉化成「正大光明」的胡天胡帝——為什麼是許冠文？因為當年北方的大導演會看中一名土生土長其貌不揚的香港大學生，敢把他拱上北洋軍閥的《大軍閥》角色，這嘗試本身就有著強烈的「壯陽」意味——有云「打腫臉子充胖子」，小男人黐上大鬍子假扮漢子，其實是「雙重的性慾想像」：男人扮男人給女人看之餘，男人也扮男人給男人看。

這讓我看到六十年代與七十年代交界在香港影圈一度出現的尷尬局面——不止女明星缺乏大牌撐場，男明星也欠了男兒氣概，尤其張徹以武俠新紀元揭竿起義是在邵氏，是以國泰的《聊齋誌異》一連三集拍到最後一部最後單元《美人首》中，江山以「獵人」角色登場時，他與男主角鹿瑜的對比便相映成趣：粉粉的與硬繃繃，怎麼看都比兩個女主角譚伊俐與陳青更有鬼狐殊途的差別。

◎ 國泰小花 4
正不能勝邪

看《聊齋誌異》第一集時想到小林正樹《怪談》中《黑髮》一段，沒想到第二集開篇第一個故事《翩翩》已把相同橋段搬了過去——負心男子背信棄義另結新歡，後來又故技重施，回到老家重投賢妻懷抱翌晨，才發現枕邊人化身骷髏。

但原裝版本的冷峻凜冽——妻子的形象就是「哀愁」，《聊齋誌異》把「紗紡」一幕照搬，只是，原本的女主角來到香港版本只用了甘草演員韓燕飾演，重頭戲其實還是在狐狸幻化人形的李芝安身上，她叫翩翩。

「翩翩」二字，理該輕盈飛舞於花間，然而觀乎劇情需要，身份雖是作妾，卻是不幸「被小三」的一位——直至與男主角誕下麟兒，也還不知道枕邊人家有正室，說得刻薄一些，是「枉擔了狐狸精的美名」。抑或，是狐狸精渴望當大老婆過了頭，才會有眼無珠，反而一腳踩進了糟糠妻的鞋，導致被拋棄下場？

真要追究始末，源頭可能還不是「男人的錯」，是選角的不對——李芝安從頭到腳都是「正人君子」，一派目不斜視，看來看去就是溫柔敦厚，而「厚」，最是不引人浮想翩翩。但，導演偏偏安排「壞男人」的男主角（唐菁）對她一見鍾情——也不是完全沒有道理，如果是假設他對一本正經的女人也有挑戰性：二人初遇，她已經儼如修道院院長，對他教誨有嘉，因為是她把他從海中救回，嫌被芭蕉葉裹住的身體赤條條有失觀瞻，他不敢現身於人前，她的一個特寫如是說：

翩：你怕什麼，只要你坐得正，站得穩，心裡沒有邪念，芭蕉葉遮蓋身體，也好像穿上了錦繡衣裳。要是你滿肚子骯髒心思，就算是穿上了錦繡衣裳，也等於沒穿一樣，無異於衣冠禽獸。

古裝的修女，有如「聖姑」，男主角叫羅子浮，比起腳踏實地的翩翩，原本一翩一浮十分登對，不過名副其實心浮氣躁的俗世男子，嘴上再多幾句「言之有理，言之有理」，也掩飾不了他的口是心非：

翩：不知你現在心裡，可有邪念？

浮：不敢有，不敢有。

翩：那你身上的芭蕉葉，就是錦繡衣裳。（鏡頭一轉果然一身華服）

浮：多謝仙子。

浮：（被邀請上前大啖鮮果）我羅子浮真是因禍得福。

翩：你得的是什麼福呀？

浮：自然是艷福……

翩：（不滿）呀？

（浮身上衣服即時換回芭蕉葉）

翩：這就是你心有邪念的報應。

浮：報應？我説錯了，我説錯了，我説的是，口福不淺，口福不淺！

翩：（含笑頷首）

浮：（身上芭蕉又換回衣服）謝謝仙姑（聞暮鼓晨鐘聲）這是？

翩：翩翩要晚禱……

浮：（在翩離去後）我羅子浮在人間嚐盡美味，今日有緣一嘗仙境的異味，真是妙哉，妙哉。

看，這就是女人對男人的最大誤會：用愛把他從歧途引回正軌。

但更多時候卻弄巧成拙，自嘆「不帶眼識人」，換個説法，就是「當女人愛上男人」，其實不能只把妙目長在前面，適宜也把它們長在背脊，待自己把身一轉，才能看清他的另一張面目。然而，這樣的「愛」，豈不正是大人對小孩的控管，媽媽對兒子的監視？翩翩「愛」羅子浮，反映在《聊齋誌異》的寓言裡，還是離不開中國式夫妻的一種固定模式——妻子可敬，丈夫可恨。而在「可敬」與「可恨」之間的一條溝，正是在於她那一句「翩翩要晚禱」——妻子看重來生（修福），丈夫關注目前（享樂）。丈夫著重官能，妻子潛心養性，一個吃葷，一個吃素，如此配搭，怎可能琴瑟和諧？

《翩翩》還有一處巧妙，是把妻子等同集夏娃與上帝於一身，丈夫當然就是魔鬼與阿當的混合體。狐狸得道成仙而不再是妖，「工作」於她，就不是媚惑人心，卻是她口中的「寒來暑往，秋收冬藏，洞中歲月長」，要抓緊時光收集一年的糧，勤勞換來的成果，不只要夠吃，還要有餘。不料又教男子動了「邪」念：「剩下的葡萄何不釀成美酒？」狐仙竟然連半點情趣也缺：「不知美酒為何物。」羅子浮習慣陽奉陰違，瞄見酒簾旗幟高掛，不止偷偷喫酒去，還把酒買回家，以「瓊漿玉液」之名向一眾狐仙和翩翩勸飲。

其他狐仙喝了酒是睡倒，翩翩呢，一口下喉：「酒？想不到這麼好味道？喝多了，會不會難過呢？」，鏡頭一轉，她已把傳教士口脗轉調為撒嬌娘：「你有沒有給別人喝呀？我不許你給別人喝。」羅子浮一股勁答應：「當然，當然。」但見紗幕從天而降，煙霞四伏而起，不言而喻，這一夜狐仙的救命之恩，必將變成羅子浮與她的一夜夫妻百日恩，何況緊接的畫面，已是嬰兒呱呱墮地，象徵二人的「愛情」開花結果？

《聊齋誌異》拍成電影，最容易被消化的訊息，乃好一本借古喻今的「婚姻寶鑑」——雖然觀念如上述「妻子對性的啟蒙須由丈夫開導」，乍看如女子小腳時代的纏腳布，不過，即使是摩登時代的今日，妻子與情婦，元配與小三對於「男人」在價值上的高下立見，仍是「性魅力」的落差——《翩翩》得成「正室」而被「始亂終棄」的「正果」，也是得力第四者的出現：她的閨密花城娘子。

同時，也是國泰最後一位「女明星」的初登場：陳曼玲。

◎國泰小花5 譚伊俐、胡茵茵、李琳琳、夏雯

誰是康妮？江虹？唐沁？夏雯？張淇？宣玲玲？上官燕兒？還有，秦芸？

誰是江山？張斌？謝榮？

有云長江後浪推前浪，一個時代過去，另一股力量取而代之，本來屬自然定律，但在人為——又或——人工化的電影行業中，一顆流星的殞落不一定造就另一顆明星的冒起，所以，假如上文緊貼十一個問號的明星中沒有一個似曾相識，那不代表閣下的記憶力有問題，而是，命運沒有優待他們所屬的「國泰」電影機構。

根據「繼承者」朱美蓮在《國泰故事》書中受訪所說：「家父(朱國良)是公司董事，對電影方面的日常參與並不多，他協助舅父(陸運濤)打理在馬來西亞的業務，也兼顧電影，他是一個很好的副手，他從不是決策者。家父與舅父很不同，他修讀農科，接下電影這個攤子，他其實老大不願意。舅父空難去世後，國泰變得不一樣，昔日的光芒，像片場，明星通通黯淡下來。我們從星加坡派了兩人過去(香港)，包括製作經理俞普慶，另一位是會計出身的楊曼怡，都不是電影的材料，最後都沒搞好，公司決定停產。」時維一九七一年，史上最後一部國泰電影叫《大賊王》，開拍於一九七〇年，上映於一九七四年。男主角是張斌，後來跳槽邵氏演過一部《盜兵符》，之後便聲沉影寂。

女主角呢？譚伊俐。

這名字再陌生，應也比較張斌容易找尋資料。因為由一九六六年朱國良接手「國泰」業務，到六九年的適應期間，大女明星嫁的嫁(林翠尤敏葛蘭)，死的死(樂蒂)，「新人湧現」的良性惡性反應是勢所難免，三小花中李芝安張慧嫻更受器重，分別擔正了多部戲份吃重的電影(其中包括讓三女同台的一部《三朵玫瑰花》)，但論能成氣候，似乎還不如「遲來先上岸」的陳曼玲——真要說國泰末期有栽培出「當家花旦」，能文能武，宜古宜今的她，應是唯一。

雖然，另外也有胡茵茵、李琳琳。

李琳琳後來成了無綫寵兒是一段「佳話」：她在一九七〇年與陳浩合演的《家有賢妻》，應是國泰黑暗歲月中的回光返照：留學意大利的劉芳剛挾「新導演」的名銜拍出節奏明快春光明媚的一部兩性喜劇，印象中叫好也叫座，同時給女主角李琳琳留下日後轉戰電視演出的最強武器——摩登人妻。

在一九七五年於翡翠台的處境喜劇《相見好》中，李琳琳以嬌憨姿態演活被我認為是以杜魯福名作《婚姻生活》中女主角為藍本的豆豆，是她演藝事業中的一大典範（另一部是投身熒幕的紀念作《心有千千結》）。可惜，《家有賢妻》前，在《青春的旋律》（1968）、《夏日初戀》（1968）與《春暖人間》（1968）已有脫穎而出之勢的她，在七〇年與趙雷合演過《神槍手》後，便絕跡於國泰電影——反倒是粵語片《聖劍天嬌》中，她以廣東話上陣令人眼前一亮（只是看過該片的人應該只有少數）。

胡茵茵和譚伊俐於是有著「接棒」意味。前者，無獨有偶也是被劉芳剛青睞於《恭喜發財》（1970）而進入觀眾視線。第二部電影已是

「發配充軍」至台灣拍攝張曾澤的《路客與刀客》(1970)。該片女主角的戲份本來就不多，還好司馬中原的原著小說加上北方荒漠情調令電影生色不少，當年它的票房與口碑是國泰形勢比人弱(如邵氏)之下的一場小勝利。

胡茵茵接下來的星運應該怎生形容？也許屬於「半紅不黑」。改編《畫皮》的《鬼皮》(1970)、武俠片《雲姑》(1971)、文藝片《狠心的人》(1970)、《藍色的夢》(1971)她都是女主角，只是看似多元其實是沒有方向的戲種，使她的戲路雖不至於「被定型」卻也失諸沒有個人特色，比較起陳曼玲自是遜色許多，是以在楚原生平第一部武俠片《龍沐香》中，她的副車角色，無形中也削弱了先前或後來她在其他電影中掛帥的氣勢。

與李琳琳一樣，胡茵茵在國泰結束後亦曾演出電視劇。首作應是佳藝電視的《隋唐風雲》。之後又在《紅樓夢》中擔演一角。

說回譚伊俐。在《聊齋誌異三集》(1969)的《美人首》中初登場，古典美人的扮相不算亮眼，第二部《鷹爪手》(1970)是「人打我打」的舞刀弄槍。要等到第三部《我愛莎莎》(1970)才算「一鳴驚人」，主要因為角色已是 star vehicle——以「啞女」的楚楚可憐，成功贏了話題性和觀眾同情。

自然，片中的男主角也因棄武從文而引來另眼相向：龍虎武師出身的秦祥林，在《我愛莎莎》前已以第二小生身份出演武俠片《一劍情深》(1969)(男主角是金川，書生氣質強於英雄豪傑)，還有《楓林渡》(1969)(男主角是張沖，論輩份是兩個世代，但後來於「銀色鼠隊」中二人成了「兄弟」)。想當年秦祥林應該不會料到人生中第一部文藝愛情電影只是開啓他個人事業——銀幕上談戀愛——的第一道門，陸續有來的，不只是銀幕上的情海波濤，更有現實中的「我愛青霞」與「我愛芳芳」。

叫人無可奈何的是，《我愛莎莎》看似造就了一個國泰的希望，但時日無多之下，譚伊俐的「無可限量」，也不過是多拍攝了一部救活不了這家機構的續集電影《孫悟空再鬧香港》(1971)(上集《孫悟空大鬧香港》上映於一九六九年)和《大賊王》。

康妮是誰？我真記不得了，甚至，印象中張揚一拖二的錯摸愛情喜劇《試情記》反應不錯，我還以為兩個女主角是周萱和她，原來不是康妮是萬儀。夏雯是誰？我倒一直沒有忘記。《錄音機情殺案》(1970)、《千面賊美人》(1971)到《風流艷盜》(1972)不就是她作為蛇蠍美人的三部曲嗎？連後來楚原在邵氏拍《愛奴》，據說她也有份試鏡「春姨」一角但敗給貝蒂。之後在獨立電影《辣手強徒》中她還是有軌上一角——在我這種什麼都愛考證的小影迷心裡，她的永遠長存，不在於有多偉大，偏是有多少的「insignificantly significant」。

◎ 蕭芳芳——難為了女朋友

走在時代前面的人，一定不容易。如果這個人又是女性，道路只會更艱難。演完生平最後一部粵語片《獨掌震龍門》後，蕭芳芳告別大銀幕赴美攻讀，時維一九七〇年。四年後學成歸來，復出拍的第一部電影，出乎大眾意料之外，不是武俠片(「武俠片」在一九七四年已經壽終正寢，代之而起的是「功夫片」)，不是愛情片，而是龍剛導演的政治文藝片《廣島廿八》。

片中的她，飾演代表日本受害於核子戰爭災難的幸存者，角色的表演性大大受到被質疑的導演立場，還有題材的爭議性影響，兼且那又是香港電影處於粵語片受制於國語片市場的尷尬時期，成年後沒有演過幾部國語片的蕭芳芳，重現在觀眾眼前竟是國語發音，上述兩個元素加起來，難免讓人覺得和她生疏了。

而且，上世紀七十年代不是千禧年代——今天，二〇一二，楊千嬅三十七歲腹大便便依然在舞台上以歌會友；傳聞三十九歲的鄭秀文將於年底出閣——在一九七四年，女明星的「行情」，很難不與她的「年齡」成正比。蕭芳芳在芳華正茂的廿三歲暫時掛靴，得到的不只是逍遙自在的四年學生生活，還有對於影視創作的滿腔熱情。頭上既已戴上四方帽子，芳芳理應立馬一顯身手，然而，她即便已擁有執導演筒的志願與能力，女性——特別前身是偶像女明星的她——真要坐上導演的位子，一向均是男性主導的電影界，也不見得會給她投以信任一票。直至《跳灰》(1976)開拍之前，蕭芳芳不免仍要在文藝片女星的道路上繼續前行。

偏偏那年代的文藝片又以台灣市場為主，電影的女主角不是甄珍，便是林青霞、林鳳嬌。蕭芳芳置身她們之間，無可否認有種格格不入：表面是廿七歲的她比較成熟(雖然甄珍只小芳芳一歲，而在演出瓊瑤原著的《海鷗飛處》(1974)和《一簾幽夢》(1974)中的楊羽裳與汪紫菱時，劇中人是廿歲出頭的少女，甄本人已屆廿六歲)，但只要有看過芳芳復出的第二部國語片，剛巧亦是瓊瑤原著的《女朋友》，她的實際年齡與所飾演的「孟雅萍」本來恰如其分，只是，形再相似，精神到底迥異——剛從美國回來的芳芳，應該不想重新戴上借愛情之名為女性打造的枷鎖吧。

所以，在《女朋友》中把貌似「姊弟戀」演得絲絲入扣的她，看得人既興奮，又躊躇——作為演員，她的表現比起粵語片的少女時期，已然提升不少。但作為蕭芳芳，片中的她經常眉頭輕皺，或心事重重，又似是委屈了身為現代女性的她。

如果當年廿七歲的芳芳活在今朝，她的活潑調皮，完全可以在《中女翻叮日記》(*Young Adult*)或《三十姑娘一朵花》(*13 Going To 30*)裡揮灑自如。只是，「剩女」在一九七四年不是沒有——《女朋友》中的「孟雅萍」就是一個——可是，今日的「剩女」還可以借諧音「盛女」作出對標籤的反擊，反觀當年不能借「盛女」脫身的「老姑婆」們，任她再溫柔婉順，更是黃金盛女，也會被貶為月下貨色。《女朋友》從頭演到尾的是男主角高凌風(秦祥林)，上半齣把他傷害得意志消沉的是夏小蟬(林青霞)，下半齣當孟雅萍(蕭芳芳)出現，按劇情安排，她才是他的真命天子。

也可以說，蕭芳芳才是電影的女主角。然而，孟這角色因為有著「弱勢」之嫌，便很難擺脱「阿二」的宿命——（一）她的「閱歷」因比男主角多，感覺上便比無知、愚昧、虛偽、固執的他「年長」；（二）她對他的欣賞，始於她坐在台下當觀眾，他站在台上高歌，傳統中男女互看的位置經過逆轉，孟雅萍便更是犯上「女追男」的忌諱，何況她又三番四次以「送上門」形式給不太領情的他獻殷勤：衣服由她來洗，吃喝由她埋單之外，她還要照顧他的男性自尊，連他平常的開銷，也要不動聲色地代為墊支。

低聲下氣換來的，不過是心另有所屬的男人的忽冷忽熱。明知道他不是塊當歌星的料，明知道他該回到山林當安守本分的林木工程師，她對他是鼓勵有嘉，勸勉有嘉。他卻若無其事，不知是把她當傭人抑或「兄弟」，一屁股坐下來就發牢騷：「雅萍，你説，我該怎麼辦？事業，愛情跟前途，什麼都沒有，我，我該怎麼辦？」

而她竟像胸前有個「勇」字的救火隊隊員，奮不顧身衝到他面前：「你有愛情！」見他無動於衷，轉而輕聲補充一句：「如果你願意的話，我們可以結婚。」

他：「結婚，不要跟我結婚！我憑什麼談結婚？我拿什麼養你？」

她：「我不在乎。」

他：「你不在乎我在乎！我養不起你，我結什麼婚？難道你要我用你的錢？用你老闆的錢？」

她終於爆發：「這些都不是理由，我知道你心裡想什麼，你根本不要我，從頭到尾，你只要一個人！」

他怒目瞪向她：「你敢再說出那個名字！」

她：「我不說，我不配說！」

他：「讓我們把話談清楚，雅萍，我們交往是兩廂情願，誰也不欠誰什麼，我現在一無所有，所剩下的是一點點自由，結了婚，連這一點點自由都沒有了，你做做好事，不要連最後一點點都剝奪了。」

她：「如果我是夏小蟬，你也要自由嗎？」

他：「可是你不是夏小蟬！」

她：「你要自由，我給不起你自由，因為我從來就沒有拿走過你的自由，就像你從來也沒有愛過我，你愛的是夏小蟬，你要自由，你走！馬上走！你去找你的自由！」

他：「是你叫我走，你不要後悔！」

他奪門而逃，她走回樓上，這一幕口角聽上去很文藝，其實不失血淋淋，讓不討好的男主角把女主角的同情分連帶被拉低——向這樣的一個男人乞求愛情，在大眾眼中，不是「犯賤」是什麼？

愛情片首要任務是滿足觀眾的幻想，《女朋友》卻還原了真實的愛情的不堪。芳芳的演技可圈可點，問題是，要給有著犧牲自我精神的孟雅萍平反成故事的主角而非配角，可能因為芳芳給人的印象總是走在時代前端，這條道路於她，於大眾，都顯得「不合時宜」。

◎ 陳曼玲 1
除了小花，還有煙花

除了出道的電影是掛「客串」的名銜，一個演員在所服務的機構完成了她的演藝生涯，在十九部電影中，十八部都是女主角，姑勿論它們可有為她本人或歷史留下多少榮光，她的身份毋容置疑，就是當家花旦。而這段「生涯」，原來不過是從一九六七年開始，一九七〇年結束，一支箭似的三年，即平均一年要拍上六部電影，換上後來八九十年代港產片高峰時期，大紅大紫的偶像級明星的張國榮，林青霞（或七十年代她在台灣「軋戲」——主要是「三廳式」愛情片——的程度亦不遑多讓）當然是輕鬆平常，但當她不是「自由身」，卻是以「合約演員」形式履行職責，三年十九部電影的紀錄，可說受公司無比器重——儘管換個角度，那也可以教人聯想到池中無魚是否也佔一定成份接近上班族打工仔的過著「女明星」的日子，在六七十年代的香港大片廠制度裡大有人在，可是，像她般「無功也有勞」的苦幹了三年，香港電影歷史上似乎沒有還給她應該有，或至少，可以有的「標記」——一個末代片廠的「萬能台柱」，是怎樣由「新人」到「女一號」再到瞬間便寂寂無聞？

陳曼玲在國泰的最後三年，為什麼沒有人像我般覺得值得「研究」？

首先，與她合作的男演員陣容便不是可以忽略的一些紀錄。

初登場於《聊齋誌異續集》，捧著她一隻小腳愛不釋手的是唐菁。第一次擔正演出《英雄膽》，女主角中也許張慧嫻戲份比她多（全憑臆測），然而那是部占士邦式動作片，加上陳曼玲和國泰寄予厚望的周萱，眾星拱月，是給新人男主角江山打造讓觀眾對他產生羡慕的「美人關」。第三部《第一劍》，開始了她和「皇帝小生」趙雷的片緣。當時已是某種的「老少配」——是資歷上，也是年齡上，但影壇的大女明星時代隨著息影與自殺兩大風潮漸歸平靜，大男明星沒有「嫁入豪門」或「香消玉殞」的結局，不可避免，在銀幕上一吋吋老去似乎是某種定局。趙雷、張揚在國泰後期的電影裡仍不失王者風範，只是，早上十年留下的脂粉英雄形象要在踏入中年的階段轉型，配搭上年輕的對手不是讓那過度更容易，反而是更著痕跡。

《第一劍》之外，另外兩部趙雷與陳曼玲攜手的都是刀劍武俠片，一是《雁翎刀》(1968)，一是《盜璽》(1969)。不過，要說「老牌小生」與陳曼玲合作的電影中最令人(我)印象難忘，三部趙雷也抵不上一部《水上人家》(1968)，男主角是陳厚。

拍於他病逝美國前的兩年，那不是陳厚的遺作——離開邵氏，轉投國泰拍了《水上人家》和《游龍戲鳳》(1968，對手是林翠)，他又回歸邵氏連接拍了六部「很風流」的陳厚式電影：最後一部是與李菁合演的《女校春色》(1970)，之前是在星馬取景的《海外情歌》(1970)，再之前是懸疑片《裸屍痕》(1969，丁佩的艷星形象再上一層樓，她就是那具「裸屍」。小時候不知從哪兒聽回來的恫嚇，據聞片中被「勒死」的她，死前把舌頭吐到老遠，恐怖之情，可想而知，但那年代還未執行「兒童不宜」，故此一直對父母會不會把我帶到戲院看這部電影而「憂心如焚」：怕又很想看)。

再再之前是《花月良宵》(1968)和《釣金龜》(1968)，兩齣都是井上梅次導演，前者是讓陳厚發揮東方佛烈雅士提本色，連場歌舞給他大秀舞技；後者是部「小奇蹟」，沿襲荷里活片《願嫁金龜婿》（*How to Marry a Millionaire*，1953）公式的本土製作，因有何莉莉、丁佩、秦萍的活色生香，加上日本外景，大收賣座之餘，更開拍同類片種《我愛金龜婿》（1971）。同一年，亦即回到邵氏的第一部，是《色不迷人人自迷》，女主角是千萬人中入行原因最特別的一顆「明星」：代替林黛完成所有遺作中未拍完的鏡頭的「新林黛」杜蝶——而那部電影，既是她擔綱首席，也是退出影壇的同一部。

女明星要由一個女明星的影子中退出來宣示主權固然艱難——連配搭曾與林黛拍過《三星伴月》（1959，多麼可惜啊，這是一部我認為最能表現林黛喜劇才華的電影，曾在七十年代在電視上驚鴻一瞥，之後便如石沉大海。它的喜劇情景是把男演員的喜劇素材轉換到女演員身上，上演「好女三頭瞞」），《雲裳艷后》（1959）和《千嬌百媚》（1961）的陳厚在遇上「新林黛」時也於事無補，因為「女明星」最需具備的才能或質素，真不是穿戴上女明星行頭的人就能擁有，那是個人魅力，或用另一個說法：別人所無，一看就令人覺得特別（即便那是一種「平凡」）的凝聚力。「女明星」從璞玉到鑽石，考驗的正是可有把「她」的本質與潛質同時看透的「un certain regard」（某種注目）。

而這對我而言，就是陳曼玲作為國泰「救亡之星」極堪玩味的地方。並且可由公司安排陳厚以「紳士品牌」為她量身訂造《水上人家》得到印證——她，在芸芸的星星與花朵之間，是唯一被看作有可能媲美柯德莉夏萍的東方女明星，因為《水上人家》中安排她飾演的「蛋家妹」（水上人）蘭蘭，即便不是《窈窕淑女》的夏萍般詼諧惹笑，但，教授與實驗品對照著博士論文寫手與被研究對象，還有三十七歲「老」學究與十幾歲少女的「一樹梨花壓海棠」，都是夏萍在多部經典電影中的「愛情」原型——與堪富利保加的《龍鳳配》（1954）佛烈雅士提的《甜姐兒》（1957），與加利格蘭的《花都奇遇結良緣》（*Charade*，1963）。

陳曼玲在《水上人家》中的「醜小鴨」變身「天鵝」一如《窈窕淑女》中夏萍的「化醜為妍」，雖然效果不可同日而語，只不過，這部易文導演的電影有許多「老牌男星」與「銀幕新人」互相扶持的鋪排，是在電影本身的成績以外，給有志探究「何謂明星學」者提供了有趣的參考，例如：

（一）當明星離開片廠走進「大量的」實景（避風塘），也就是從「高高在上」回到「基層」，明星效應能如常發生作用嗎？

（二）這時候，正是陳厚吃虧，陳曼玲佔便宜的「捧星」策略成功？（因為「她」代表普羅大眾？），抑或兩邊皆不討好，因為陳厚的中產不夠親民，陳曼玲的荊釵布裙一樣不夠真實？

◎陳曼玲 2
除了煙花，還有曇花

近年香港電影追求「本土化」——首要條件，似乎就是要用廣東話發音。

即是，「道地」的精神，由方言作為主角（體）開始。次之，可能才是題材。又或，某些戲種本身就有語言特色，例如，曾以客家人口居多的「水上人家」，粵語片就有一部好不經典的《金嬌銀更嬌》——多次被我拿來向何韻詩與黃詠詩推薦同台較量演技的戲匭，説的正是蛋家妹從行舟鬥到陸上的「山水有相逢」。

主角是鄧碧雲與林鳳。有著「八牡丹」結拜之誼的兩大花旦哪個是金，哪個是銀？似乎更重要的是誰比誰更有「親民感」。在這方面，號稱「萬能旦后」的大碧姐容或不似「香港梨坦妮活」林鳳嬌俏可人，但一口流利客家話的賣魚妹風情，聲勢自然不同凡響，以我的形容，是「靠把聲，當手踭」——想不先聲奪人也難。

這，也許就是「本土化」最原汁原味的個案之一。偏偏操著「嘮鬆話」——即北方語——的國語片也想在相同題材上分一杯羹，那時候，高下立見的不是導演與演員，而是「實況」與「想像」的對比。後者雖不致於淪為「獵奇」，但「異國情調」的濃厚味道，確實更加突顯大片廠在處理中下階層生活面貌時的心有餘而力不足，尤其當它是「末代皇朝」——微服出巡的皇帝再體恤「民間疾苦」，也蓋不住他本人是泥菩薩過江。

陳厚代表知識分子，假要寫「論文」之名走訪避風塘一眾「水上人家」的這部國泰電影，是以香港中產階級為對象的「少數」另類文藝片：紆尊降貴。

首先，它是新人陳曼玲備受器重擔正第一女主角的首部時裝片。之前一部《第一劍》，戲份雖重，但動刀動槍的背後，不外乎追隨武俠影后鄭佩佩在《大醉俠》開啓的女俠潮流。而且，古裝打鬥片對演技的考驗，也就是當家花旦的真功夫，到底不及要用感情演戲的文藝片。只是，以往的文藝片若是為打造新人開拍，不論金枝玉葉還是小家碧玉，「她」的才華還是要被放在 Showcase 的聚光燈下。陳曼玲在《水上人家》中雖是第一女主角，論戲份與角色的發揮空間，雖然片中不乏柯德莉夏萍《窈窕淑女》的「影子」——學究把興趣投射在他的研究對象身上，後來還把對「她」的慾望具象化成某程度上的「改良」，或「改裝」——只是，「划艇小妹」如她，就算後來亦有一幕在陳厚的悉心打扮下如曇花一現般「千嬌百媚」，也沒法帶動劇情所需的驚艷與驚喜。有的，只是觀眾意料之中的聊備一格——女明星到底是女明星，即便陳曼玲頂著「蛋家妹」的竹帽，她還是不似鄧碧雲——甚至以驕縱馳名的林鳳——有姿勢更有實際。

但，這又不代表《水上人家》完全是部嚼不出味道的「塑膠電影」。當然，「貧窮」在於五六十年代的國泰或邵氏這類大片廠電影，從來只是富人家的「窮親戚」——上門來打抽豐（借貸）是有的，被挽留吃頓便飯也是有的，但真正「喧賓奪主」則微乎其微，因為比起粵語片觀眾的需求，一個「基層」的吐苦水，另一個是「中上層」的逃避現實。國泰的文藝片中不乏女主角落難的情節鋪排——《情天長恨》中林翠的身份是「妓女」，但從臥病在床的母親口中，觀眾知道她是為喪父的家境改變所逼，是以，除了負擔母親的醫藥費，她辛勞了一夜，侍母至孝的表現之一，是給她帶回甜入心扉的大串葡萄——這樣的細節，在同期粵語片中簡直匪夷所思：「水果」在這裡可比作奢侈品，須知道就算是食品，粵語片中買回家的也只會是「加餸」的斬大舊叉燒或久久吃不了一次的「雞髀」一大隻：填飽肚子要緊，實際才是「王道」。

《水上人家》不是沒有類似向窮人尊嚴致敬的意圖，如陳厚「一把年紀」竟仍掉出「你們吃在水上，住在水上，為何仍要『買水』才能生活」的「白雪（癡）公主式」問題。如此「反映現實」，不如說是把現實與國語片觀眾的距離推得很遠再把大家「拉」回來，目的就是讓「鹹水怎麼吃？」從常識變成有心人士對弱勢社群的關懷體恤，並且，不無對「知識分子」不過是「知道分子」的諧謔一下（說不定是打一巴掌）：「怎買法？」陳厚問。

你猜陳曼玲如何回答？「用錢買」。As a matter of fact 的一句話，大抵是陳從影以來最 memorable 的一個片刻，全賴那句台詞與她的表現——部分生疏，部分不加修飾——完成了銀幕上的 moment of truth。而那，可能就是大女明星沒法達到的，只有「新人」才能成就的「登峰造極」。

出於這是部取材「本土」——避風塘作為「景點」——的「港

產電影」，今時今日看來，它的多重身份——外省人士看他們眼中的「外省人士」再看這種文化的存活艱難之於他們的優越狀況——真是再有趣也沒有了。明明把舌頭捲到字正腔圓的容蓉，片中飾演的艇上賣唱姑娘叫「鳳娟」，廣東得有著刻意之嫌，但當陳厚被她問到想「點唱」什麼曲而回答「我喜歡舒曼（！）」時，她第一時間的反應是：「新馬？」，立即奉上「好心啦，福心啦，可憐吓我呢個乞兒仔啦⋯⋯」的《萬惡淫為首》！

說是「討好觀眾」？也不是，因為飾演陳曼玲父親的「爛賭酒鬼」王琛，也來一首被musicalized了的「鬼佬」黃梅調：「見維他奶，No，我要喝老酒，Yes!」——你別說，要在當年「百分百本土」粵語片中找尋這樣的混搭文化元素，還真是絕無僅有。何況，還有那一句「海上也有街道呀」，伸延至後來的對答：「聽說避風塘快要填海了，海水怎能收錢？」「填海變了陸地可以收錢，又可以收稅，我們可慘了，住的地方都沒有⋯⋯」水上人家的「心聲」，一半是「風味」，一半是「情懷」。

它甚至不乏七十年代香港推動計劃生育「兩個就夠晒數」的前奏——陳厚聲稱要瞭解水上人家怎樣談情說愛，他的My Fair Lady陳曼玲招來一位羅嬸，羅嬸又把阿大，阿三，阿五叫了來：「九年生十個，不止十個，快十一個，我又有了！」

看《水上人家》，還附送總督香煙電台原音廣告：「由頭到尾，都咁好味」——鈎沉香港掌故，還看當年的摩登文藝電影。

◎ 甄珍 1

「我都不知道鏡頭設在哪裡」

金馬獎 50 周年紀念頒發的終身成就獎得主，是台灣第一位玉女偶像明星——甄珍。個人認為是眾望所歸，但可能礙於該匹金馬傳聞曾有意頒給另一位大明星被婉拒，頒獎禮舉行後臉書上便出現如下議論，為何不是歸亞蕾？

歸亞蕾，我會以在戰勇士形容。六十六歲依然活躍於內地與台灣影視圈，不久前在曹瑞原導演的《新飲食男女》中穩坐女一號寶座。二〇一一年在內地電視劇《摩西密碼》中，更軋上「堪稱極致的角色」——表面上是四十年代上海，鼎鼎有名的大慈善家與南洋歸國華僑，背地裡，「有著另一個教人聞風喪膽的身份」——日本特務頭子。「下令開放華商貿易，實則要扼死上海金融界。又大量向市場投放假法幣，還實施細菌戰。」這樣的女魔頭，會由大多飾演良家婦女的歸亞蕾親自顛覆？這挑戰，於演員於觀眾，不能說諜戰劇拍到堆山積海的內地投資方不是用心良苦。只是戲沒看過的我，總懷疑亞蕾姐不會真的棄明投暗，所謂反派，有可能也是一種套路——潛伏，無間道，又叫諜中諜。

類似表裡不一的角色，歸亞蕾初出道已露過漂亮一手：《煙雨濛濛》（1965）中，她飾演的陸依萍，不正為了報復父親與後母，設計奪走同父異母姊姊的男朋友，卻作繭自縛，愛上「不該愛的人」？到了演技漸趨成熟的《庭院深深》（1970），先飾章含煙，後飾方絲縈，是挑戰她把「一個人兩條命」的懸念，以現身說法，折服被原著迷倒的觀眾買票入戲院。

上述兩片，皆說明歸亞蕾的「演技派」美譽不是虛有其名——雖說複雜的女性心理在瓊瑤筆下從來不缺，但能把小徑通幽表現出豐富層次，那還真是需要演技給予神來之筆——寫到這兒，不得不提歸亞蕾的另外幾部「成名作」：《家在台北》（1970）中是柯俊雄的「糟粕妻」，婦道操守如現代民間傳奇——獲第八屆金馬獎影后殊榮；還有李翰祥組成國聯的首部作品（亦被譽為他的「最佳」）《冬暖》（1968）中，她是市井小民普通女子，雖與經營小吃店的老吳（田野）互生情愫，奈何老吳自卑，她只能另嫁他人。兩年後喪夫帶著幼子重遇故人，才在寒冷冬夜開花結果。

早期的，也是歸亞蕾年青時期的代表作，均指向那年代的一種社會特質：純樸，致使初登銀幕的歸亞蕾才二十出頭，卻因為配合角色的內斂氣質與成熟外表，她就是少了適齡的活潑，而又基於青春氣息決定觀眾的力必多，歸亞蕾就是在一朵花的年齡更似一片綠葉：是「演員」多過是「明星」。

縱然，隨著影齡增長，今天的歸亞蕾是愈來愈大明星風範——看蔡琴在金馬獎 50 晚會上演唱《庭院深深》時台下一起和鳴的她，何止優雅，還有性感，不然，怎可能軋上「女特務頭子」？

若要把「明星」與「演員」作為比較的門檻，較歸亞蕾小上四歲的甄珍，正好趕上一班駛向另一個時代的特急列車——從任何一方面看來，它和她，都是同步以召喚「新一代影迷」為啟程目的。

譬如說，歸亞蕾演的「少女」，是苦大仇深，忍辱負重。但年輕四歲的甄珍，一樣是處女作，十八歲的她，在戲曲歌唱片《天之驕女》（1966）中已是功架十足，氣焰高漲的「奸臣之女」。取材自著名越劇《盤夫索夫》，她演嚴嵩之女，丈夫是被嚴嵩陷害的忠良之後曾榮（紐方雨反串），曾榮先是對她百般冷待，但冰雪聰明如嚴蘭貞，查得丈夫隱情，深明大義，助夫脱離險境。片中的嚴蘭貞被甄珍演來，儼如當今少女寫照——敢言敢行，大膽率真——這樣的角色除了是量身訂造，也給飾演者大開日後的方便之門——相比於歸亞蕾在《煙雨濛濛》的反叛出采後旋即回歸文靜嫻雅，甄珍的《天之驕女》，不過是給她陸續有來的《遠山含笑》（1966）、《陌生人》（1967），以至轉投中影後一系列「俏皮少女戲寶」如《新娘與我》（1968）、《四季花開》（1968）、《今天不回家》（1969）、《群星會》（1970）、《吾愛吾妻》（1970）、《百萬新娘》（1970）鳴鑼響道——距離她充當「小淘氣」掌門人尚有一段日子，但用今天的説法，「甄珍」兩字早已成為旗幟鮮明的「品牌」。

特別是對於台灣之外的華語影壇。明星和演員不同，後者更多被人欣賞、景仰，是所謂觀眾與藝術家的關係。明星呢？不要看一顆顆高高在上，大眾卻最愛把當中距離考驗對自己的想像力：愈是明知在現實裡不可能，愈愛告訴自己，大明星都是良朋，益友，或乾脆把投射射程極致化：他或她是我的分身。

是以，明星能否成為品牌，端看其個人魅力象徵多少普羅大眾的未完成夢想。甄珍在這方面，可說是台灣影壇第一枚成功對外爆發的偶像炸彈，兼飾「文化大使」——在她之後的上官靈鳳挾《龍門客棧》之威名代表「台灣武俠」(即便導演胡金銓是香港赴台發展)，以至隨後加盟嘉禾，與年少得志的許冠傑合演了兩部《馬路小英雄》。甄珍能跨越海峽把台灣電影的可看性大大提高並植入新一代香港觀眾的消費觀念裡，則是從任何角度看去，她都不辜負天賦的「甜美」。

「甜」的，是她不會因天真讓人聯想到造作——史上應無第二位女明星皺鼻子，可以叫人相信不是為了鏡頭而皺，如甄珍——「我都不知道鏡頭設在哪裡……」——那是近乎不知天高地厚但又很本色的甄珍名言。

「美」，是她的樣貌由青澀到綻放，由傲嬌到委婉，都能隨角色需要千變萬化。「玉女明星」人如其名者，通常只宜中規中矩，甄珍卻能以玉女形象演遍不同品種的類型電影，絕對不是只在三廳電影中輪流扮演會笑會哭的花瓶。像，《緹縈》(1971)是孝女、《騙術奇談》(1971)是女老千。《母與女》(1970)對李湘的忤逆不由我不想到《飛女正傳》中的蕭芳芳對夏萍，「壞女孩」難她不倒，所以《海鷗飛處》(1974)中「自作賤」的一人分飾三角在當年真的惟有她手到拿來。

一九七一年與謝賢在《緹縈》初結片緣，到之後來港拍《窄梯》

（1972）、《珮詩》（1972）、《明日天涯》（1972），又演了鄧光榮榮登台灣愛情片白馬王子第一任女友的《白屋之戀》（1972），甄珍作為「成就」，除了是「台灣」的，其實也讓香港沾了光采。金馬獎50周年終身成就獎選了她是受獎人，慶祝的，也是港台電影交流的半世紀緣份。

◎ 甄珍 2
「好美好美，好美好美」

原來，那段經典的夢幻台詞：「好美好美的海，好美好美的天，好美好美的雲，好美好美的沙……」是甄珍在《彩雲飛》中的對白。換來對手鄧光榮把「好美好美」接下去：「好美好美的你！」現實中被配搭成第一對港台銀幕情侶的帥哥美女，卻並非如片中海天一色般天造地設。一個高眺達 185 公分，一個嬌小玲瓏還不到 160 公分，在甄珍的回憶中，兩個人都很委屈：「鄧光榮每次（對戲）一裝箱子（即讓甄珍站在箱子上），裝箱子有時候大鏡頭還不夠，導演跟他説，請你把腿劈開，我就站在箱子上，他就覺得在大街上很難堪。」（摘自

《台灣演義——一代玉女甄珍》)

然而，由台灣到香港，甄鄧的組合確是上世紀七十年代末到八〇年代，最早，更是非常成功地以「愛情文藝片」締造了兩地人民情感交流的大功臣。以焦雄屏的說法：「在那個年代，其實替台灣電影開展了非常多的海外空間，甄珍作為瓊瑤電影第一代正式代言人，當然負擔了非常多的文化行銷工作。」

這個定論，可説絕對不是錦上添花的恭維語，倒是對當年就算未至雪中送炭，但真有為台灣電影打開東南亞市場的甄珍給予最到位，也是最誠摯的致謝。因而，適逢從影年齡與金馬獎同年的 50 大壽，終身成就獎不頒贈給她，還頒給誰？

電影明星，當然是「文化產物」、「文化商品」，還有「文化推銷者」。就如國際影展既是電影市集，但在文化層面上，它的功能之一也是文化互動。甄珍的文化角色與特色，在因緣際會之下，確是階段一個接一個的涇渭分明。

一九七五年，因《兩小無猜》走紅的麥里斯德，就因受日本東寶賞識來亞洲拍攝《兩小無猜歷險記》，女主角百裡挑一的，是甄珍。

至於焦雄屏提及的「瓊瑤電影第一代正宗代言人」，本身已標誌瓊瑤的兩個不同時期：(一)六十年代，在我看來文學色彩相對大於流行小說的作品，如《幾度夕陽紅》——「抗戰時期的重慶」與「六十年代的台北」兩條故事主線，有著以離亂，遷徙，兩代兒女私情的主題，反襯民國政府遷台歷史的寫作野心；還有《明月幾時圓》，改編自《六個夢》中的短篇《歸人記》；《遠山含笑》，改編自《潮聲》中的短篇《深山裡》、《陌生人》，改編自《幸運草》中的短篇。

（二）七十年代，瓊瑤電影從六十年代「國聯時期」的文藝言情漸漸走向奇情文藝（腔）。先撇開文學水準不去細究，這時期的瓊瑤小說均追求在人物，情節及節奏上「趕上潮流」，如《彩雲飛》中出現的「香港僑生」，《海鷗飛處》的單身少女周遊列國，《一簾幽夢》的結他少女，《心有千千結》中的占士甸式浪子等。

亦可以說，瓊瑤是從傳統中國風轉型到西方浪漫個人主義——甄珍，如是成為兩種文化過渡的見證，並且絲毫沒有水土不服，不像也曾擔當早期瓊女郎的江青，汪玲——「國聯五鳳」的其中兩位，前者憑《幾度夕陽紅》獲第五屆金馬影后獎，後者是《菟絲花》女主角，之後與小說改編電影如無名氏的《塔裡的女人》，依達的《蒙妮坦日記》均曾結不解之緣。楚楚可憐是她們的動人之處，可是這種美態一旦離開國恨家愁，就較難被時間容納，更不要說消化。即是，在七十年代城市文化快速發展的香港與台灣，電影隨著人們對於物質慾望的需求而質變，連女明星的「美」，也要遭受洗禮，譬如，必須由「苦」變「甜」。

甄珍，能不說是符合這種需要的，應運而生的大眾恩物？

「她就是有一種微笑，即使苦的時候，她的臉不會有苦，不會有痛苦。她表現出來就是給人沒有壓力，所以甄珍最大的特點，就是上鏡頭。老天賞飯，她就是不要表情，你就是一個特寫到她的臉上，那就是票房，只要「甄珍」兩個字，全東南亞就賣掉了。」文藝電影發行人，也是多部瓊瑤電影插曲作曲人的左宏元先生如是說。（《台灣演義——一代玉女甄珍》）

聽似神乎其技，說穿了，不過「人心所趨」——電影，在多數人眼中就是為了給人放鬆，消閒而存在。不同時期走紅的不同神祇，正是讓人在他或她的身影所到處寄託，抒發了積壓心中久矣的苦悶——做「平凡人」難道注定無夢也無歌？

兩個「瓊瑤時期」給予甄珍的蛻變，也是她從六十年代少女「發育」成圖騰的接軌。誠如焦雄屏說：「她那時候應該是國語影壇裡最美的一顆星星，但是當時大家並不知道，她可以演夢幻似的角色，大家覺得，她是一個刁鑽的叛逆少女，然後就是瓊瑤這一系列，才烘托了她另外一面，比較多樣性的，尤其作為一個典型的、完美的、理想的女神、愛情女神。」

焦雄屏口中的多樣性，無非是在甄珍的演繹之下，當然更重要的，是在瓊瑤那「好美好美」的妙筆生花之下，「愛情」可以是怎樣的一支萬花筒。

雖然，依達、嚴沁、玄小佛的愛情文字也曾轉化成銀幕上的甄珍影像，只是，瓊瑤對於甄珍的意義比起任何作家來得大，乃「愛情」在甄珍的生命中也有著不知是「電影模仿人生，抑或人生模仿電影」的宿命軌跡，而且是那麼的充滿「浪子」、「叛逆」、「錯愛」、「尋覓」和「似曾相識燕歸來」的符號。也就說明，愛神女神不能只是某種電影角色，她，就是要以生命活出神話中的愛情，才可以化絢爛於平靜，如六十開外的甄珍在接受終身成就獎時說的「五十年，讓我從一個少女，變成了一個老婦人，這是個自然的規律（笑），沒有任何人可以改變」。

說到這兒，從容自若的甄珍笑了，觀眾席上的林青霞也笑了，笑得那樣真摯，上半身都離了椅子，可見是感動，也有可能是感同身受。連帶熒幕前的我一下子也紅了眼眶：歲月無情，電影卻最是多情，它不會讓付與青春的面孔在心血化成的膠片上生出一條皺紋，曾經含苞待放的甄珍，任我在任何時候把她拍過的電影從頭放起，都能將我帶回她把台灣的「少女文化」呈現人前的美好年代。

她，是最早的 girls' generation。她，是一個人的「少女時代」，也是我們的。

◎

甄珍3
「你太大膽」

金馬獎50頒獎禮上的甄珍，除了可被評頭品足的「行頭」——有說那晚她的著裝似是「娶媳婦」，我想甄珍聽了定會一笑置之，因為，當媽媽全副心機都放在兒子身上，造型反映心願也沒有任何不妥。開個玩笑，或只能說，等那一天等得有些心急——我更能看見的，是「斷層」：今日的新世代觀眾，因何當頒獎音樂響起，全場觀眾起立，和當受獎人面對大家，說：「從當年的少女變成眼前的老婦人」時，不能引起大家的「不捨」：「青春，你不要在甄珍身上溜走！」

最簡單的理由，也是這屆一致公認歷來最成功的金馬獎頒獎典禮的唯一缺失——既是一代玉女明星的終身成就獎，如何才能以最精準的影音材料，讓即使之前不認識「甄珍」這個時代標誌的人，能在頃刻的歷史回捲片段中，被時間，被一個人的天賦所……不，不只感動，是征服。

我記得當晚頒獎禮後閱臉書，就有意見表示，論終身成就，有其他台灣女演員比甄珍更實至名歸。觀乎被提名的「其他選擇」，我的第一個反應是，勿論這些聲音是來自六〇後或七〇後，都有可能是甄珍的電影看太少，或是六字尾至整個七十年代的台灣電影看太少，才會基於對甄珍的刻板印象，而忽略非常重要一點：如果，瓊瑤在當年已寫出《還珠格格》，她，就是更早的「趙薇」。如果，《藍色大門》不知為何出生在她的年代，她，也將是「桂綸鎂」。更叫人不能不對能文能武的甄珍折服的是，如果，九把刀的《那些年》寫於四十年前，他也會在她身上看見「陳妍希」。

並且，在她主演的電影中如要開金口唱歌，連「鄧麗君」也被鑑定是最適合她的幕後代唱，一個甄珍，竟能在六十至七十年代期間集郵般包攬了所有玉女代言人的特質。

陳妍希在《那些年》中「脫穎而出」——引號的意思，是電影使已拍過其他片子的她爆紅。然而《那些年》之後，她的第二個春天似乎還在別處散步，仍未給她造就另一次豐收。反而，出演《神雕俠侶》的小龍女卻因「氣質與外型和角色不符」惹來連番爭議。是的，比起九十年代興起的 Kate Moss 瘦模特風氣，珠圓玉潤的陳妍希自然不夠「仙風道骨」(亦即「不食人間煙火」)。但大家應是忘了，審美的時代意義在大部分時間都大過「美」的定義本身。我最早在電影與電視劇中見識的小龍女，也是出生在九十年代 super model 熱潮之前的港台女明星，沒有一個是比陳妍希「瘦」：配謝賢飾演楊過的南紅，配羅樂林的李通明(當然，佳藝電視是對「心廣體胖」的女演員格外仁慈的機構，《紅樓夢》選林黛玉，雀屏中選的毛舜筠，便要出動佳視編劇之一的亦舒給她「合法證明書」一張：有 babyfat 於十幾歲的少女，正常不過(大意)。) 連最經典的劉德華配陳玉蓮，何曾聽過體形與劉亦菲，甚至曾於二千年備受期待與鄭伊健組成「過兒與姑姑檔」的張曼玉差一截的她，會被認為一身白衣飄飄不合格？

兜了一大圈，我想說的是，如果，中影在七十年代也打《神鵰俠侶》的主意，旗下女星有誰最能以小龍女瘋魔一時？答案只有一個：甄珍。

不信？事實擺在眼前，電影已經拍了，只不過戲匭改成《白屋之戀》(1972),金庸原著變了作者是玄小佛,男主角楊過的飾演者也是使壞時使壞,癡情時癡情,加上最重要的,是當甄珍在大銀幕上一而再,再而三對著他說:「你一笑就像個大娃娃⋯⋯」時,觀眾不會起雞皮疙瘩,因為濃眉大眼得來「天真無邪」的鄧光榮,是在這部「過江龍」作品中(轉移陣地到台灣發展,如是成為「二林二秦」神話的開山鼻祖)首次與甄珍搭檔,因而正式開啓最早階段的「台灣小清新」類型片。

有多少的清新——或可由《白屋之戀》與《神雕俠侶》的不謀而合說起。獨住在森林一棟小木屋裡(古墓派)的少女記者,開場時帶了大學三年級的男主角回家,導演白景瑞在片頭打出片名後,完全不對二人怎樣認識作出交代,觀眾全靠耳聞目睹。鄧表示對木屋的喜愛:「沒脂粉味,不似女孩的家。」甄亦馬上露了烹飪一手,打開冰箱有什麼煮什麼,成果是用洗臉盤盛載的一大碗什錦麵。鄧說:「色香俱全。」,甄問:「味呢?」,鄧吃一大口:「外帶一個燙字!」

不受大人管制的二人世界,聽唱片,把各自打開的零食你請我吃,我請你吃。沒有對白,鏡頭在「兩小無猜」的空氣中轉換一個又一個角度,俊男美女在不同角度下一次又一次餵飼觀眾飢餓的眼睛,背景只有名叫「容易聽」的音樂。然後,甄珍對鄧光榮說:「好了,小男孩，你該走了，快十點了。」但翌日早上七時，他又迎著晨光來了，帶她去爬山。山上，甄嘆：「鍾斯（鄧光榮），我好累啊。我怎麼會叫你鍾斯？」鄧說：「大概鍾斯比叫鍾應斯順口，就叫我鍾斯吧，還沒別人這樣叫我。」甄的眼睛發亮：「你今天才像個大人。」——因為在過一道獨木橋時，他「像個大人」般幫她克服恐懼，並一手把她拉入懷中。鄧說：「我本來就是大人。」甄如看見稀世珍寶：「有時候我看到你的娃娃臉，只覺得你像個大男孩。」鄧：「你敢再用男孩兩個字，當心我揍你。」甄：「你敢？小男孩！小男孩！」

不久在另一場戲裡：「小男孩」情結在甄珍身上繼續發酵。「爬山那天，我一直依賴你，我覺得你不像我剛認識時候的小男孩……但你實在只是個男孩子。」鄧生氣：「你除了喜歡鑽小節，你還會背叛自己。」甄也生氣：「不要用心理學的眼光來解剖我。」鄧：「是你自己告訴我的，你的眼睛不會騙人。」甄忽然溫柔起來：「我們在吵架嗎？」鄧：「我能吻你嗎？」甄：「你太大膽。」鄧：「我能嗎？（吻在甄的面頰上）這是我第一次吻女孩……」第二個吻已落在甄的唇上。

就是在這木屋裡，吻之外，他還解開了她襯衣的鈕扣，發生關係，模擬婚禮，直至有大人出現干涉，導致他後來因意外死在屋裡，而甄珍呼天搶地的問「我們做錯了什麼？」，從被二人背叛了的社會看來，自然是「姐弟戀天地不容」——除了具備日後偶像劇所有好與不好、合理與荒誕的基因，一九七二年因離經叛道而在片中遭受「天譴」的甄珍，怎會不是遠遠走在時代前面的潮流先驅？

◎甄珍 4「我還沒嫁你已經這樣，要是跟你結了婚，還得了？」

五十年來，港台女明星中，應該只有甄珍演過這樣的女鬼吧——飄飄蕩蕩來到書生面前，對他使出天真無邪的誘惑，由樂蒂的《倩女幽魂》到林青霞的《古鏡幽魂》到王祖賢的《倩女幽魂》，全都成了經典，但當中沒有一部像《喜怒哀樂》(1970)的《喜》，甄珍一樣長髮及地，白衣素服，美目盼兮，巧笑倩兮，都在全長廿多分鐘的表演時間裡，沒有一句對白——不，是整段折子戲是齣「默片」。

感謝當年李翰祥導演，提拔她的第一位恩師，因組織國聯公司欠下大量債務，償還方法，乃由三位當時得令的台灣大導演合拍四人各自執導一段的「義拍片」：胡金銓亮出拿手好戲「處境武俠片」，把京劇《三岔口》拍成由胡錦挑大樑的《怒》。李行擅長文藝，配合張美瑤與歐威譜成淡淡然的《哀》。李翰祥則是一部片包羅兩大女明星，前半是李麗華後半是江青，造就二人同戲不同場的《樂》，至於女鬼和書生，甄珍與岳陽的《喜》在我記憶中特別鮮明，不排除是四齣折子中以它最能打入小朋友的心坎：正因為一句對白也沒有，戲劇效果自然也直接，笑是笑，驚是驚，唯一也許不太「理解」的，是香艷。

一塊黃色輕紗，一朵黃色雛菊，在《喜》中是女鬼甄珍的「分身」，也是好色書生岳陽的慾望投射物。在劇情發展至「誤把馮京作馬涼」之前——一夜風流，書生在荒郊墓地錯認墳墓拜錯佳人，當晚前來索愛的不是甄珍，是醜女鬼劉明——該兩樣象徵物，被導演白景瑞「玩」得十分有戲。

飾演女鬼的甄珍縱不是第一次演古裝片，但只憑面部表情與肢體語言，活現那怯弱卻又主動的女鬼如何眉目傳情，加上，沒有對白只有配樂的構思，扣人心弦外，也真有把甄珍的細緻演出放大得更秋毫畢現，嘆為觀止——使人動心的少女，正是應該如甄珍般，清新如朝露，清甜如泉水。看見她拈一朵小黃花，那有什麼陰陽相隔人鬼殊途，反而使人想到的，是取材自六十年代末期的嬉皮士與花的兒女：純真、善良、浪漫。故此，當銀幕上出現書生與女鬼交頸相歡的鏡頭，被看見的絕對不是什麼採陽補陰，而是性解放時代的「做愛，不打仗」(make love, no war)。

當然一切都跟白景瑞有關。一般人提到甄珍的伯樂，首先會說李行——瓊瑤作為推手也是功不可沒。李翰祥也是不能不提。我卻認為甄珍若不是在加盟中影後第一部電影《新娘與我》(1968)便遇上從意大利學習電影回台的白景瑞，又不是在該部「情節不是重點，導演把整個製作過程玩成遊樂場似」的電影中，讓當時的國粵語片觀眾大開眼界(它在香港也打破賣座紀錄，給台灣電影開拓了很大市場)，甄珍生動的演技——或更正確的說法是，如她般摩登的少女，也未必能有效地發酵成「時代關鍵詞」：淘氣。

就如之後的「純情」，「野蠻女友」之於山口百惠、全智賢。今日往回看去，甄珍作為「少女標誌」的難能可貴，便是一人擁有多重的女性魅力，宜悲宜喜，宜笑宜嗔，所以，任白景瑞從意大利帶回來有多不可思議千奇百怪的電影語言，甄珍都能完成一個又一個的「不可能任務」——《新娘與我》任誰來演，都易招來討俏賣萌的罪名，只有甄珍，一隻鼻子怎樣皺了又皺，一張小嘴呶了又呶，一句說話的尾巴也貼上一個又一個的「嘛」，和在語氣上加上不知多少砂糖胡椒蔥花奶油，她的口味，風味，仍是「別無分店」。

當然，你可以說，男主角王戎永遠板起的臉孔，不就是給甄珍當最好的下巴手？他代表大愚若智的「小丈夫」，她正好發揮任性但不刁蠻，聰明但不小器的小妻子本色。

不然，在「孩子氣」與「成熟」兩條平行線上，總是切換合時，甄珍為何不會失手自高空掉下？

在白景瑞的「天馬行空」下，甄珍飾演的是「魔術師」，只要他能想到的蒙太奇，她就能借角色—— 一位超有自我，超有主見的準新娘——把戲法施展於觀眾眼前。

有一場與未婚夫王戎看房子，二人因對裝潢持不同觀點據理力爭。從一進屋她對他一句「格局不錯吧？」的欣喜贊同，使她也寬慰於「唉！總算我們的意見一致了。」下一秒已全然是是是是另一番局面：「我主張在這兒放一張餐桌，擺幾把椅子，這裡擺一個古董架。」話說到這裡，空房子內一件件家俱已應聲出現，而且比三言兩語的齊全，連電冰箱月曆牌一應俱全，還多出衣帽架和古式宮燈。

新娘的願望就靠「鎖定鏡頭後，逐件物品放進去再拍下逐個變化」成真，於是引來新郎的反彈：「唉呀！你搞什麼？我們又不是開雜貨店，擺得這麼滿，連空氣都給擋住了！現代家庭的佈置一定要簡單，我主張……」輪到他大手一揮，客廳馬上由「女性觀點」的「多即是少」，代替以「男性觀點」的「少即是多」。甄珍的「戲」，亦因而有機會由之前的「溫柔婉順」演變成以下的「怒目相向」：「我不同意！這哪裡像個家？我不贊成你把婚姻當兒嬉的態度！」登時抨門，人作大字立，作戰警報拉起了，輪到他發出怒吼：「不要吵了，好不好！」鏡頭回到甄珍，她即時扁嘴，八字眉，步步後退：「你那麼兇，我還沒嫁你已經這樣，要是跟你結了婚，還得了？」委屈得邊咬指甲邊乾哭。

能屈能伸，你別說，換了近乎半世紀後的今天，片中的甄珍大致還是現代男女的「理想模範」。《新娘與我》打響甄珍演喜劇的頭炮，白景瑞與她的第二次合作，更是必須以 phenomenal 形容——因為電影的名字從誕生已決定了它的不可能不成為經典：《今天不回家》（1969）。

「回家」是中國人的精神支柱，以它為題材的戲劇很多，但把它當作「悖論」（Paradox）來呈現，國語片是比粵語片更有創意：後者的《不敢回家的少女》（1970）拍於《今天不回家》後一年，但

「不敢」相比擲地有聲的「不」，自是悲情多於喜感。但也是這一個「不」，教白景瑞與甄珍的「鬼馬遇上淘氣」一頭栽進禁片的禁區。

◎ 甄珍 5 「請你以大人的眼光來看我」

《今天不回家》（1969）的序幕，是在破曉中走出只有剪影不見面孔的爺爺奶奶。如同尋常巷陌的晨運夫妻，光看印象不聽對白，還不知道他不是感激老來有伴同行，卻是口出埋怨：「我出來散散步，你也要跟著。」她：「我是不放心你。」他：「有什麼不放心，我又不是不回來。」話畢，老先生已踏足畫面外，老太太無奈亦步亦趨。

「我又不是不回來。」好一句弦外之音——沒有上文下理的台詞，猶如沒有對象的「控訴」，份量雖小，偏道出多少「怨夫」的心聲。本來是透氣，現在則更似「放風」，因為個人空間還在被監控範圍，說得好聽是關懷，實際上的寸步不離，最易適得其反的導致「家有逃夫」。

「不回家」，就是意味安樂窩變了拘留所。開宗明義以戲甌宣揚「今天不回家」，難怪電影的主題曲曾成「禁歌」——「徘徊的人，黯淡的星，迷失在十字街頭的你，今天不回家，為什麼你不回家？」——雖說任何時代，任何社會皆有迷途羔羊，但上述歌詞放在敏感的政治氣氛裡，如六字尾七字頭「毋忘在莒，反攻大陸」標語仍隨處可見的台灣，便曾因「鼓吹國民萌生悲觀情緒，倡導不良風氣」之嫌受到「禁制」——唱片可以賣，歌曲卻不能廣播。「此曲只應海外聽，不許老家幾回聞」，反造就了主唱的姚蘇蓉密密登台於東南亞，同名電影則承接之前的《新娘與我》，再度以少見的台灣生活喜劇在香港締造票房佳績。

《今天不回家》還有另一層饒富比喻趣味的歷史意義：它的出品方大眾電影事業股份公司，由離開國營機構中影另起爐灶的一群高層組成。《今天不回家》的製作班底美其名是向中影借將，但監製李行，導演白景瑞，編劇張永祥，攝影林贊庭，還有女主角甄珍，變相是「投奔自由」——為了擁有更多創作空間，拍攝不用受黨宣政策主導的更多不同題材。

雖然《今天不回家》由電影到主題曲曲詞，均未背離儒家思想下的倫理與傳統：「家的甜蜜」到底才是終極主題。片中一幢大樓三戶家庭各有難唸的經，一天內每家人各有一名成員經歷逃家與回家的掙扎。有趣的是，表面上他們都是「鳥倦知還」，但在反叛女兒，隱瞞愛妻與前度情人約會的丈夫，受不了家中妻子兒女丈母娘與丈人一籮筐的中年男人的「離家一日遊」背後，都有著不能見容於中國家庭，當然也不可以公然討論於社會的禁忌：性苦悶對少年、青年、中年的家庭成員，在諸多的家嘈屋閉中扮演什麼角色？

甄珍的反叛少女便是一例。家中是採用高壓極權方式把她管教，跟同學出去玩耍也被開口閉口上帝的父親，以「你現在這個年齡，魔鬼最感興趣了」的理由禁步。如此不近人情，不似思想開明，教她無法接受另一半以「牧羊人」自居的母親，既了解女兒也了解丈夫：「你又不是教徒，你信什麼上帝？去年你信佛教，前年你信玄元教，我看明年你應該信白蓮教了。你不必裝著信教來騙你自己，我本來不想揭穿你的。」

有其母必有其女之故，甄珍的「離家一日遊」遂多了積極意義——不是自暴自棄，而是加快成長步伐。雖説後來遇上情場浪子，歡場中人的「同學的舅舅」（雷鳴），又被他帶上夜總會和終於進了酒店房間，然而灌醉自己的人，不是他，是她。之前滴酒不沾，第一次就拿起大杯拔蘭地豪飲，他說「那杯不是你的。」她不聽，還大條道理自辯：「我現在跟他們（夜總會裡的客人）一樣，穿的衣服也一樣（是他給她目測尺碼買回來的華麗夜禮服），也應該喝酒。」應聲已被嗆得連聲咳嗽，接著還堅持抽煙：「只有今晚的感覺，我才覺得自己像個大人，請你以大人的眼光來看我。」

甄珍演出上述的不知天高地厚，突然使我想起《蒂梵尼早餐》（港譯《金枝玉葉》）中的 Holly Golightly（柯德莉夏萍）——儘管一個是女學生，一個是交際花，但甄珍與夏萍的「小鹿班比」氣質，都是叫人永遠不忍把她傷害，不能跟她生氣。

回過頭來看甄珍在《今天不回家》中的「明知山有虎，偏向虎山行」。離開了夜總會，小白兔跟隨大豺狼上酒店，關室之後，孤男寡女，面對對方把外套脫了，連領帶也鬆開，她竟面無畏色，還主動上演「玉女情挑」。「你不必怕我父親知道，他又不認識你，我……是故意要喝醉的，你帶我到你住的地方來，是什麼意思？是不是也不想叫我回去？我把你的心事説穿了吧？我告訴你，我是嘔氣出來的，沒想到碰到了你，你不是魔鬼嗎？我偏要跟魔鬼在一起。我再告訴你，當穿上你送的衣服，我就決心不回家了。」男人試探：「不回家？就住在我這裡？」

這時候，站在珠帘後的甄珍，聽了男人語帶諷刺（你以為你真知道自己在做什麼？）一問，傻愣愣一點頭的她走向鏡頭，醉態可信，憨態可掬，足以證明一氣呵成一鏡直落難不倒她，相反的一個鏡頭一錘定音也難她不倒。

幾時她才回復清醒？《今天不回家》的結局當然會被詬病「過於健康」——豺狼也有肥肉到了嘴邊不忍大啖的良知，於是甄珍不得不由「獻身」的床上爬起來。之前雖已奉獻了面上氾濫紅潮閉目不敢觀看的嬌羞特寫給大銀幕，但峰迴路轉的安排，觀眾自無法一廂情願地想入非非，誰叫男人對女孩說：「你太年輕了，根本不合我的胃口。」沒聽出是激將法，立馬令她大受傷害，氣憤下把夜禮服扯開胸前一塊，才猛然記起自己在演一場戲。

急於成熟的少女才上一課已然頓悟乖乖回家，那是甄珍。但也有家庭才是最不安全的時候——當女兒不止一個，性苦悶、性焦慮隨著女性在家庭角色的定位被抑壓，一家親也會演成窩裡反，「日防夜防，家賊難防」，姐姐閉門失竊，把男朋友偷了去的是妹妹，電影是《四千金》（1957），黑綿羊是葉楓。

◎張艾嘉 1
與大導演有緣

大年初四，張艾嘉應星加坡濱海藝術中心一年一度的華藝節邀約，出席了名叫「假如我們沒有認識張艾嘉」的講座。同行的楊凡導演看見廣告版上的主題，立刻有所反應，既是認真又是幽默地提出抗議：「應該改成『假如我們沒有張艾嘉』」。當天的講座在演奏廳舉行，場地關係，只招待約二百觀眾，在親密的氛圍下，張艾嘉與出席者有點像共渡了她的另一個生日，二〇一一是她入「行」——即統稱娛樂界——的整整四十周年。

講座由我主持，它引發我的第一個感慨是，換了在荷里活，譬如梅麗史翠普，她的三十年銀幕生涯所贏取到的尊敬，豈止是一年又一年奧斯卡與金球獎的影后提名——眾所周知，她的提名次數與捧得獎項的比例落差之大，使每次出席頒獎禮的她都令人打了輸數，但她一樣很少 no show。多少年鏡頭在瞄準五個被提名人在得獎者公佈那一刻的反應時，史翠普的大方，幾乎成了一種「表演典範」——不是說替人高興的她是在演戲，卻是她在類似的情景總流露不同的感動。若要把所有她在滑鐵盧戰場上表現出來的體育精神剪成一條片，觀眾必將驚訝於這個是女演員又是女明星的文化圖騰，是多能體現阿美利堅精神。當年美國電影學會主催向梅麗史翠普致敬變相在奠定美國人心目中最具代表性的表演藝術家的地位的同時，也是肯定身為美國子民何等驕傲。

「假如我們沒有認識張艾嘉」若是按美式致敬晚會來做，輪流就此題目上台細說從頭的嘉賓，論數量、論質量，應該也不輸給荷里活——香港影圈，本來就有東方荷里活之稱——何況，張艾嘉四十年演藝事業跨足港台兩地，從「古」到「今」，「淘盡多少風流人物」。可惜的是，許些提拔她、啟蒙她的恩師已經「到天國抱抱」去了，不然，見證她的演藝生涯，也是港台演藝歷史四十年的重要名字將有更多。

由在美國被嘉禾簽約羅致回港，穿條喇叭褲便當上女主角配許冠傑揭開序幕，之後陸續登場的風雲人物，計有羅維（鄒文懷在邵氏挖走的《唐山大兄》導演）、白景瑞（他拍的《門裡門外》（1975）使我「發現」劉文正，但更重要是生命中從此有了張艾嘉）、李行（張說，《碧雲天》（1976）是她第一部可以有「表演」空間的電影）、劉家昌（《梅花》（1975））是她首部在香港西片院線——海運——的銀幕上會觀眾的台灣片）、李翰祥（他的慧眼，使原先被欽點出演林妹妹的林青霞在往後的中國影史裡繼續把女扮男裝的演藝傳統發揚光大，至於由賈寶玉變身林黛玉的張艾嘉，則延續對內心世界中幽暗角落的不懼探索，然後在一個中年喪子萬念俱灰的憂鬱婦人身上，成就了她在《觀音山》（2011）中被譽為從影以來的最佳演出。）

老牌導演中，胡金銓是張艾嘉常常念及的一位。「他對藝術的考究、執著，深深影響了我。電影對他來說，不只是用眼來看，而是觸及靈性的事情。在拍《山中傳奇》（1979）與《空山靈雨》（1979）時，因為韓國下大雪被迫停工好久，好不容易等到雪停了，融化了，大家鬆一口氣對他說可以復拍了，還是得不到他點頭，因為，『空氣不是之前的空氣，不連戲。』又為了特定的中國藍，找不到合適的道具絕不會將就於差一些些的代替品便收貨。直至我偶然在市集看到一個帶回去給他，他高興得把我叫『兒子』，他說，『以後你就當我的製片吧。』張把胡的這一面當模範，後來便辛苦了她在當導演時的製片人——她在籌拍《心動》(1999)時，金城武原先沒有檔期，要不是後來有所變化令金能上陣，這部九十年代末最有代表性的愛情電影可能至今仍只是計劃一個被置諸高閣。

還有一位不能不提，就是龍剛。張艾嘉曾演過他導演的《哈哈笑》(1976)，「那是鄭少秋第一部國語片，題材是外星人在地球！那年代一窩蜂都在拍熱門的武打、動作片，龍剛卻反其道而行」。張對龍的欣賞與佩服之情到今日仍溢於言表。但你別說，龍剛的時代觸覺與社會責任，真有部分深入了張作為創作人的脊椎骨髓裡。之後她還演過他導的《波斯夕陽情》(1977)，男主角是鄧光榮，外景遠涉沙漠地帶，在七十年代的香港電影中實屬大膽創舉。

女明星需要導演，女明星更不能沒有男主角，不論是銀幕上抑或銀幕下。張艾嘉的兩者可說甚少混淆，因為她對男人的要求，很大部分在於愛才多於愛貌。間接來說，這也造成了她的愛情經歷更多趨向自我完善，而不是迷癡於自戀。我最愛看的張艾嘉的「銀幕情人」，是只有合作一次，也是張最後一次演出瓊瑤小說改編成電影的《浪花》(1976)中的勾峰。之後，經石天作介紹人，她以「差婆」形象跨過了港產片的門檻，憶述這歷史性的一步時，石天對她說的一番話仍言猶在耳。「你一定要掂呀，我擔保你掂㗎。」言下之意，是把張當籌碼般押了下注，《最佳拍檔》（1982）是榮是辱，二人是有福同享有難同當。歷史之後見證了張艾嘉的不辱使命，只不過，過程中苦頭也吃了不少。「只有不到幾分鐘的巴掌戲，我和麥嘉真的你一巴來我一巴去的真打了一日半才完成。就是在那下午，我學會了從台灣電影演員過渡為港產片一分子。」

◎ 張艾嘉 2 與新導演有份

今天人人叫她張姐，張艾嘉卻曾是大眾的「小妹」。「小妹」這綽號，叫起來親切，聽起來窩心，因為「她」看似簡單，原來可以包含多重涵意。是含苞待放的「小妹」：從她身上能見證醜小鴨變身天鵝；也是我見猶憐的「小（師）妹」：可惜張艾嘉二十出頭時金庸的武俠小說還未大量被搬上銀幕，不然的話，《笑傲江湖》中的岳靈珊由她演出是綽綽有餘。

但在現實之中，她也可以是「任盈盈」。容許我把這個玩笑開得再大一點。如果不是由她策劃電視劇《十一個女人》（1981），又把楊德昌的才華展現大眾眼前，台灣電影新浪潮歷史可能有別的寫法。都因為楊德昌是一種「令狐沖」？排名在我最敬仰與喜愛的當代華人導演榜首的他，正是因為永懷赤子之心，才會有著兒童般的眼睛，藉每部作品向社會發問「為什麼？」問題的「直見性命」，不但是對觀眾的考驗，更是對身邊人的考驗。我在星加坡華藝節的「假如我們沒有認識張艾嘉」的訪談講座中問張艾嘉：「回望生命中有哪段過去式的戀愛，是妳願意有第二次機會的？」想了一下，一個淡然的微笑在她嘴丫漾起：「該是楊德昌吧。」

作為旁觀者的我，完全能夠明白「令狐沖」處身在「岳靈珊」與「任盈盈」二人同體時的有所得失。「任」能給「少年癡狂」的他指點出前路方向，「岳」又可以在他的啟蒙指導下漸見「雙劍合璧」指日可待。一個是「姐姐」，一個是「小妹」，分開來是兩個人，還可以選擇性地發展與她們的關係。但當情感與工作，身份與角色因「兩個人其實是一個人」而造成混淆時，應是妹妹的時候反變了姐姐，該是姐姐的時候她又成了妹妹，衝突難免，情感亦自然受損。認識張艾嘉的這些年，曾片片斷斷地探問在拍《海灘的一天》（1983）時她和楊德昌的合作經過，她的面容總是光輝的、美好的，像「大伙收工了圍在那裡喝酒、聊天，只有他一直不作聲地咪咪笑，忽然一句話從他的嘴巴冒出來——是某個角色該講的對白。很少從工作狀態抽離的他，在觀察，也在思索。」憶起故人特定的音容笑貌，其實是在腦海中重播已被儲存久矣的影像，我記得又有一次提出「既然走在一起，為何沒有再走下去」的問號，印象中，張的回答竟是如此釋然，就如談到她的第一次婚姻，一樣的從容自若：「結了才知道還未真的到了適合結婚的時候，不是那個人不好，是我不夠認識自己。」

《海灘的一天》可能不是楊德昌作品中最成熟完美的一部（個人認為《恐怖分子》才是，但我對《獨立時代》又是如此偏愛），不過，由於它是楊與張的「結晶品」，加上故事中的女主角林佳莉（張艾嘉）也是從逆來順受的「小妹」蛻變成自主意識終於覺醒的「小婦人」，這過程除充份象徵台灣社會面臨的變化之外，更似是張艾嘉作為編導演一身兼三職的電影人的「破繭而出」——楊德昌安排全片最後一個鏡頭，是從胡茵夢飾演的佳莉兄長（鬱鬱以終的傳統男人，死前告白，乃感慨匆匆一生都是為了滿足別人的期望而活）的女朋友的視角，祝福著向前行進的一個女人背影，「她」的身軀雖然不大，但作為女人，「她」絕對不小。

為此，我把《海灘的一天》視為張艾嘉告別心靈上的「小妹階段」的代表作。縱然，「小妹」象徵的「青春期」，往往是創作人所不可缺少的荷爾蒙。是以張艾嘉身上的另一種「小妹效應」，是從未停止在她的演藝生涯中發酵——劉若英、李心潔、楊淇這幾個尊稱她師傅的女孩子，常被視為是她的精神的延續。又，更抽象一點，她有可能是演出最多新晉導演第一部作品的女明星／女演員。又，為新導演跨刀，她亦很少不樂意陪他們回到青澀的日子。例如拍《阿郎的故事》(1989)時，助才拍到第六部電影的杜琪峯一臂之力寫劇本；在《廟街皇后》(1990)中飾演鴇母，她是「劉國昌敢拍，張艾嘉敢演」；拍《203040》(2004)時，鼓勵李心潔劉若英各為自己的故事寫劇本；即便到了近期演出《觀音山》(2011)，她仍是對新環境新方式抱著「我不做新人，誰做？」的態度。

講座中說到初次演出內地女性角色，全片又是在重慶拍攝，其他演員尚未進組，導演李玉已開始用不停機拍法要求她即興表演。她要求的條件是：「能不能讓我佈置李玉琴(她的角色)的家？」《觀音山》中張艾嘉的表演被看過電影的人高度評價為「進入另一境界」，她自己的說法倒沒有那麼武俠小說，只是重提兩年間演過八十三場舞台劇後帶來的進益：「以前只把鏡頭當表演對象，現在，會視空氣為鏡頭，它(們)無所不在。」

我是因為舞台劇而有機會與她近距離合作，撇開劇本創作一環先不談。我發現張在表演上悟性極高，你給她丟一顆意念「小」種籽，很快，她會把它從發芽培植至開枝散葉——儼如過去四十年張艾嘉從「小」至今的成長過程高速濃縮版。

把每次創作視為第一次談戀愛，張艾嘉的初戀從未結束。

◎ 張艾嘉 3 《海上花》未完

問任何一位電影導演以下的問題，答案都可以很有趣：在你過往的作品中挑一部「重拍」，你的選擇會是？

如果那位導演是楊凡，不知道選擇將是《美少年之戀》？《少女日記》？《玫瑰的故事》？還是鍾楚紅，林翠奇妙共結奇妙片緣的《意亂情迷》？

我的答案數十年如一日，最想看他重拍一九八六年的《海上花》：張艾嘉是女主角，姚瑋是女配角，男主角是鶴見辰吾。

「重拍」，大至可分兩類。最「藝高人膽大」的一次，是 Gus Van

Sant 以 shot by shot 方式「複製」了希治閣的經典《驚魂記》——男女主角當然換了人，但我仍說「複製」，是因為那似更是關於「鏡頭」的致敬，多於是用個人手法把相同故事再說一遍。原來版本以黑白拍攝，「重拍」是全部七彩，而且角色造型不涉任何復古風，是以觀眾除非看過真本，否則眼前一幕幕還是「新片」一齣。《驚魂記》在一九九八年的「翻拍版本」的最大成就，似乎是向希治閣迷們獻上一粒「迷幻藥」：明知道脫離不了「現實」，但不妨享受片刻「疑幻疑真」帶來的飄飄然。

我試圖以 Gus Van Sant 的「重拍」角度把《海上花》看了一次，發現 shot by shot 地「安歌」也沒有太大問題——我懷疑自從這部電影面世以來，我已看過不下十數次的原因也是在此：它，有可能是楊凡作品中，被我認為最成熟、最完整、最渾然天成的一部。導演本人可能不會同意——我就有種感覺，又或，是事實：自掏腰包出復修版 DVD 的是《玫瑰的故事》、《美少年之戀》和《流金歲月》，那已說明，它們才是導演的心頭愛吧？不過，《海上花》榜上無名也是另一個可能性：它是嘉禾出品。

少有替電影公司服務的楊凡（電影由花生映社攝製），當年是怎樣玉成《海上花》的多家機構合作，這故事我真想聽。

故事，許是《海上花》第一眼就把我的魂魄勾住攝住的主因。開場三十分鐘，它已經歷迂迴曲折——楊凡一定愛煞看別人怎樣聽他把故事娓娓道來：他的照片既是「傳奇」，當不只反映相中人有多「美麗」，卻是以捕捉眉梢眼角的波光流轉來引人遐想——《海上花》比《玫瑰》或《流金歲月》如是更能把楊凡兩個身份文字人與攝影師——結合得天衣無縫：不是亦舒的，是楊凡的。

也就是說，如果楊凡所有的「故事」都是關於「青春就是這樣逝去的」，《海上花》比《玫瑰》、《流金歲月》，以至《美少年之戀》更上層樓，多添一份感傷，是她少了感情上的「油光鏡」——如幻如夢；更接近現實的陰暗面——純真不再。

第一個鏡頭是歐洲風的澳門教堂前，一群（日籍）貴族少年在旅遊途中打打鬧鬧，其中不合群的一個在書寫，手持的是鋼筆一支。明顯是旅遊景點，一個風塵女子不情不願給香客擺著甫士拍照。然後是一個素顏少女身穿白襯衣、米色半截百摺裙，走在碎石子路上。與少年四目交投的她，離去時沒有轉身，沒有回眸顧盼。畫面淡出，三個命運被縛在一起的人，如此這般在某年某日擦肩而過，互不知道對方存在，卻又注定日後在彼此生命中，扮演主宰愛恨生死的角色。

畫面切入，物換星移。轎車內的女郎仍穿白，但臉上濃裝艷抹，她就是素顏少女的十年後。看來她的疲倦是拂了一身還滿。車子在一幢老酒店前停下，她在櫃檯詢問了些什麼，急步走到樓上。在一扇門打開時，昔日那用鋼筆寫字的少年重現眼前，第一個印象，成熟了的他，一樣也是塵滿面。他把她迎入房內，門關上。

一輛豪華房車又駛到了酒店門前，走下來的艷婦，就是當年教堂前的風塵女子。頭上頂著大鬈髮，不安的狀態不下於之前的白衣女郎，只是更急躁。重複白衣女郎的在櫃檯問了房號，上了樓，到了一扇門前，因沒有完全關上而被她一推便打開，她所看見的某個景象使她面上露出驚愕、憤怒、厭惡的神色。

不知過了多久，酒店住客經過那扇門，赫然發現昔日少年與白衣女郎都在血泊中，他是死在她的懷抱，而她，難以言喻的目光向我們看來，是求助？是無助？眼中就是沒有害怕：死者是她所殺？抑或一切另有隱情？

下一幕，已是換上粗麻布囚衣的她，坐在監倉裡，接受警方與律師的盤問。手一直在顫抖，人卻拒絕崩潰，又問來了一根煙——我們知道，真正的故事到這裡才是開篇，一切一切，就等她吐出第一口煙圈後，從頭細訴。

有一次重看《海上花》，身旁就是飾演白衣女郎的張艾嘉。

二〇一〇年由她編劇，主演的舞台劇《華麗上班族之生活與生存》正在南京巡演，幾個劇中演員，還有我，窩在飯店房間放上光碟重溫。目睹廿多年前的一幕幕，張由始至終，掛個微笑。若有一絲絲激動，也是與眾同樂，例如在看見男主角鶴見辰吾時陪大家起哄：「好帥啊！」

真要說到不磨滅的記憶，她最深刻的，是囚室中自己腳上的那雙高跟鞋。「是楊凡教我這樣穿的。」的確，鏡頭拍不到的不代表演員就無感，身陷囹圄為情所累的女人，前身還是白璧無瑕，「高跟鞋」恍如是人生命途的分水嶺，是它們教她淪落風塵，也是它們讓她無法擺脫愛的詛咒——曾經是彼此路人甲乙丙的三人，如果沒有被陰差陽錯擺佈，通俗劇情節便不會把他們畫成一個圓。如果不是圓圈的中心，她就不會一個人承擔兩個剝削她的人的救贖：男的給她提供麻醉劑（毒品），女的給她提供填補空虛的物質生活（皮肉生涯）。

有些電影被過譽，另一些則基於天時地利欠缺一點點，遂被時間活埋。但珍珠到底是珍珠，每次再看《海上花》，不論哪個年份，我的問號還是那個；為何「她」歷久常新永不過時？以至想到能讓「她」被更多人看到的方法：「重拍」，而這「重拍」必須由楊凡親自操刀——從頭經歷一次的哀艷，楊凡，你懂的。

◎林青霞 1 性別是繆斯

《窗裡窗外》中林青霞寫：「即使拍了一百部電影，仍然因為沒有一部自己滿意的作品而感到遺憾……」

果真是完美主義者。但在我輩影迷眼中，數字可以等閒，一個演員在其作品年表上能分出多少階段才是有沒有。自一九七三年以《窗外》初登銀幕，到一九九四年拍罷《東邪西毒》後以家庭為重，說長不長，說短也不短的二十年演員生涯裡，不同時期的「林青霞標記」到底一目了然。

既是「標記」，當然帶有「標竿」色彩。即是，但凡「她」所擔演的角色，均不作第二人想。以此衡量，儘管林青霞本人不滿意，只是把她這一百部電影放在時間大神的手上逐一驗證，則每一部都是一塊「積木」，每塊「積木」都在建構名為「林青霞」的代表作。

個別片子的水準，並不影響「林青霞」的歷史價值：任何時候，當有人要研究「瓊瑤電影」、「三廳愛情電影」、「政宣電影」、「香港新浪潮」、「九十年代港產武俠片」、「易裝／反串電影」、「王家衛電影」，以至「張愛玲」和「舞台劇電影版」等等題目時，「林青霞」都能指點迷津。能如此全面把當代華語電影的發展脈絡現身說法，男明星還數不出有誰勝任（即使我們的電影文化是這樣地「男權至上」），而林青霞之所以做到「獨步影史」，乃「東方不敗」的文化基因不可低估——惟長期崇尚中性文化的國度，才能造就一代又一代的時代寵兒，一顆又一顆的傳世明珠。

電影，你的名字是潮流。林青霞的一百部電影已捲起不知幾個浪花，當中能不包含「時尚」？光以髮型變化來看，「她」的潮來潮往就可分為：「清湯掛麵時期」、「長髮飄飄時期」、「垂直齊肩時期」、「大波浪時期」，和看似差不多，其實各有千秋的「清爽女裝」和「男式油頭」的剪短。長、中、短在各種造型上發揮的不只是魅力，還有鮮明的主題：俠骨柔腸。

於多數人而言，林青霞「拍文藝片出道，卻以武俠片豐收」是不無異數——許是我們都被當年那小妮子的翦翦雙瞳，盈盈秋水所「蒙混」過去。是的，那雙眼睛真會笑，在流露哀愁與悲慼時也真是叫人由憐生愛，可是大家也因此忽略了寒星之上有著「紫青雙劍」：徐克是最早洞悉這雙眉毛可柔也可剛的伯樂，所以「瑤池堡主」一角落在林青霞身上本不足奇，只是反串演出賈寶玉後六年，才有人再次想到「古裝」在她身上是錦上添花，則不能不說，除了「陰與陽」、「現代與古典」的並存，既可使林青霞的星途無往不利，但也是考驗創作人對林這方面的條件能否善用的雙面刃。

縱然，亦舒老早寫過林青霞「永遠給人一種女童軍的感覺」，又行文讚譽她的「美眉」：「青霞曾經問：『演林黛玉會不會迫我剃眉毛？』聞者失笑，現在不是黛玉而是寶玉，該放心了吧。青霞的眉驚心動魄的美。我一向喜歡雙眉美麗的男女老幼，像姜大衛，像王道，像青霞。」又，很多很多年前，林青霞來港宣傳，上俞琤的電台節目，笑聲之爽朗，出言之豪邁，絕非銀幕上她那把（配音的）嚦嚦鶯聲可比。按道理說，李翰祥「獨具慧眼」為她打開扮演「鬚眉男子」的一扇門，之後該有更多導演上門「食住上」才對。奈何，一九七七年上一代「戲迷情人」的熱潮已屆尾聲，就是同一年《金玉良緣紅樓夢》與《新紅樓夢》鬧雙胞，「梁兄哥」的叫座力並沒有佔上由林妹妹所扮演的「寶哥哥」多少上風。由此可見，林還要等上六年才遇上《蜀山》，一方面是「新派武俠片」在七十年代末誠然時機未至，二來，在更樂意看見當下收成的投資者眼中，林青霞的「帥」，可以只是某種的「過氣」——八十年代當前，有誰還與黃梅調難捨難離？

然而，恰恰也是戲曲電影（市場）的「不合時宜」，變相玉成林青霞和張艾嘉這對寶黛組合的「不朽」——尤其生平至今只此一部古裝歌唱片的林青霞（張艾嘉後來還有與凌波合演的「第二部」：《金枝玉葉》）。「只此一部」的戲曲演出，既是改編名著《紅樓夢》，又是第一次不演女生演男生，一定是比日後可用「成行成市」形容的武俠片更見矜貴。容或在她的定義下成不了代表作，可是當被問及「你拍過的所有電影中，自己最喜歡哪一部」，林回答：「《金玉良緣紅樓夢》是我比較喜歡的作品。」（見《永遠的林青霞》）

香港，大抵從《金玉良緣紅樓夢》開始，便命中注定是林青霞人生福地——台灣電影教她不斷遇上雷同戲種，香港電影雖也像荷里活般以類型片打天下，但只要女一號是林青霞，彷彿讓所有導演的使命感油然而生——不要浪費給「她」量身訂造新角色的大好良機。看，這便成就了林青霞高潮起伏的「香港時期」：從「新浪潮」有驚無險過渡至「四大天王」與「兩周一成」當道的黃金十年——郭富城是唯一沒有與她結片緣的名字，但真要在過去的片目中選一，他未嘗不可以是《今夜星光燦爛》（1988）中的吳大維（兩人只差一歲）。

香港既是「鑄劍」的所在，若真要在林青霞拍過與沒拍的電影中重尋一部「代表作」，何不走進時光隧道，回到她有機會拍下第二部香港電影的一九七九年？據林引述：「其實，她（許鞍華）開始拍《瘋劫》之前，我在機場和她有過一面之緣。當時我正在回台灣的路上，她在機場等我。我們坐下來，她告訴我《瘋劫》的劇情，問我有沒有意願演出。當時我檔期全滿，又沒什麼興趣拍驚慄片，所以婉拒了她。後來這部片子上映，我聽説拍得非常好，在那之後她又拍了好些佳作。我有點兒後悔當初拒絕了她，於是她再度找我拍電影的時候，我欣然接受。」（《永遠的林青霞》）

《瘋劫》是我最喜歡的許氏作品，當年趙雅芝的角色假如換了林青霞，那將是她和張艾嘉的二度合作。片中的張是個旁觀者，林則是一段迷離撲朔戀情的暴風眼。好一部《理智與感情》的驚慄版，很可惜，只能投影在我們的想像天空上。

◎ 林青霞 2

性感是靈感

拍過一百部電影的林青霞，感喟未有一部「代表作」。是耶？非耶？縱然，作為電影愛好者的我並不對此完全贊同，但站在一代巨星的角度，有此過去未完成的慨嘆亦不難理解——這是典型的「人有悲歡離合，月有陰晴圓缺，此事古難全」：既是演員，又是明星，乍看是一把刀兩頭利，真要做到福慧雙修者，更多時候反被綁手綁腳，是名副其實的吃力不討好。

在外國影壇，兩個身份放在一個名字上的化學作用不會互相排斥，但在華人娛樂圈中，演員之所以更被推崇，演技上的「真材實料」可以只是掩護色，全因明星不能沒有的條件，更易觸碰大眾的道德神經——由性感到犯罪感。理論上，沒有明星不是性感的，就等於，希臘諸神沒有一個不是誘惑性的，哪怕燕瘦環肥各適其適。慾望，是讓神話誕生的種籽，而明星便是現代人的諸神，他們的故事，莫不是充滿教人既羨且妒，既愛且恨的人之慾。只不過，我們的傳統除了重視實際，更不能有失體面。是以明星在推動文明上作出的巨大貢獻，常常被縮水成不合比例的他或她露了幾多點，與衣服脫了多少還剩多少。

我們的「性感偶像」不會成為人民的驕傲。所以，我們不是沒有瑪莉蓮夢露，不過，「她」的自我必須強大得能夠對抗主流社會對「性」，特別是「女性的性」的潛在控制慾、忌畏，與敵視。在此前提下，《笑傲江湖 II 東方不敗》(1992)絕對是林青霞的「代表作」——重點不全在於片中的她——是明星一面：即形象；抑或演員一面：即實力——那個更勝一籌，卻是對於對導演徐克的影響力，「他手上有一張青霞穿一身紅的照片，一直刺激著他的創作靈感。照片裡青霞的造型驅使徐克替青霞構思一個拍片計劃」(施南生語)。唯有林青霞，能讓徐把對自己的「想像」——超越單一性別——寄託在她所化身的角色上。再者，東方不敗之前有《刀馬旦》(1986)的易裝軍閥女兒曹雲，東方不敗之後，在王家衛的《東邪西毒》（1994）中有孿生兄妹慕容嫣和慕容燕。上述三部皆屬傳世式港產片，既是走進殿堂，身為掛帥的林青霞，當然居功至偉。可是，商業電影就是容易做成盲點——女明星的「武器」——性（感），總被貶謫為刻意經營而非慶祝其得天獨厚，故此當「她」的成就與其天賦不可分割，大眾便會得出以下的結論；取悅觀眾的，不過是「商品」。

由此推論，林青霞要真認為生平欠了一齣「代表作」，可會是源於名下的大部分電影，均在價值上有著商業強於藝術的共通點？

但有些人天生就是「藝術品」，不論命運如何擺佈，他或她的人生際遇，就是很難平凡和庸碌。而性感之於「藝術品」就如才華之於「藝術家」，不見得當事人從一開始便懂得怎樣把它靈活善用以至利己利人。林青霞的一百部電影給華人影史留下劃時代的「性意識史」，當中由一個十七歲女孩在街上被星探發掘，到從影二十年，闊別銀幕二十年後的今日，再次面臨是否或該以什麼形態復出的歷程，無不反映現代中國女性對於情和慾的自覺與自主的演變。

個人認為，我們若是需要電影版的《林青霞傳》，便是要從她的「性意識史」中受到啓蒙——雖然，在她電影生涯的不同階段，她與「性感」這個名詞每每是「那麼遠，這麼近」。

譬如，如果不是出自林青霞口述的回憶錄，以下一則軼事，還真不為人知。

「拍完第一部片子後，邵氏兄弟電影公司台灣區經理馬先生找我談，提出一紙八年合約。我說：『八年！那太久了，我不想在拍電影上頭耗那麼多時間。』他說：『過幾年你長大了，說不定我們可以安排一些比較「性感」的角色給你演。』」*

換了任何一個羽翼未豐的小丫頭，生活中打扮得再似少女雜誌的模特，並且不介意讓撩人的青春感染周圍，也不見得會不被霎時一句「你的前程叫性感」嚇一跳——即便那是一種恭維。只是稱讚一個人「性感」，到底不同把「性感」當成一件衣服，老早設計好了，然後告訴她：就等你長大了把它穿上。難怪少不更事如一九七三年的林青霞也理直氣壯得很：「我才剛滿十八歲，沒有任何理由能說服我做準備去演什麼『性感的角色』。」

第一部電影通常被稱為「處女作」，碰巧林青霞初試啼聲的這一部又是爭議性十足。與同年代的台灣鴛鴦蝴蝶派電影不一樣，《窗外》（1973）不是以俊男美女，才子佳人招徠觀眾。相反，片中有著師生戀情的男女主角，因為飾演者中一個是新人，一個是性格演員，光看陣容已與浪漫無緣卻跟「不倫」有親。有趣的是，若論「性感」，禁忌往往要比浪漫來得強烈，更何況，女學生奉獻給比她大上二十年的老師的初吻，還要透過已被標籤純情新人的林青霞現身說法，被放大在銀幕上？

毫無疑問，「清純」根本是性感的眾多形態之一。故可以說，語出驚人的「馬先生」，當年也並非全然無的放矢而是確有「先見之明」，但我們還是慶幸林青霞沒有簽下一紙向「性感角色」揮軍進發的合約，而是藉人生體驗，逐步把性感在星途上釋放和發揮。即使曾經走得那樣步步為營。

林青霞憶述：「(《窗外》)劇本初稿送到我家時，我母親和我把所有的吻戲統統刪掉了。」後來不想拍還是要拍，「我像個木頭似的，胡奇(飾演老師的演員)人很好，他耐著性子引導我，他說你只要把眼睛閉上，嘴唇微微張開，頭維持在這個角度，這樣攝影機才拍得到你，剩下的交給我，真的很好笑。」

更出人意表的是，第一次拍電影的她也懂得亮出「清場牌」，而且是針對一個人的「特別牌」——與她一同被星探發掘演出的同窗兼閨密張俐仁，就在林青霞拍那場吻戲被要求離開。

「她很生氣。我就是沒辦法在自己的朋友面前拍吻戲。」林說。

* 文中引述來自《永遠的林青霞》

◎林青霞3 性魅力是迷魂煙

在她主演的《美人計》中，英格烈褒曼是這樣出場的：一九四六年，因父親被判是德國間諜，她所飾演的亞莉西亞背負叛國者女兒之名步出法庭。沒有台詞，只有在人叢中露了一面的鏡頭。頭戴帽子的她，明顯地不安、緊張，但又強作鎮定——你別說，真像早年在某些記招，或類似場合出現的林青霞。

但更人有相似之處，還在後頭——還是，希治閣拍於他四十六歲，被高度評價為「藝術生命中的分水嶺作品」——基於敘事技巧的成熟，又是將才華的全部傾注在創作愛情故事的首次——本來就有著某些「林青霞成份」在內。所以，假若一個導演一個演員不是時空相差那麼遙遠，《美人計》於林青霞，極有可能是天造地設的一部戲。

首先，它是林青霞演過不少的三角戀愛。兩男之中，一個是把褒曼「送入虎口」的美國情報員加利格蘭，另一個是潛伏巴西的納粹餘孽哥留連斯。褒曼穿插二人之間，開始時是情不自禁愛上格蘭，後來則是接受格蘭要她色誘連斯的任務，從而刺探與搜集敵人情報。開宗明義是諜戰故事，但《美人計》在影史上地位崇高，就如影評人士所言：是希治閣才情兼備之作——「情」還有可能是在「才」之前。

「情」的意思，是片中三人的利害關係風流雲變，但在控制、背叛，取得與失去信任的過程中，所有變化都是以心為主。褒曼一開始對格蘭的熱戀，完全和任性的少女無異。格蘭對她，雖說手中無劍，心中一把卻從沒放下。直至她發現心儀的男人接近她是另有目的，無奈已墮愛河，她還是甘心當他的誘餌。片中兩段經典對手戲，先是褒曼對格蘭的「挑釁」，後是格蘭對褒曼的「折磨」。這些以情話代替「做愛」的場面，在一系列瓊瑤小說改編的電影中是司空見慣，而女主人公捨林青霞其誰？

先說第一段「愛的挑釁」，地點是里約的街頭咖啡店。於「工作」展開前，褒曼與格蘭手執一杯似在閒話家常，但一來一往全是刀光劍影：

褒：我戒酒了，感覺真的很不同。

格：是暫時的吧。

褒：你認為女人改變不了嗎？

格：當然能變，好玩嘛，就一陣子。

褒：你這個爛人。

格：好吧，你八日滴酒不沾。據我所知，你也沒有結交什麼新相識。

褒：這不算什麼。

格：八日，把舊賬全翻新了。

褒：目前的我很快活，你為什麼不讓我快活？

格：沒人攔著你。

褒：你為什麼不讓你的警察腦袋瓜稍事休息呢？每次你看著我，我都猜得到你在想：騙子永遠是騙子，妓女永遠是妓女。來吧，我讓你握住我的手，放心，將來我不會為這個敲詐你。你害怕？

格：我一直都有點怕女人，可我總算克服了。

褒：那你是怕自己了。是怕你會愛上我？

格：愛上你並不難。

褒：那你要當心，當心點。

格：你喜歡尋我開心是嗎？

褒：（燦爛地笑）不，我是在尋我自己開心。我假裝是個心中裝滿鮮花的天真爛漫的小姑娘。

格：挺美的夢，之後呢？

褒：（無語，烏雲在面上掠過，才強顏歡笑）我想再來一杯。

格：我料到你改變不了。

褒：（面上一陣得意）來個雙份。

格：那好，我們都來個雙份。

褒：（忽爾消沉）你幹麼不信任我？哪怕一點點，為什麼？

【鏡頭接上諱莫如深地喝酒的格蘭】

雖知道在彼此心中的地位，偏要一攻一守壁壘分明。下一場戲二人來到山頂散步，褒曼終於使出「破釜沉舟」，教格蘭不得不把唇吻在她的嘴上，制止傷害自尊的話繼續從她口中吐出：「你是怕人家會取笑你，情場老手居然愛上不值一提的女人。可憐啊，愛上糟女人有多糟糕……我真對不起你……」

希治閣與瓊瑤電影中，相愛但又諸多誤會的男女主角，都會為面子問題針鋒相對。最大的分別是，如果《美人計》中的英格烈褒曼由瓊瑤來寫，她將不只在對白中多次喚起男主角的名字，卻是連名帶姓叫了一次又一次。除此之外，我覺得把林青霞放在褒曼的角色裡讓她演出《美人計》，亦有另一番味道——不論與原版出入多少。只是或有人會說，應該不是瓊瑤電影時期的她：太年青了。

褒曼在演出亞莉西亞時三十一歲，三十一歲的林青霞拍了與譚詠麟攜手的《君子好逑》，片中仍是大學生的她，蹦蹦跳與牛仔褲的少女形象與雍容華貴的褒曼尚有距離。倒是到了《夢中人》，以至《驚魂記》，甚至是拿下金馬影后的《滾滾紅塵》之後的林青霞，肯定能令經常心如鹿撞的女間諜在她身上更形神合一。

另外一段，是二人在馬場上的「巧遇」——假匯報工作之名，褒曼用激將法引起格蘭的莫名妒忌，中計的他，不惜以狠心話回敬：

褒：跟我逢場作戲的人中，你可加上 S 君的名字。

格：你好有工作效率。

褒：那不正是你要的嗎？

格：……男人不能要女人去做什麼，除了她自己，你的小把戲差點讓我相信女人。我沒有阻止你向他投懷送抱，是底線該由你決定。

褒：我懂了，那是你對我的愛的考驗，你從來沒相信過我的感情。

格：還好我們兩個都沒有相信。我就知道當你挺不過去了，就會把任務轉移到「愛」的頭上去。反正，你已得到你的新男友，還有什麼好擔心？

褒：我恨你。

格：別哭，你的心上人來了。

身為演員，天賦重要，可是機緣也要配合。林青霞不是沒可能遇上《美人計》的中國版——《色，戒》就是。要是有誰能把時間變出魔術，讓李安在尋找王佳芝的時候，剛巧也是林青霞最像英格烈褒曼演出亞莉西亞的時候，她所期盼的「代表作」，可能便會應運而生。是的，某程度說，所有林青霞演過的「愛情」得出的總和，可以是一部《美人計》——一言蔽之：意亂情迷。

◎ 林青霞 4
性意識是曼陀羅

林青霞兩次與王家衛合作的電影——《重慶森林》(1994)和《東邪西毒》(1994)——都有一共通點：她負責「打頭陣」。

《重慶森林》一前一後兩個故事，林青霞演出第一個，電影甫開場她便亮相，背景是金城武追兇中的重慶大廈，跳字鐘由晚上八時五十九分跳至九時正，頭戴金色假髮，面上架了墨鏡的她，被擦身而過的金城武撞到，畫面就在她失去重心的一刻定格，旁白同時響起：「我們最接近的時候，我跟她的距離只有零點五公分，五十七個小時之後，我愛上這個女人。」畫面隨金城武話音落處淡出之前，林青霞回復了動態，有點驚魂未定地，她向觀眾這邊看過來。

憶述第一次拍王家衛的電影（作為編劇與演員，兩位在《君子好逑》（1984）已曾合作），林青霞說：「一開始我的角色不是那樣子的。他們本來要我演一個過氣的大明星……」這說法後來得到王家衛的證實，在《重慶森林》製作花絮中，他親述原先構想：「大廈內有一批懷疑販毒的印度人，為了不向警方投降挾持了若干人質。而他們答應釋放人質的條件，是要求與一息影女星會面。女星名叫『慧雲李』，退休後白天的她沒有什麼特別，不過是吃吃下午茶，惟是一到晚上，戲癮發作便扮鬼扮馬。警方因無法聯絡到她，便派一青年幹探與她周旋。」

從貼在 YouTube 上的「被刪片段」看來，同一個造型的林青霞果然不是飾演公映版本中的「殺手」。首先，她與金城武的對手戲比較像「歡喜冤家」——在超級市場裡，他請求她去見「搞不好可能是影迷的印度人」，她則向他質疑「影迷？你想我會在印度有名嗎？」加上「他們每個人手上都有槍，萬一有什麼危險，我有什麼保障？」得出的結論：「現在問題不是誰想見我，是我想見誰。現在我是誰都不想見，包括你在內。」林青霞把這句急口令講得快而準——本來很有「傳世」價值。

接下來，金城武繼續鼓其如簧之舌，實行「二仔底死跟」。在銀行櫃員機前，他把「好市民獎」當魚餌但魚沒有上鈎。地下鐵只有二人的車廂裡，詞窮的金打盹睡著了，林放下任天堂露出對他有好感的微笑。「後來她答應了這警察，她會去重慶大廈……」王家衛這一秒說，「但結果還是沒有去。」下一秒已改變主意的，是「過氣明星」，還是分分秒秒腦筋急轉彎的王導演？

林青霞在回憶錄中受訪時說：「只有王家衛知道劇情會朝哪裡走……他會說明整個情境。我們要在毫無準備的情況下，把戲演出來。」只是，戲有時不是「戲」，是「表演」，像 YouTube 上林青霞為《重慶森林》「對口型」演唱《明星》一幕——身穿黑色低胸肩帶類似襯裙，挾香煙的手輕撫懷舊咪高峰，配合歌詞如「當你見到天上星星，可有想起我，當你記得當年我的臉，曾為你，更比星星笑得多」，「息影女星」的身份便顯得「疑幻疑真」——到底林是在演繹角色，還是，借角色呈現某種心境？

「結果還是沒有去」，即閉門脫下假髮，借著別人（葉德嫻）的感傷抒發苦悶——當把歌詞如「可有記得當年我的臉，曾為你，更比星星笑得多？當你記起當年往事，你又會如何，可會輕輕淒然嘆喟，懷念我在你心中照耀過？」唱罷，原唱歌手的歌聲並未終結，但「息影女星」已不再陶醉在「扮演」裡，反因終於與一直凝視著她的「鏡頭」對望，重拾遺失已久的自覺。那刻的她，閉目、低首，教鏡頭不忍地移向化妝枱上被她用來遮掩真身的金色假髮。

對比公映版本的《重慶森林》，「慧雲李」在這一段的戲份要比金城武的「青年幹探」來得重，更因寓意明顯而使故事更完整。但公映版則無疑比刪剪版更具商業元素——大量動作鏡頭增加官能刺激外，讓金城武以追女仔方式對女殺手窮追不捨，當然也比要求觀眾探索「美人遲暮」的心境容易看得多（對年青觀眾）。何況若傳言屬實，林青霞在飾演「慧雲李」時不只咪嘴唱《明星》，她還與電視機裡的慧雲李同步演起經典名片《慾望號街車》。「冒牌」與正牌的布藍青飈戲？天差地別在於，慧雲李的對象是馬龍白蘭度，林青霞的對象，是自己。

林青霞兩次演出王家衛的戲，幾近都是與自己演對手戲。《重慶森林》公映版把角色改成她是開槍不眨眼的殺手，是以在她所佔的三十四分鐘演出裡，雖也被金城武窮追不捨，但人物的心理隨著身份改變，戲份輕重也隨而逆轉。現在看來——不，歷史已經印證——集體記憶中的《重慶森林》的第一段，林青霞更接近是「客串」，金城武才是「主角」：電影以兩個警察，一個便衣（金）和一個軍裝（梁朝偉）的奇遇串起有關「失戀」的主題。於是，兩位令男主角（也是觀眾）把幻想投在她們身上的「神秘女性」便有不同待遇：王菲飾演的「王菲」雖也有大量潛入梁朝偉家中替他「執屋」的獨腳戲，但「仙女」合該從天而降，不似「殺手」的來龍去脈，若沒有足夠的交代，觀眾看見的林青霞，便只有不停奔走的「疲累」。相反，在《重慶森林》第二段中，梁朝偉變相把「主角」讓了給「王菲」，因為大家就是喜歡看見王菲輕輕鬆鬆的 be herself。

假設「慧雲李」沒有被「殺手」取代，那林青霞在《重慶森林》中，也將會被看成是 be herself 嗎？至少，導演的意圖是有跡可尋。只不過，「慧雲李」作為「息影女星」的「自閉」肯定不及「王菲」的「自 High」討喜——儘管兩者均是一樣的「自娛自樂」——誰叫「痛苦」總是趨向教人思考？

偏偏，林青霞在王家衛作品中的獨腳戲，主題都是與「痛苦」埋身肉搏。作為暫別銀幕的「息影」之作，《東邪西毒》中的慕容燕愛上跟他「開玩笑」說愛上慕容嫣的黃藥師，而慕容嫣又極度恐慌黃藥師最愛的女人是桃花，而這對兄妹其實是同一個人的性別錯亂。如此苦苦糾纏，弄慘了要把他們的恩怨情仇集中在上半身（更多是特寫）表演的林青霞。

一個人演啊演，使我想到《重慶森林》中的「慧雲李」——兩者的「銀幕時間」，同樣在半小時內戛然而止。

◎ 林青霞5 性向是破音字

在《重慶森林》刪剪版中，金城武的青年幹探苦苦癡纏息影女星林青霞，為了要她答應到重慶大廈與脅持人質的印度裔匪徒見面。原先堅持不去的林，在一個她微笑看著累極睡倒在地鐵車廂裡的金城武的畫面後，導演王家衛的畫外音響起：「後來她答應了這警察，她會去重慶大廈。」緊接一鏡，是金城武在中環安蘭街一座二十年代中西合璧洋樓下呆等，從吊臂鏡頭高處望下來的金城武異常無助——林對他的仁慈只有一瞬，改不了他被王家衛宣判的命運：「但結果還是沒有去。」

大明星放了青年幹探的鴿子。

但在林青霞第二次與王家衛合作的《東邪西毒》裡，輪到她被人放鴿子。這一次，一樣是旁白宣判她的命運，不過聲音的主人，換了是張國榮飾演的歐陽鋒。

電影開場不久，荒漠中開酒館的歐陽鋒，迎來一年只見一次的黃藥師，黃喝多了名叫「醉生夢死」的好酒不再清醒。依稀覺得來了一個女子撫了一把他的臉。第二天，歐陽鋒看著伊遠去的背影，說「一個月後，黃藥師去了一個很遠的地方」，並暗示黃與朋友妻有曖昧。既與女人結緣又結怨的黃藥師，在經歷與桃花相對無言，又對桃花的丈夫夕陽武士勸飲忘情酒的兩段戲後，遇上被質問「你到底是男還是女」的「堂堂大燕國公主」。對方劍一出鞘，黃因全沒防備被刺傷。歐陽鋒旁白道：「年輕時的黃藥師放蕩不羈，很容易讓人喜歡他，他也傷害人。那一晚他差一點死在一個人手上。」那個人是後來上門對歐陽鋒稱「不惜任何代價也要讓黃死得很痛苦」的慕容公子後人慕容燕，原因是「他為了一個女人，拋棄了我的妹妹」。

羅生門的故事換了歐陽鋒的角度來說，黃藥師惹禍上身，是他跟「慕容燕」開了不該開（出於「不羈」但又很 gay）的「玩笑」：把男裝打扮的慕容燕端詳得恍若眼前人是天仙下凡不止，還伸出手去摸他的臉，邊說：「如果你有一個妹妹，我一定會娶她為妻。」「玩笑」聽在「美男子」耳裡，他手邊的一隻筷子同時落地。才一低頭把筷子撿回，面上仍然水不揚波，頭與視線一樣低垂，但不影響口中那句話的堅定：「好，我們一言為定，你千萬別後悔。如果你後悔，我一定殺了你。」

「之後他們定了個日子，約好在一個地方見面。結果，黃藥師沒有去。」歐陽鋒的口脗，完全就是《重慶森林》評論聲軌中的王家衛。

這時候，被我早已忘卻的一件事忽然復活：在看過《東邪西毒》後，我對王家衛導演說的第一句話是：「張國榮是在飾演你嗎？」歐陽鋒的「置身事外」，就如說故事的王導演。事過情遷，重看《東邪西毒》後的我，覺得大可把當年的話引伸為一種解讀——必須要有歐陽鋒式的敘事風格，黃藥師的故事才成「傳奇」；而又必須有黃藥師的「傳奇」，歐陽鋒作為說故事的人，才能成為「大師」。

歐陽鋒與黃藥師，根本是一個人的分身。同樣，慕容燕與慕容嫣，又或《重慶森林》中的女明星與女殺手，無一不是以互換位置把一個遊戲玩個不亦樂乎。

它，是自己跟自己捉迷藏。

談到《東邪西毒》時，《永遠的林青霞》中的林青霞說：「有一次我們在大陸出外景，才聽説整個劇情都改了。」而且先前拍出來的東西全部作廢……這種情況，對我們演員來説是很難受的，令大家士氣低落，因為，你每一次站在攝影機前，心頭總懸著一個大問號：「這場戲派得上用場嗎？」我們必須不斷克服內心的障礙，拿出最佳表現。

其中的磨難，肯定也是「一而二，二而一」——導演折騰演員，導演也在折騰編劇自己。表面上是為了把故事説得合情合理而昏頭轉向，但在大部分作品也由王家衛自編自導的前提下，他似乎是「沒有選擇」：主動編織故事的「編劇」——也就是站在「追」的位置上的人，原來最想達到的目的，是「逃」——即做個不為劇情綑綁的「導演」。要在理智與情感中二選一，王家衛的矛盾，可能就如傳説中《東邪西毒》的「原來構思」：一個男人，清醒時想逃避窮追他不捨的女人甲，睡著了做夢，又慘被女人乙苦纏不休。

所有的 drama，説到底，皆來自他不知該如何把情感的「支票」兑現。

然而在王家衛電影中苦不堪言的，往往不是男人，卻是女人——張曼玉在《東邪西毒》的壓軸好戲，預告了《花樣年華》在六年後的到來。林青霞呢？片中飾演精神崩潰邊緣的「中性人」的她，也是三年後《春光乍洩》中張國榮的原型——如果說，永遠焦慮不安的何寶榮是變種的慕容燕／慕容嫣，便怪不得飾演黎耀輝的梁朝偉是如此處變不驚——「男人」，都會遺傳了歐陽鋒／黃藥師的性格基因？

不論是燕是嫣，林青霞在《東邪西毒》中說得最多的台詞是「我想你幫我殺一個」、「只要能夠殺了他」、「我要你幫我殺一個人」、「我本來想殺了她」——印證了「男人」（張國榮／王家衛）在她／他身上看見的脆弱：「不論她的身份是哪一個，都躲藏著一個受了傷的人」，因為最讓她恨之欲其死的人，是被拒絕的自己。

不少觀眾被《東邪西毒》的兩段咏嘆調打動，一是慕容燕／慕容嫣挨在牆邊背對只是剪影的黃藥師／歐陽鋒一字一句自我凌遲（「你一定要騙我，就算你心裡有多麼不願意，你，也不要告訴我你最喜歡的人不是我」）；另一段是張曼玉在片尾哭到肝腸寸斷（「以前我覺得那句話很重要，現在我覺得講了出來便是一生一世，但現在想想，講與不講也沒有分別。」），異曲同工借語言對自我施以酷刑的二人，就這樣陰差陽錯地圓了王家衛最早的「惡夢」——「東邪」和「西毒」，是令男人活得無助又內疚的一個女人的人格分裂。

導致她們一分為二，乃由於：被男人放了鴿子的女人，總有一個在天涯海角的追，一個在天荒地老的等。

同場加映

◎ 封面男神爭艷——陳厚、王羽、姜大衛、狄龍

電影雜誌如《國際電影》和《南國電影》的封面，為何總是陰盛陽衰？

首個男明星封面出現在《南國電影》創刊35期後，萬紅叢中一點綠的，是陳厚（1961年2月號）。第二個男明星封面，卻讓人等到變成長頸鹿——當王羽在一九六八年二月號亮相《南國電影》封面時，已是七年之後。下一位是與王羽有某種淵源的姜大衛——同樣師承張徹門下——於一九七〇年八月，當上邵氏官方刊物史上第三個男明星封面。再一年後，即一九七一年的九月號，第四個《南國電影》

的封面男郎才告誕生，他是狄龍。

七十年代「陽剛時代」君臨邵氏，武俠片、拳擊片、功夫片、警匪片洶湧而出。男明星正式在雜誌封面上與女明星分庭抗禮，貌似勢不可擋，但若細心觀察，不難發現時移世易雖是無可避免，然而，男明星作為「封面」的功能，即便肯定不是立竿見影——成功達到「引起慾望」的效果——就連最基本的，要能延續幾世代的女明星們的歷史使命，也有一段距離，因為：

（一）「時尚」在一張男人的大頭照上並不明顯。就算有，也是陪襯，多於主菜，不似女明星身上放得下大量「符號」，並且可觀。譬如髮型的「梳得起，放得下」、「既能長，又可短」，又或服裝的「密實有時，涼快有時」。也即是說，（二）當年的華人男明星，仍未像今天般，已能與女明星平起平坐，並列「性感偶像」的封神榜上。但這並不是說陳厚、王羽、姜大衛、狄龍，以至八十年代輪番登上《南國電影》封面的邵氏男星，如陳觀泰、羅烈、劉永、爾冬陞和傅聲等，不能各自以眉目和讀者、戲迷傳情。相反的，每人各擁性感的簽名式，又或，他們之所以走紅，自是有著理想男性該有的某些特質：陳厚的「官仔骨骨」象徵「紳士風度」，即便有人認為「油頭粉面」不太「可靠」，只是他生有一雙厚唇，看上去又扳回「誠信」的分數。

嘴唇薄薄一片的，是王羽。但配上象徵性格的單眼皮小眼睛，他有著當年一眾外型憨厚的男明星所無的「青春」。更何況，一柄裝上滅聲筒的手槍握在手裡，又添一重弦外之音？王羽的這張「封面」，是《亞洲秘密警察》的造型照。片中與他配戲的除了方盈，還有多位日本男女明星，參與跟「國際陣容」無異的卡士，身材雖不似當時得令的 007 辛康納利魁梧，但，一臉冷峻，確使他在國語文藝片小生中傲視同群。

再下來是姜大衛。憑《報仇》一片成為香港首位「亞洲影帝」。大大的獎座放在面前與他搶鏡頭。還好，身上的「透視」襯衫，頸上繫著小領巾的造型，配合他的招牌長髮，足以教人刮目相看。與狄龍被打造成兄弟檔，合作無間的二人，氣質上卻是兩種「天氣」——狄的陽光與姜的沉鬱——而張徹刻意拉遠他們戲路上的距離，目的是讓兩人的形象更加對立鮮明。「姜不離狄，狄不離姜」，照說大可貫徹到《南國電影》的封面上，只是一部《報仇》讓姜大衛的影壇地位一夜擢升，變相提早拆散了這雙最佳拍檔。狄龍單人匹馬「登封」是一年後的一九七一年九月號，若說前後兩個封面哪一個更見性感，現在看來還真高下難分：狄龍美在英氣俊朗如旭日初升，而姜大衛，則以二十三歲之齡示範了「成功」。

成功和「性感」的千絲萬縷放在男性身上，又比「時尚」、「健美」來得更「萬無一失」——男人自然羨慕男人出人頭地，女人，則只有更把垂青慧眼放在男人的真本領而並非有幾秀色可餐上。

女人要在男人身上看見單純的「性慾」，畢竟是要經歷時代的洗禮——對比七十年代《南國電影》男明星封面的鳳毛麟角和風格保守，四十年後的今日，這些玉照無疑已是古董文物多於「慾望圖騰」——可是，男人要在女人身上滿足純粹的性投射、性幻想，任何時代的文化都沒虧待「雄性」的需要。正因如此，針對讀者以女性為主的《南國電影》，男明星們便毋須把心思放在該如何眼角含情、搔首弄姿——一張照片的意義不會多於一張照片，恍如它隨時可以是為申請護照而拍。

女明星當然沒此特權。封面上的她們穿得再密實，表情再含蓄，舉止再優雅，還是得或明或暗傳遞「調情」或「挑逗」的「密碼」。沒有一期《南國》封面會要求一位男明星像胡燕妮般被攝影機以高角度取鏡，拍下她如雲秀髮瀉滿一「床」，目的是讓海棠春睡的美人圖變成直立照後，她的一顰一笑更能令人想入非非。也一定不會有男明星會被要求如第十一期的李麗華般，側著身子，卸下半邊香肩，讓她一頭長髮如瀑布般映入眼簾。

而打破上述刻板觀念的封面，終於要到一九七二年才曇花一現，它也是《南國電影》有史以來唯一一張出動三大女明星的全身照封面：何莉莉、凌波、李菁，昂首闊步走在尖沙嘴彌敦道半島酒店外，攝於她們出席《十四女英豪》宣傳活動的前後。

相中的何一身歐陸風打扮，李菁是紮染 Maxi 裙，凌波是「空姐 Look」——若你問我，《南國》出版以來沒有封面能比這幀「三人行」更性感：它乃最早出現的「街拍」時裝照，相中三人特立獨行，猶如預言了新世代女明星們「被看」的方式將面臨翻天覆地的改變，從而引證《南國電影》的歷史使命已經完成——走到現實中的明星還是明星，才見真正時尚。

故此，這個封面才會更像另一本邵氏官方刊物：摩登氣息強烈得多的《香港影畫》。

◎ 關山 1 成就大女明星的 Larger than life

六十年代國語片中的愛情電影是「姊弟戀」的天堂？

上述問號不難印證，因為例子不勝枚舉——葛蘭、葉楓、李湄，還有林黛，這些大女明星們身旁一站，當年有哪位男明星能不成了「鄰家男孩」？經典之最，當數「三星伴月」的《星星月亮太陽》和「一心二用」的《藍與黑》。

林黛遺作《藍與黑上集》的高潮戲之一，是她與養育她成人，但對她諸多管制——應該是歧視——的姨媽（歐陽莎菲飾）鬧翻後，提了皮箱離家出走。戲中被污名化為「時髦」、「浪漫」的唐琪（林黛飾），熱情奔放，大膽率真。對長輩，不會屈服於威權，對愛情，不會順應於傳統。敢愛敢恨的一個少女，衝出樊籠第一個要找的，當然是愛侶。但唐琪追求的，不是從一雙保護她的羽翼跳到另一雙去，因為他的愛人還是需要被照顧的一個「小弟弟」。她愛他，第一是出於「同病相憐」：兩個人自幼痛失父母，一樣寄人籬下。第二，他雖年紀比她小，她覺得她能鼓起勇氣獨立，他又有什麼不可能的？

於是，她把名叫張醒亞的小弟弟約了出來見面。可能是太被興奮的心情——馬上，她和他都可以「自由」了——沖昏頭腦，也矇住眼睛，唐琪竟絲毫不察覺張醒亞來到她面前時，臉上一片的愁雲慘霧。他，自小由姑媽與姑丈撫養，對於養育的恩德，他不似唐琪對姨母那樣放得下。她與唐琪的往來，本來就被家庭反對，唯一暗中支持他的，是最愛惜和經常給他出主意的堂姐慧亞（于倩飾）。如果沒有慧亞的鼓勵，張醒亞甚至未必懂得怎樣與唐琪交往。當唐琪雀躍地在電話裡約會張，她不知道的，是這個躊躇滿志的「大姊姊」已經嚇怕了不知如何是好的「小弟弟」。

「小弟弟」接了電話說：「琪姊，你在哪兒？表姊跟姑媽買東西去了，劉媽（傭人）也不知道上哪兒去了。就我一個人在家。我們在外約個地方見面，好不好。（提議前掩了話筒往身後看，怕隔牆有耳）」「大姊姊」說：「不，我到你那兒來，我來幫你收拾東西，讓你馬上跟我一起走！」那邊廂擲地有聲的話音才落已把電話掛上，這邊廂小弟弟急喊一聲「琪姊」也來不及把她喊回來。

「我來幫你收拾東西」，何其似曾相識的一幕「郎情妾意」。那是張愛玲《半生緣》中顧曼楨在認識沈世鈞後他第一次回南京的前夜。顧上門去看寄居在同事許叔惠家裡的沈，沈聽說顧的登門也心中一愣——在三十年代的中國舊社會，男女交際不能不避嫌。晚上隻身專誠拜訪已夠曖昧，還要孤男寡女共處一室，後來女方更坐言起行，替男方整理行裝。沈世鈞的性格說是「害羞」，其實是保守。顧曼楨的主動相對沈的靦腆，當然可以用進步形容。

唐琪則還要比顧曼楨「強勢」得多。光看在電話上不給對方拒絕的機會已可見一斑：「讓你馬上跟我一起走！」「跟」通常是「女前男後」的關係模式，但當「大姊姊」與「小弟弟」在一起時，連戀愛也變成某種的「家家酒」遊戲——如果男方不會玩，他照女方發施的號令執行便是。

張醒亞許是怕唐琪真會登堂入室，便老早站在家門外拐了彎的小街上等。坐著人力車，唐琪來了。下了車看著面容俊朗的「小弟弟」、「大姊姊」也笑靨如花。反而他懷中滿滿是難言之隱。這一幕，什麼話都還未開口，已經很「樓台會」，只是性別顛倒過來——唐琪是「梁山伯」，張醒亞是「祝英台」。

他把她領到幽靜的碎石路上。

唐：從現在起我獲得自由了。我在醫院找到一份工作，在廣慈醫院做護士，我們去找一個房子，從此可以住在一起，高興嗎？

張：（低頭）高興。

唐：你的東西收拾了沒有？

張：（抬頭）我⋯⋯還沒有。

唐：（鏡頭推到失望又疑惑的唐臉上）⋯⋯為什麼？你為什麼不講話？不願意跟我走，是不是？那你應該早一點老實的告訴我呀。你根本沒有準備跟我一起走，是不是？

張：不是，琪姐，我想跟家裡人商量商量。

唐：商量，你猜你的姑父姑媽會答應嗎？

張：也許會的。

唐：做夢！

張：請你相信我，我是愛你的，不過總該讓我考慮考慮。

唐：你既然愛我，為什麼還要這樣鬼鬼祟祟的？我是個女孩子，考慮的應該比你多，可是我都做了。

張：（掩面痛哭失聲）

唐：醒亞！難道我是來引誘你，拐騙你的？

張：琪姐，不……

唐：你究竟跟不跟我走？難道你忍心看著我孤軍奮鬥、全部失敗？難道你忍心看著我受高家一伙人的氣？你應該記得，你跟我都是孤兒，我們自己刻苦謀生，要比靠別人強得多！

張：（忽然發難，拔高聲音吼叫）可是！你要替我想一想！我們這樣做，姑父和姑媽會有多傷心，我怕……

唐：怕這個！怕那個！什麼都怕！就是不怕刺傷我的心！就是不怕你自己良心受責備！

張：琪姐，我是愛你的。

唐：（摑張一記耳光）我光要你嘴皮上愛我有什麼用？！（掉頭就走）

張：（哀求）琪姊，琪姊，我是真心愛你的，我是真心愛你的。

唐：（回心轉意奔去吻張）我知道你是真的，也許你還小，也許不是你的錯，你想一想，明天給我通電話……

距離《藍與黑》面世的一九六六年至今已近半世紀（四十八年），撇除對白中的情節部分，它的精神已貫徹在今日典型都市男女關係之中：「姊弟戀」固然普遍，意志力上「女強男弱」的現象也平常不過。這兩者加起來，使扮演張醒亞的男演員因多了一份與現代人的親近而格外教人懷念——除了《藍與黑》，還有在《不了情》、《故都春夢》、《紅伶淚》等代表作中，把「長不大的男孩」特質發揮得淋漓盡致的，在二〇一二年十月一日過世的關山。

◎ 關山 2 成全大女明星的寧為玉碎

言情國語文藝片在六十年代末的香港開到荼蘼，從歷史角度看來，是張徹以「新武俠世紀」的陽剛風暴席捲了強弩之末的「大女明星時代」，不過，客觀現實背後，更有趣的應是人心改變：「男人」，不願再在大銀幕上扮演「雄性女主角」來烘托「女人」的「雌性男主角」了。

「雌雄」和「男女」，從來有著生理和心理的區別。生為男或女，由基因和性徵決定。可是，心態與行為上孰雌孰雄，便不是理所當然以性別定義所能解釋。乍聽有點複雜，其實生活中的例子不勝枚舉：多少人的家庭裡均奉行「慈父嚴母」的角色扮演分工，以至，時下多少男女關係也不一定是男主「外」女主「內」——誰說行事作風強勢必然是大丈夫？又過去的「依人小鳥」如果是男性心目中的理想女朋友，今日，女朋友們屬意的最佳意中人，也有許多必須是對她們溫柔婉順的「南方小羊牧場」的小羊咩。

《藍與黑》(1966)中林黛飾演唐琪。這個角色放在「大女明星時代」看似是典型悲劇人物——寄人籬下的孤女，愛上比自己年紀小的男生故得不到應得的庇護，於醫院找到護士工作被院長垂涎美色，「在雷雨交加之夜不幸失身」，轉到歌台舞榭出賣色相，好不容易捱到小男生堅決不理家庭反對要與她雙宿雙棲，戰亂年代又拆散了一個被認為應完成大我，一個被說服犧牲小我的兩人。受正義之士從情場上勸退下來，唐琪把愛人送上戰場，是癡癡地等到他仗打完了，大學念過了，婚姻也失敗了一次，並且失去了一條腿，她才回到他的身邊。那時候，恍惚他和她終於是「匹配」了——除了苦盡甘來，更有一層弦外之音：他和她終於一樣，都是「殘缺」的。

但唐琪在林黛的演繹下，或在陶秦導演的這版本裡，並不因為眼淚鼻涕流了多少，便是天生的苦情花。不，從台詞到表演，林黛每次出場均給電影帶來強大的氣場——可能也是「合該如此」，情節中不是沒有小男友張醒亞給她當護花使者：她和他去溜冰，遇到小阿飛們上前調戲，他當然是挺身而出，也當然換來被揍得鼻青臉腫。只是該場本來讓林黛扮演弱女的戲，因為沒有被排在她自殺離世之前完成，所以，由「新林黛」杜蝶代上陣的效果有兩個：一是她在鏡頭前變成類似女明星在拍武打場面時所用的替身，「假人不露相」的痕跡過於明顯；二是連替身都不能説是合格：相比林黛富泰豐腴的身型，杜蝶的瘦弱，幾乎是女人與女童的差別。

是「新林黛」與「林黛」的同片出現，陰差陽錯地再把後者的女明星光環更加放大。首當其衝受到衝擊的，非與她演對手戲的「男主角」關山莫屬。

既然他飾演的是張醒亞，理論上便是「男主角」。然而這位「男主角」在性格設定上的優柔寡斷還不是令關山看上去「弱不禁風」的真正原因，更關鍵的，我會歸咎為當年的編劇、導演，都是讓女主角（也就是女明星）掌握了情感的主動權，至於男主角，任他是多麼高大英俊，相貌堂堂，在大部分時候，卻都多疑善妒，心軟耳仔也軟，加起來就是最致命的缺點：無知——假若不是只相信別人的讒言，又或過於相信眼睛看見的表象，讓女主角下地獄的連番誤會便不會「被產生」。

女主角(即是女明星)「下地獄」是讓她們(和認同她們的觀眾)變身鳳凰涅槃。這過程換個名稱，可以叫做「鋼鐵都是這樣煉成的」。林黛在《藍與黑》上集的高潮戲之一，是一巴掌雪亮地打在關山臉上，配合那個動作的台詞，是「你光在嘴皮子上說愛我有什麼用！」言下之意，是他拿不出大丈夫該有的扛上責任的肩膊。被摑的那一位，更早時候已上演「梨花帶雨」，因被「琪姐」的感情要求步步進逼得不知如何進退。「可是！你要替我想一想！」捧著一張「見不得人」的臉，他把委屈傾訴在喃喃自語中。

理直氣壯抬起頭來的，到底是身處弱勢的唐琪。只是唐琪當年被分派到林黛手上，絕對不可能是巧合。是的，「她」也可以由葛蘭、林翠、葉楓、李湄、樂蒂、尤敏，或上一輩的李麗華來演，但，即便換了即將成為紅人的凌波，或當時國泰的四小花如李芝安、張慧嫻，又或邵氏的十二金釵如方盈、李菁、何莉莉，不成氣候的效果仍是可想而知——為什麼？

道理就在，太過年輕，資歷太少的姑娘們，怎可能擔起「女明星」才是「男(雄)主角」的重任？

男明星在最輝煌的「大女明星電影」中，盡是以俊朗挺拔的外在來扮演「花瓶」——通常是花碎了一地，花瓶卻保住「屹立不倒」。「花瓶」一般用作形容戲份不多的女明星，而當花朵才是觀眾買票入場的吸引力，男明星的「花瓶」作用亦要隨著性別傳統把重要性調整。

在《紅伶淚》（1964）中，關山配搭的是另一位大女明星李麗華。二人的命運也是「棒打鴛鴦」，在女主角心生預感好景不長的一個晚上，男主角的「戲」，便只是重複說著「花瓶式」台詞：空泛的安慰。反而她決定「行動」至上：獻身。關山的表演有點像「新林黛」之於林黛，在那場女主角的「獨腳戲」裡，李麗華才是萬眾焦點之所在，女主角中的「男主角」。

李：三哥，你還沒夜宵？

關：我不想吃。香琦，你不要再想這件事了，好在他（大帥）也沒有太為難你。

李：我心裡總覺得怪彆扭的，受了委屈不能說，還不敢說。

關：世界上不平的事到處都有，也只能忍著點。

李：不，三哥。今兒晚上的事，我很擔心的，不知道怎麼的我老是往壞的地方想，要是阮寶帆（大帥）再來找麻煩，我真不知道怎麼應付。

關：有七爺在，他不至於對我們太過分。

李：七爺又不能常跟著他，這兒督軍又是他的把兄弟，誰都知道，要是他看上一個女的，絕對不會放過的。

關：那麼，他知道不知道我們是定了親的？

李：七爺告訴他啦。

關：那你還擔什麼心？

李：就怕他翻臉無情那可怎麼辦呢？

關：不會的。

李：三哥，對這種人可不能不防的。不知怎麼的，我覺得有個預兆。

關：別胡思亂想，我們就快成親了，應該高高興興的。

李：（聲線變得更溫婉）三哥，我想……

關：你想什麼？你說啊。

李：我想把我們的婚事，提早辦了，你看好嗎？

關：好，當然好，愈快愈好。那我馬上回客棧，跟二哥商量一下。香琦，我走了。

李：三哥下雨了，再呆會兒吧。

【天上打下一道雷，燈籠被一陣怪風吹滅，嚇得李麗華投入關山懷抱。】

◎ 關山3 成為大女明星的慈母敗兒

在六十年代的國語言情文藝片裡，女主角最常飾演的，是「耶穌基督」。男演員們和她們配戲，與其說是「男主角」，容許我開個玩笑，不如說是扮演被她們扛在肩上的「十字架」。而且，愈是唇紅齒白，愈教背負他的劣根性蠕蠕而行的受難者吃更多苦頭——她們的「美」——純潔——原來都是由女性以「清白」來付賬的。英雄救美，出的是拳頭。女主角救男主角，則是「我不入地獄，誰入地獄」。雖然，這類的「為愛犧牲」在六十年代的粵語片中也不乏經典：白燕、嘉玲、南紅也應不止一次被張瑛、張活游、吳楚帆、謝賢，以一疊鈔票丟到臉上，承受他「錢呀嘛，你要錢吖嘛，錢吖嘷，錢呀！錢呀！」的屈辱，只是真要說到為愛情受難的「神聖化」與「儀式化」，大片廠製作的成品到底是製作成本較低的粵語片難望其項背——彩色弧形闊銀幕在「視野」上遠勝黑白方塊，女明星男明星的行頭、氣派，又在「豪華包裝」上更上層樓。

回顧國語文藝片小生中最能讓女明星把「救贖」精神發揮得淋漓盡致者，當數關山——同儕之中，沒有幾位的「純潔」可以和他媲美。邵氏之中，趙雷是「憨厚」，陳厚是「世故」，至於國泰，張揚是「公子」，雷震是「書生」，惟有關山的一張臉，是嬰兒般真情流露白璧無瑕：讓多少女性的「母性」都被引發出來。

所以，關山電影生涯的黃金時期，也就是加盟邵氏八年（1961-1969）所拍過的廿部影片，幾近是中國傳統女性如何為保護男人存亡而前仆後繼的血淚史。「存亡」的意思，包括他所需要的幸福、面子、成長，以至因為不能令他傷心，故千萬不可讓他知道愛他的女人最後有幾「不得善終」。總之，關山演得最多的男主角，往往是一腳踩進「誤會」裡去，又一臉惘然地在「覺醒」後走向銀幕上的「劇終」。

汪明荃在某一期《明周》曾說：「王天林要拍《金粉世家》，男主角金燕西最初想找鄭少秋，結果換上劉松仁……」粵語片《金粉世家》中的金燕西曾由張瑛飾演，戲路縱橫的他，不需因擔心觀眾抗拒而把人性化的角色拒諸門外。可堪玩味的是，王天林在國泰時期拍了《啼笑姻緣》，但卻沒把《金粉世家》搬上銀幕——理論上葛蘭、林翠都是冷清秋的最佳人選，至於金七少，像鄭少秋的有張揚，像劉松仁的有雷震——是因為《啼笑姻緣》是拍於國泰歷史上轉向衰敗之年？一九六四年，它的領導人陸運濤遇空難喪生。

假如同年邵氏國泰鬧雙胞的不是《啼笑姻緣》卻是《金粉世家》，邵氏的金燕西想必非關山莫屬。只要是關山，那就再多的「誤入歧途」也不怕金燕西不能全身而退。

至於《啼笑姻緣》，邵氏版成功在六四年一月十八日搶閘推出，國泰則遲一個月後於農曆年上映。因版權之故，邵氏版不得不改名為《故都春夢》，關山也由樊家樹變成「范家樹」，與他演對手戲的李麗華，則由原著的沈鳳喜易名「沈鳳仙」。關與李首度攜手的是《楊乃武與小白菜》，之後分別合作《一毛錢》和《紅伶淚》。四度結緣，由民初大學生到梨園中人到清朝舉人到醫生，關山的戲路始終離不開「受保護動物」——即便男主角合該是「護花使者」，但在《故都春夢》中真正出手把弱女從強權手中救出來的，是一個江湖女兒和富家千金。飾演江湖女兒官綉珠(關秀姑)的是凌波，富家女何莉霞(何麗娜)乃由李麗華分飾。

凌波後來也在一九六七年與關山「共偕連理」。把背景設在戰亂時代的《烽火萬里情》，其實是「胡不歸」的亂世佳人版。妻子不為母親所喜，作為丈夫與兒子夾在兩個女人之間，關山又一次左右做人難。凌波在拍攝《烽火萬里情》之前於黃梅調電影中把反串男角發揚光大，是以與她飾演「患難夫妻」的關山也忽然有種「失去依傍」之感——李麗華、葉楓、林黛到底給他提供更多「安全感」。

靦腆靦腆又或，苦命妻的受苦受難雖也是自我實現的預言，但這一次不再因為是他對她有所誤會而教他恨錯難翻，結局的天意弄人便不能為觀眾製造更多的「愛情遺憾」——軟弱，固然不宜直接被套用在男主角的性格上；男主角的缺席，也不能像古裝戲曲片般，讓上京赴考的男人有足夠理由不在場，好教女主角大秀獨腳戲——縱使亂世給了《烽火萬里情》中的關山很好的不能保護凌波的「藉口」：上戰場。

「誤會」是果，「身在福中不知福」才是因——關山可說是這種愛情驕子的化身。然而「母性」特強的傳統中國女性，在愛情電影中並不追求莊敬自強，反卻是不要讓「情人」從夢中醒來就像襁褓兒子時怕他「受驚」。這樣的「愛」，當然是「溺愛」大於「慈愛」。故此，關山是芸芸芸愛情電影小生中，對手最多死於「絕症」的一位——她們都是為了愛「他」而心力交瘁、鞠躬盡瘁。除了凌波，還有《不了情》中的林黛，《春蠶》中的葉楓，《垂死天鵝》中的秦萍。

許是過多的愛也會孕育恨，「慈母多敗兒」的反效果竟亦出現在關山的其中一部作品中——絕無僅有地，他以「反派」姿態和林黛在《血痕鏡》中上演「心理戰」的戲碼：與癡男怨女無涉，該部甚少得到放映機會的林黛遺作，她軋上「復仇女神」一角，以美色引誘殺父仇人關山逐步走進自取滅亡的陷阱。小時候在電影院被其詭異氣氛嚇得一半是在遮遮掩掩之下把戲看完的我，難免把它視為「極可能是最挑戰關山演技」的鈎沉之作。只可惜天映重新發行的片單之中《血痕鏡》榜上無名。

年青時代的關山留給後人的印象，亦因此添了想像，少了漣漪。

◎ 王羽——
復出也有性別歧視

陳可辛的新片《武俠》在康城首演，紅地氈上最璀璨的不是主角甄子丹、金城武、湯唯，卻是應發行大老闆哈維韋恩斯坦先生之邀出席的《色慾都市》女主角莎拉謝茜嘉柏加。頓時風頭被搶的三位主演在翌日的報導裡，雖不似荷里活大明星般成為最大亮點，但看得清楚樣子的照片還是處處可見。惟是另一位也在現場的「大明星」，僅在一字排開的大合照上佔上一個角落，就連網上有篇新聞的標題說明《武俠》是向「他」致敬，插圖則仍只有陳可辛與吳君如——原來，久已不在大銀幕上露臉，並自詡為「退休老人」的「神秘巨星」，是王羽。

「陳可辛戲裡戲外都禮遇王羽，在國際酒會上，以壓軸方式介紹他」——從任何角度，王羽確是某種「里程碑」：中國自上世紀二十年代拍出《火燒紅蓮寺》，已把武俠片紮根華人的電影土壤裡，然而，是到了六十年代一部號稱「開拓武俠新世紀」的《獨臂刀》初現銀幕，中國人才在張徹那「暴力為體，血腥（漿）為用」的美學中，發現武俠片的娛樂性，可以不是在於「刀光劍影」，卻是「血肉橫飛」。身體髮膚，人皆有之，看著主角們的頭顱、內臟、手腳斷的斷，飛的飛，官能刺激之大，著實是早期武俠片中小兒科的見招拆招無可比擬。

王羽在《武俠》中重出江湖，是對照飾演他的兒子甄子丹在片中的「隱退江湖」，就如四十四年前他在《獨臂刀》中的角色，被小師妹揮刀斬去一臂，萬念俱灰，以為從此失去立足江湖的能力，遂潛心做個無名之輩，與救了他的村姑小蠻（《獨臂刀》中的女主角是焦姣，《武俠》中飾演甄妻的是湯唯）男耕女織，不作他想。

故事往後發展當然不是按此路數。王羽的《獨臂刀》不只拍了一部，原班人馬再接再厲便有《獨臂刀王》，他跳槽嘉禾後再有《獨臂刀大戰盲俠》……直至刀劍片式微，王再創《獨臂拳王大破血滴子》、

《獨臂拳王勇戰楚門九子》、《獨臂雙雄》、《獨臂俠大戰獨臂俠》。直至一九九四年拍完最後一部電影棄影從商，那是《千人斬》。

今番為《武俠》「復出」的最大意義，除了是給予「武俠，改變武俠」這壯語身體力行的支持，也是替「王羽」象徵的「獨臂英雄」主持一個「承先啟後」的歷史儀式。靈感來自《獨臂刀》的《武俠》，就如《刺馬》啟發了《投名狀》，兩片雖同出自陳可辛之手，但是當年狄龍姜大衛陳觀泰沒有在「新版」中軋上一角，如今往回看去，尤其有了王羽的「復出」互相映襯，難免相對地使人覺得美中不足。

不過我又懷疑，有沒有合適角色讓原版演員再顯身手尚屬其次，姜大衛狄龍陳觀泰與王羽在影迷心目中的份量，確是「有所不同」——絕對不是說三位張徹愛將在任何方面比不上更早出道的「師兄」王羽，只是「復出」的叫座力，理所當然與一個演員「蟄伏」多久成正比。狄、姜、陳至今仍是活躍中港台影視圈，許是這個客觀因素，便教王羽在《武俠》中的亮相更能構成電影的賣點。

「復出」，有人成功，有人失敗——王羽應該例外，因為不論《武俠》日後的成績是功是過，責任將不會被歸結到「一代獨臂刀王」頭上。他的現身，本來就是錦上添花，如領受「終身成就獎」無異——觀眾將來看到和原版一比的武打場面，肯定是「日新月異」:

「改變武俠」的手法，是採用美國電視劇集 *CSI* 的「鑑證」精神，配合高科技的視覺效果，不止讓武俠片增加更多娛樂元素（如推理），更使暴力場面（如斷臂）更有瞄頭。所以，王羽的「老字號」，就是用來標誌「新作風」。這種招徠技術因而絲毫不涉「巨星」的成本風險——換了「揹飛」的人是「他」，或觀眾買票入場純為了看「他」有幾風采勝昔，一旦發現期望與現實不符，通常箭頭指向的都不是邀請「他」東山復出的導演，而是「重金禮聘」的那一位。

老當益壯的「復出男星」在過去大不乏人。史泰龍的《洛奇 6：拳王再臨》出人意外給他贏來一致喝采，當被認定有「不自量力」搏老命之嫌，他卻以「有尊嚴地繼續做著自己相信的事」而教人肅然起敬。還有同樣是「筋肉人」的阿諾施華辛力加，才剛卸下加州州長之職，他的聲音已率先亮相於電視動畫片 *The Governator*。至於配音演出可是為復出「試水」的猜疑，施先生一直既不承認，也不否認，因為「棄影從政」多年，他仍堅守一個原則：有人的地方，就有他的觀眾，政治舞台雖不同於電影銀幕，兩者卻一樣必須要有「優秀表演」才能服眾。

復出女星便不可能與阿諾施華辛力加一般充滿自信了。她們的「復出」，通常都是名叫「教訓」的烙印。因為「末路」之於英雄，到底仍有「彪炳戰績」可供緬懷——米高德格拉斯再病容憔悴上陣演出《華爾街 2》，不復當年勇的他仍能被貼上「鱷魚」的「標籤」，是「酷」，不是「病容憔悴」。但「遲暮」之於「美人」卻是怎麼化妝都只會更欲蓋彌彰：柯德莉夏萍在五十之齡復出大銀幕，於通俗小說改編的《血線》中扮演繼承巨額遺產而身陷重重危機的富家女，原著中的女主角才二十出頭，不知道是誰想出用這種方式「摧毀」我們的夏萍，電影最後全盤慘敗還不是最大災難，更不忍卒睹的，是前半生把優雅、時髦、可愛等特徵點點滴滴累積起來的「神祉」，竟在「一子錯」之下變成「凡人」。

《血線》是大電影，但感覺上更似「電視片」。夏萍的「中年失策」，乃無論如何都不該「因小失大」。而這，也是許多大明星不應該在小熒幕復出的理由——不管那是電視多麼得勢的年代，如七十年代中後期的香港。

白燕，曾有可能演出甘國亮編導的單元劇；甚至，我懷疑《狂潮》中程一龍夫人的第一人選也是她。只是白費了多少人的多少唇舌，她始終沒有動搖，於是，我們才會繼續擁有「永遠的白燕」。

◎鄧光榮——女明星青黃不接時的一抹顏色

猛然想起，在鄧光榮之前，我們可能沒有想過黃皮膚黑頭髮的男主角也可以，或「應該」，擁有「讓女主角抬起下巴向上仰望，同時把『託付終身』的眼神向對象輸送」的高度。印象中粵語片的兩大影帝張瑛與吳楚帆都身材高躾，但據資料顯示，吳楚帆是五呎十吋，張又似沒比吳高出太多，於是上網找來《第七號巴士》二人同場的一幕翻查究竟，發現原來吳只比張高出一丁點。

至於國語片明星，我記得有一部《畸人艷婦》，艷婦是樂蒂，畸人則由胡金銓扮成鐘樓駝俠上陣。當年只覺得醜得可怕的化妝——如爆牙——很虛假，而唯一「真實」的，也就是使胡金銓看上去確實沒法匹配樂蒂的，就是他的短和小。該片應是胡大導少數獨挑大樑的電影，不似同年代的一眾小生，如張揚、陳厚、雷震、關山，身高多少也許不是重點，總之能有條件在大銀幕上把西裝穿得筆挺，自然映襯得身旁的女明星們一位位如依人小鳥。

直至一九六〇年代的披頭四風氣大舉來侵，年輕人開始長出屬於自己的慾望之翼。「紳士」可以不再是女性唯一的投射物，男孩，如是有了展示其魅力的「T 台」。荷里活紅了眼神無助的華倫比堤（1.88 米），歐洲也在差不多時間被阿倫狄龍（1.82 米）霧一般的藍眼所淪陷。兩位一代小生的最大魅力完全不像前人那樣以風度取勝，這就難怪鄧光榮即使在拍攝處男電影時只有十八歲，但光憑身高 1.85 米的外形，已能完全符合新一代偶像的要求：既不讓外國明星專美，又沒有辜負「學生王子」的美譽。

鄧光榮之前，要數謝賢是「愛情片」女明星的百搭。但看上去半斤八両的二人中，1.79 米的謝比鄧要年長九歲。鄧的出現，遂有著交棒接班的意味，而且，亦有把女明星們「青春化」的直接作用：蕭芳芳和謝賢是眾所週知的銀幕情侶，二人攜手的《金鷗》、《窗》、《青春戀歌》、《青春兒女》、《冬戀》無一不膾炙人口。彼此默契固然無懈可擊，惟若論配對上的「天造地設」，比鄧小了六個月的芳芳與他在《鎖著的新娘》和《合歡歌舞慶華年》雖屬「初步接觸」，但粵語片如果不是開到荼蘼，加上芳芳赴美求學在即，他和她的進一步化學作用實在值得期待。

甫踏入一九七〇年代，這位未來紅小生一下子有點因為「高人一等」而找不到「合適對象」——在那粵語片觀眾被無綫電視全面吸納的時期裡，身為電影小生的最大無力感，是長久以來靠女明星號召力作票房支柱的粵語影壇，正值兩大賣座保證芳芳與寶珠先後「掛靴」。男明星如鄧光榮再高大有型，也要面對女明星青黃不接的尷尬局面。例如一九六八年以他為男主角的《春曉人歸時》和六九年的《紅燈綠燈》，女主角是播音皇后尹芳玲；六九年《鐵二胡》，女主角是凌鳳，《黃衫客》的女主角是凌鳳與玫瑰女。是到了接下回復他「學生王子」本色的電影如《飛男飛女》、《學府新潮》、《歡樂時光》、《快樂時光》等，鄧才與李司棋、汪明荃結下戲緣。只是當時李是才贏得香港公主榮銜的李，汪是還未過檔無綫，甚至尚未去東洋接受歌舞訓練的汪——總而言之，粉嫩的兩人距離躋身「阿姐級」的日子尚遠。

還有一位也算是同舟共濟共渡「時艱」的，是馮寶寶。正值寶寶說大不大，說小不小的二八年華，《瘋狂酒吧》中的她大半時間是個女扮男裝的「街童」，在俊朗大哥哥鄧光榮的照顧下漸漸萌生單戀情結（馮比鄧小八歲）。還有一部《日月神童》，應是「小白龍式」的古裝武俠片。片中的鄧姓岳名鼎，但讀遍故事大綱也不見此人哪裡有戲，可見飾演「日兒」的寶寶和「月兒」的歐陽佩珊才是重頭角色。

直至一九七〇至一九七三之間，鄧的第一位長期「女主角」才告現身：胡燕妮。雖然脫離邵氏投身獨立製片的「她」仍非鄧的「真命天女」，但因為中德混血的胡有著其他女明星所無的現代感，配合鄧那深邃的五官和典型模特兒的身材高度，二人於是成就「前無古人，後無來者」的一系列「港式歐陸B片」：《浪子與修女》、《偷情世界》、《火戀》、《色字頭上一把刀》、《辣手強徒》、《血洒後街》、《蕩寇三狼》。光看片名就知道全是成人題材，鄧光榮經歷「性與暴力」的輪番洗禮，按道理已由大男孩成功變身大男人，但誰會料到，「學生王子」的青春基因竟能造就一個人的「逆生長」：一九七三年被台灣導演李行親自欽點，鄧光榮憑瓊瑤小說改編的《彩雲飛》重返校園。這一次，他是終於遇上了「最佳拍檔」：甄珍。

鄧的「最佳拍檔」不是林青霞嗎？有人或會反問。他和她所合作的八部電影中，《楓葉情》與《愛情長跑》早已家傳戶曉——前者儼如台灣版的《愛情故事》(*Love Story*)，差別只在患上絕症的窮家女換成失明的富家子；後者則是台灣 chick flick 的先驅，片中紮孖辮愛運動的林淘氣搗蛋如茱芭莉摩亞。但該兩齣林鄧配的愛情片，不論戲味與新聞價值，都只能在大眾記憶裡扮演馬上便要來臨的「一林二秦愛情史」前史。

反而當我們重溫鄧與甄的《彩雲飛》與《海鷗飛處》時，感覺是如此「波瀾不驚」但又很好。戲裡的風起雲湧沒有演變成戲外的日月變色。一個香港男明星與一個台灣女明星的眉目傳情，如今看在歷史的眼中，是識英雄重英雄多於一切。

當然，更加成為美談而在歷史上永垂不朽的「識英雄重英雄」，是在高人與高人之間——沒有鄧光榮，香港百人辭典便不會有一個王家衛，而他的暱稱也許説明才華之外，為什麼會被大哥看得起：高佬。

鄧光榮去世前一個周末，無巧不成話，我和幾位朋友正在回味《海鷗飛處》。邊看邊認定這電影今日若要重拍，甄珍的楊羽裳非常適合偶像劇天后林依晨。至於鄧光榮的俞慕槐，不是開玩笑，只要你細心看看我建議的這個人選和鄧有多少相似之處，你就會能舉的都舉起來以表贊同——眉梢眼角有著要除未除的稚氣與問號，還有 1.88 米的高度，除了鄭元暢，還有誰？

◎ 竹脇無我 1
經典男朋友

《二人世界》第一集的第一個鏡頭，是身穿藏青色風褸，手持公文紙袋，佇立在某音樂廳外，向一名工作人員求情的竹脇無我。工作人員語帶責備：「這麼難得的演唱會，你為什麼不提前買票？」他則是一面難色：「工作實在太忙碌，以至抽不出時間。」那位先生還是不放過教訓他的機會：「還是害怕排隊？」作為一位享譽港日的「美男子」，自七十年代在翡翠台看過這部劇集後到今天，我還是第一次重溫這份「無我風采」，並且不能不承認他的「美」是名副其實：輕皺著眉頭的神態，完全突出那個年代的一種女性殺手魅力——「憂鬱小生」。

什麼是「憂鬱小生」？如果要在老好粵語片圈裡尋找，謝賢不是——他是花俏型。曾江不是，他是學院派。胡楓不是，他是有著廣東人特色的尚保羅貝蒙多（嘴唇一樣厚）。張英才也不是，他是我眼中的「早期雷頌德」。換了國語片圈，選擇看似多一些，起碼在國泰就有大名鼎鼎的雷震，至於邵氏，眾所週知，兩道眉毛一鎖上就讓人心絞痛的，是姜大衛。雷震和姜大衛一文一武，但二人都不像竹脇無我，他們的「若有所思」，都是男朋友式而非「理想丈夫」一類，即現在流行於都會女性口中的那個暱稱：「老公」。

女性對於「老公」的想像，當然也受時代性影響。譬如說，《二人世界》第一集開場不到十分鐘，女主角栗原小卷已經登場。她是同樣買不到票而試圖到現場碰運氣的上班族，對比竹脇無我深沉的一身藏青，她穿的是明媚亮麗的白色風衣。根本沒有第四個角色的這場戲，她對他即便不是「一見鍾情」，至少也是「一見訂情」。眼神最能出賣心事，栗原小卷把一個單身女郎的感情投射，以高掛燈籠似的大眼睛向我們宣示：她在這陌生人身上看見了「幸福」。

為什麼不是「愛情」？也許因為那是日本社會經濟起飛的年代，《二人世界》在那個時候誕生，更加任重道遠的使命不是鼓吹浪漫，而是鼓勵國民組織家庭，促進經濟。更何況在相對保守的社會價值觀下，「浪漫」的結果也是「婚姻」？熟悉香港配音劇集史的人都會記得在《二人世界》之前，竹脇無我與栗原小卷已憑另一部日本劇集《佳偶天成》瘋魔香港視迷。該部被認為是最早版本的《緣份》——地下鐵眾裡尋他千百度——的「浪漫之作」，原名叫《三人家族》：男主角與父親，弟弟三人相依為命，剛巧與他有緣的女主角也是家有母親和妹妹。無我與小卷在劇中是日日乘同一班子彈火車上班的男女，雖然天天見面，偏礙於欠了中間的介紹人而止於互相點頭或微笑，這份「矜持」之美，一部分是體現在優雅的栗原小卷上，另一方面，當然得歸功眉宇間永遠流露「憂鬱」的竹脇無我。

先有《三人家族》再有《二人世界》，恍如是同一對有情人的前世今生。但這兩部劇集有着主題上的明顯差異，那便是前者以「戀愛」為主題——男女主角要到什麼時候才能在關係上「破冰」？後者則是刻劃「現實」對於新婚夫婦在情感和理想上的考驗。所以，竹脇無我和栗原小卷在劇集開篇便認定對方是長相廝守的終生伴侶，感情生活一帆風順，是到了婚後開設了一家小餐館，賣的是日式咖喱飯，而戲劇衝突正是圍繞這個世界中的「二人」是否能夠同心同德。竹脇無我飾演的「老公」，無可避免是個「大男人」，但栗原小卷在劇中並不是千依百順的「小女人」，她對於共同承擔家庭經濟責無旁貸，可是她也有新時代女性的自主慾望。既是家庭主婦，又是生意合伙人，她，或多或少，也是令竹脇無我的眉頭不能經常舒展的理由之一。

《佳偶天成》的竹脇無我是害羞的，《二人世界》的竹脇無我是冷靜的。然而，若是沒有了一把聲音的演繹，「竹脇無我精神」將無法傳神地在兩部劇集中貫徹始終——配音員盧國雄的「美男聲」居功至偉。

沉厚、溫柔——以耳朵充眼睛，當年的電視觀眾沒法不對盧國雄產生等同於無我本人的幻想，加上栗原小卷的配音演出者黃韻詩同樣有著介乎冰與雪般的清透的聲音，一雙璧人的印象如是從幕前伸延至幕後。以至，TVB 後來也給予了盧和黃各自發展演藝事業的機會，只是二人從沒像無我與小卷般攜手合作，飾演共締「良緣」的情侶——是因為盧國雄太太謝月美（也是當紅配音員）乃黃韻詩的鐵杆閨密，生死手帕交？

「憂鬱小生」在竹脇無我逝世後可後繼有人？日本藝能界且不去說，香港其實早有一個媲美的名字：梁朝偉——雖然我不知道等到梁先生六十七歲時，他可會也像在《大奧》（電影版）中飾演二宮和也父親的竹脇無我般，面目雖然難復辨認，眉頭間的一股愁緒，卻依然是那樣地「無我」。

◎竹脇無我 2 絕世好老公

有一種五官的組合，叫「大眾臉」。意思是，眼耳口鼻的式樣屬於「大眾化」一類，名為「通俗」，實際是「平凡」。擁有這種面貌的人，特別適合「為人民服務」。而「服務性行業」基本分為兩種，一是個人對個人的方式；二是個人對群眾。「侍應生」是前者的其中一種，「明星」是後者的代表。長有「大眾臉」的服務人員叫顧客不需要付出額外精神，但，光是只有「大眾臉」的明星，卻有電燈泡的照明度不夠強之嫌——除非，他走的戲路，叫「大眾緣」。於二〇一一年八月去世的竹脇無我可說是箇中佼佼。

沒有人會説竹脇無我不夠英俊：粗粗的眉毛，筆挺的鼻子，怎麼看都是有感情的嘴唇，微微向上翹起的下巴，還有一頭濃厚的黑髮。在他進入香港觀眾眼簾芸的年代，不要説「韓星」不在「大眾」的視線範圍內——有是有，邵氏電影便曾引進韓國男星南宮勳（與何莉莉分飾武俠片《鳳飛飛》的男女主角，後來又以男二號身份，在《雨中花》中介入何莉莉與凌雲）——就連日本男明星，也是某種只屬中上階層才可消費得起的「奢侈品」——國泰電懋多次外借尤敏配搭寶田明，拍下三部曲的《香港之夜》、《香港之星》和《香港東京夏威夷》。溫文爾雅的東洋紳士，變相是從日本進口的「舶來品」，在他身上散發的男性魅力若嫌稍欠「陽剛」，《香港東京夏威夷》還加送飾演他的弟弟的加山雄三！走「粗獷」路線的加山雄三，年輕時是「滑浪一族」，成熟後又是最早出現在東方銀幕上的「獨行殺手」——在《狙擊》（1968，港譯《神鎗・殺手・蝴蝶夢》）的片頭裡，身穿無比型佬的皮夾克，不慌不忙把一口香煙抽完，舉起架式十足的狙擊長槍，瞄準火車站的軌道，當一列火車駛過，眉毛冷冷一揚，子彈已擊中座位上的暗殺對象。

他，若有所思似笑非笑，轉身離開現場，樓下等著他是一輛白色型佬跑車。脱了皮夾克，白上衣配白跑車，再下來是走進某儲物櫃空間，拿出白信封，裡面厚厚一疊……酬金？下一個畫面，一疊鈔票擲向床上半裸的女郎，他的裸背重新穿上上衣，繼而走進小浴室，對鏡把頭髮梳理整齊，走出來時從褲袋再掏一把鈔票丟在床上，讓以床單裹身的女郎不能不語塞，而他，由始至終一言不發。若說沉默是金，緊鎖雙眉惜字如金的他好像已以行動道出觀眾心底的全部：「男人，就應該這樣。」

「男人」，就應該不把他人的生命、女人的尊嚴放心上？「男人」，就應該有着一張鐵鉗也未必能夠撬開的嘴巴？「男人」，就應該是「金剛」、「鐵漢」的同義詞？「男人」，就應該是沒有感情，只有「堅硬度」和「性感度」的雄性動物，不是人？

更加難得的，「他」還是個有條理，愛乾淨的「好男人」。換句話說，「男人」，合該就是由男明星來成全的一隻「神話」？

「神話」般的男人，無疑更適合在大銀幕上也文也武。許是這緣故，竹脇無我的事業，似乎還是在小熒幕上更見輝煌：他的粗眉毛不是「武器」而是讓（女）觀眾從中看見生活——為了「開門七件事」而動的腦筋，或與她們傷的感情。近日再看他的幾部傳世劇集，驚覺前後不過幾年，銀幕上的他與電視中的他差異竟是如此大——血氣方剛之年所拍的電影，多的是在沙灘、海濱秀出沒有一分贅肉的胴體。如《汐風の中の二人》(1966),與《また逢う日まで　人の泉》(1967),那是介乎年齡二十二與二十三之間風華正茂的他。到了《佳偶天成》(1968),已儼如在一夜之間成為「男人」,脱下稚氣換上西裝,躋身子彈火車,晉身白領階層,晉級「熟男」一族。

雖然兩年後《柔道龍虎榜》(1970)中的竹脇無我又再軋上是「英雄出少年」的角色,但我從小對這齣劇集的深刻印象是烙在一個傳統,一個洋化的兩個新藤惠美身上。都怪他在《二人世界》(1971)中塑造的「小丈夫」過於成功,至使他在演出姿三四郎時,仍不免給人「優柔寡斷」之感?有一集,寫竹脇無我扮演的丈夫親自下廚,邀請同事回家吃自己炮製的串燒,同事邊吃邊欲言又止,後來才和盤托出:借錢。飾演妻子的栗原小卷擔心八百元就此有去無回,遂引爆了夫妻二人婚後的首次吵架。妻子是恰如其分的「小女人」,有趣的是,既要仗義疏財,又要在妻子面前維持「丈夫」的尊嚴,偏偏愈是「作大」,愈教人看見他作為「男人」的「小」——這個竹脇無我,眉目再英俊也掩蓋不了「平庸」背後的單調乏味。

倒不如《佳偶天成》(1968)中的竹脇無我「引人遐思」:不為生計所逼,眉宇間自然少了丈夫的芝麻綠豆,多了男朋友的若即若離。加上配合這種氣質的高領套頭毛衣,或站在當風的海灘上,埋首在女友大衣中點亮一根香煙。這個竹脇無我，是臂彎，是肩頭，有「大眾緣」得來又不失氣質優雅（猶如東方羅拔烈福），故此能在這個「經典男朋友」已成史前動物的時代——「浩氣長存」。

鳴謝《明報周刊》、黃麗玲女士、周群歡女士、何定偉先生及黃穎祺先生。

是銀幕不是熒幕，是放映不是播映——當女明星還是大女明星

林奕華 ○● 著

責任編輯　蔡曉彤
書籍設計　李嘉敏
設計協力　文凱兒

出版　三聯書店（香港）有限公司
香港北角英皇道 499 號北角工業大廈 20 樓
Joint Publishing (H.K.) Co., Ltd.
20/F., North Point Industrial Building,
499 King's Road, North Point, Hong Kong
發行　香港聯合書刊物流有限公司
香港新界大埔汀麗路 36 號 3 字樓
印刷　中華商務彩色印刷有限公司
香港新界大埔汀麗路 36 號 14 字樓
印次　2014 年 7 月香港第一版第一次印刷
規格　大 32 開（140mm × 200mm）352 面
國際書號　ISBN 978-962-04-3629-1

Published & Printed in Hong Kong